沈从文
作品

旧时风物

在历史中追寻美

沈从文 著

沈从文作品精选集

万卷出版公司

ⓒ 沈从文　2018

图书在版编目（CIP）数据

在历史中追寻美：旧时风物 / 沈从文著. — 沈阳：万卷出版公司, 2018.4
（沈从文作品精选集）
ISBN 978-7-5470-4795-8

Ⅰ.①在… Ⅱ.①沈… Ⅲ.①随笔—作品集—中国—现代 Ⅳ.①I266.1

中国版本图书馆CIP数据核字(2018)第041745号

出 品 人：刘一秀
出版发行：北方联合出版传媒（集团）股份有限公司
　　　　　万卷出版公司
　　　　　（地址：沈阳市和平区十一纬路25号　邮编：110003）
印 刷 者：鞍山市春阳美日印刷有限公司
经 销 者：全国新华书店
幅面尺寸：145mm×210mm
字　　数：220千字
印　　张：9.5
出版时间：2018年4月第1版
印刷时间：2018年4月第1次印刷
责任编辑：张雪娇
责任校对：高　辉
封面设计：范　娇　张　莹
版式设计：马婧莎
ISBN 978-7-5470-4795-8
定　　价：45.00元
联系电话：024-23284090
传　　真：024-23284448

常年法律顾问：李　福　版权所有　侵权必究　举报电话：024-23284090
如有印装质量问题，请与印刷厂联系。联系电话：0412-2228073

1959年,沈从文在中国历史博物馆新陈列室做解说员　内山嘉吉摄

沈从文在专注地工作　沈龙朱绘

沈从文在东堂子胡同历史博物馆宿舍的住宅　沈龙朱绘

喜新晴 七十又七日 沈从文

朔风撼枯草，岁暮客心生。
幸谨伏枥志，千里思纵横。
东作起旅其，夏耘起耘耔，
只因育秧早，慎湖芳信新，
间作胚骎争，朴为事玄深，
万鸟齐喧欠，俗谓喜湖苹。
枫枫悄悄语，怡尔一两鸣。
王时无晴朝，闻声特相警。
住所迫重闷，时久愁风霉。
不怀迟暮叹，蔼蔼接白云。
乾四远多雄，高空气亲清。
犹输车马小，还书长庚明。
　　　　　天涯共此星。(廿四)

　　　　　　东柳永有句。
(居潮芜纪事)
七七十月双溪无陵

　注：稻写来，佳七十五日，玄六卖二气坛宝
　乙作月一余，半世纪十二如字习，易为由喜剧居忆
　13言妻与挂枝腰。拆拆取仔。遂展。真。及计
　十四字誌鉴宪约剧有，亢梨砖原请反诸之速
　去。
　乙上七之宜自扇。应用十字作传。仍想诘
　视表。头自蕊也。以文其湖北咸字，甲本深墨坐
　　陆高千古。

沈从文为田个石题诗

宝靖档案里的沈从文笔迹

追寻美的一生
——沈从文创作精品导读

吴晓东

沈从文逝世三十周年之际,万卷出版公司拟印行沈从文几个创作领域的精品,堪称沈从文爱好者的福音。几部作品囊括了沈从文最好的小说、散文与别具一格的自传,加上沈从文的文物研究,呈现出的是沈从文毕生成就的浓缩精华版。

就三部文学作品而言,汇聚的都是沈从文成熟期的巅峰之作。其中《从文自传》1934年由上海第一出版社出版,同一年,中篇小说《边城》出版,散文集《湘行散记》也开始发表,可以说这个1923年从湘西小城走出来的"乡下人"已经达到了他一生中的辉煌顶点。

一

沈从文的代表作《边城》的问世,标志着沈从文精心打造的"湘西世界"已上升为一个由高超想象力建构的文学王国,堪与鲁迅笔下的"鲁镇"相提并论,甚至已经成为乡土中国的一个象征。沈从文的高足汪曾祺就认为:

"边城"不只是一个地理概念,意思不是说这是个边地的小城。这同时是一个时间概念、文化概念。"边城"是大城市的对立面。这是"中国另外一个地方另外一种事情"(《边城题记》)。沈先生从乡下跑到大城市,对上流社会的腐朽生活、对城里人的"庸俗小气自私市侩"深恶痛绝,这引发了他的乡愁,使他对故乡尚未完全被现代物质文明所摧毁的淳朴民风十分怀念。

在汪曾祺看来,"边城"世界在与大城市以及现代物质文明的对峙之中获得了文化和时间意义上的双重自足性。作家林斤澜也曾经这样言说沈从文及其《边城》:"沈从文是个什么样的作家呢?他拜美为生命,供奉人性,追求和谐。他投奔自然,《边城》的翠翠就是水光山色,爷爷纯朴如太古,渡船联系此岸和彼岸,连跟进跟出的黄狗也不另外取名,只叫做狗。"在林斤澜的理解中,边城世界是太古一般充满和谐之美与自然人性的田园世界。

在《边城》蕴含的各种丰富的主题内容之中,有研究者格外看重的正是沈从文所延续的陶渊明奠定的桃花源传统,建构了一个湘西的世外桃源,因此在《边城》中存有中国本土田园牧歌文化的最后的背影。刘洪涛在《〈边城〉:牧歌与中国形象》一书中认为,当这个牧歌指向文化隐喻的时候,就诞生了一个诗意的中国形象,[①]"边城"是20世纪30年代"中国形象"的一个代表,这个诗意的中国形象有别于五四启蒙主义话语所形塑的"中国"。如果说,鲁迅的《阿Q正传》呈现了国民性需要改造的落后的中国,那么《边城》则传达了一个类似田园牧

---

① 参见刘洪涛:《〈边城〉:牧歌与中国形象》,南宁:广西教育出版社2003年。

歌的诗意化的中国形象。

《边城》的基本情节是二男一女的小儿女的爱情框架。掌管码头的团总的两个儿子天保和傩送同时爱上了渡船老人的孙女翠翠，最终兄弟俩却一个身亡，一个出走，老人也在一个暴风雨之夜死去。这是一个具有传奇因素的悲剧故事，但沈从文没有把它单纯地处理成爱情悲剧，除了小儿女的爱情框架之外，使小说的情节容量得以拓展的还有少女和老人的故事以及翠翠的已逝母亲的故事，小说的母题也正是在这几个原型故事中得以延伸，最终容纳了现在和过去、生存和死亡、恒久与变动、天意与人为等诸种命题。此外，小说还精心设计了主要情节发生的时节——端午和中秋，充分营造了具有地域色彩的民俗环境和背景。这一切的构想最终生成了一个完整而自足的湘西世界。

笼罩在整部小说之上的是一种无奈的命运感。小说中的人物都具有淳朴、善良、美好的天性，悲剧的具体起因似乎是一连串的误解。沈从文没有试图挖掘其深层的原因，他更倾向于把根源归为一种人事无法左右的天意，有古希腊命运悲剧的影子。沈从文也称自己的《边城》是一座希腊小庙，支撑其底蕴的是一种"优美、健康、自然，而又不悖乎人性的人生形式"。而翠翠和爷爷都是这种自然人性的化身，是沈从文塑造的理想人物。在这些理想人物的身上，闪耀着一种神性之光，既体现着人性中庄严、健康、美丽、虔诚的一面，也同时反映了沈从文身上的浪漫主义和古典主义式的情怀。正是在这个意义上，沈从文自称是"最后一个浪漫派"。

沈从文是中国现代小说家中少有的书写神话的作家。而湘西世界在沈从文的笔下也有一种神话的品质。沈从文的现代意识体现在他一方面试图挽留这个神话,另一方面又预见到了湘西无法挽回的历史命运。《边城》结尾作为小城标志的白塔在暴风雨之夜倒掉了,它的倒塌预示了田园牧歌的必然终结,这就是现代神话在本质上的虚构的属性。作家李锐说:

> 这个诗意神话的破灭虽无西方式的强烈的戏剧性,但却有最地道的中国式的地久天长的悲凉,随着新文化运动狂飙突进的喧嚣声的远去,随着众声喧哗的"后殖民"时代的来临,沈从文沉静深远的无言之美正越来越显示出超拔的价值和魅力,正越来越显示出一种难以被淹没被同化的对人类的贡献。①

二

从一个最初连标点符号都不会用的文学青年,到成长为一个"现代短篇小说之王",沈从文堪称创造了中国现代文坛的一个"乡下人"的文学传奇。而沈从文的故乡——偏远的湘西一隅也带给中国内地都市读者以一种神秘性。这些因素都使集中书写了沈从文离乡之前人生经历的《从文自传》获得了文坛的瞩目。在《宇宙风》杂志所做的"一九三四年我所爱读的书籍"调查中,著名作家周作人和老舍就都选择了《从文自传》作为自己爱读的书。②

---

① 李锐:《另一种纪念》,《读书》,第 2 期,1998 年。
② 《一九三四年我所爱读的书籍》,《宇宙风》,第 19 期,1935 年 1 月 5 日。

《从文自传》的创作意图在沈从文于1980年写的"附记"中有明确的追溯:

> 当时我正在青岛大学教散文习作。本人学习用笔还不到十年,手中一枝笔,也只能说正逐渐在成熟中,慢慢脱去矜持、浮夸、生硬、做作,日益接近自然。……当时主观设想,觉得既然是自传,正不妨解除习惯上的一切束缚,试改换一种方法,干脆明朗,就个人记忆到的写下去,既可温习一下个人生命发展过程,也可以让读者明白我是在怎样环境下活过来的一个人。……部分读者可能但觉得"别具一格,离奇有趣"。只有少数相知亲友,才能体会到近于出入地狱的沉重和辛酸。

从这段自述中,研究者捕捉到的是《从文自传》中"自觉的文体意识和生命意识,及二者间的纠缠",[1]从而使《从文自传》与当时其他作家的自传相区别开来。

从这个意义上说,沈从文是通过《从文自传》的写作找到了自己的。汪曾祺也认为:"这是一本文学自传。它告诉我们一个人是怎样成为作家的,一个作家需要具备哪些素质,接受哪些'教育'。'教育'的意思不是指他在《自传》已提到的《辞源》、迭更斯、《薛氏彝器图录》和索靖的《出师颂》……沈先生是把各种人事、风景,自然界的各种

---

[1] 钱理群主编:《中国现代文学编年史——以文学广告为中心(1928—1937)》,第228页,北京:北京大学出版社2013年。

颜色、声音、气味加于他的印象、感觉都算是对自己的教育的。"①"这本书实可称为一本'美的教育'。"②沈从文是从故乡秀丽的山水、淳朴剽悍的民风中领受到这种"美的教育"的。而沈从文对这种"美的教育"受用终身，也使沈从文的一生堪称是追求美的一生。

沈从文尤其强调社会这个大学校给他的教育，一再倡言要阅读社会这"一本大书"，在《致一个作者的公开信》中，沈从文说："大多数人受过'学校教育'，我受的却是'人事教育'。"③"放下了书本，他便去想。走出门外去，他又仍然与看书同样的安静，同样的发生兴味，去看万汇百物在一分习惯下所发生的一切。"④沈从文的生命观与世界观，都与故乡的万汇百物建立起深刻的关联。

而当时的文学爱好者从《从文自传》中捕捉到的正是一个成名作家如何炼成的传奇经历。沈从文的人生经历在当时的文坛具有相当的传奇性，他在《从文自传》中也有意识地塑造这种传奇性，《从文自传》在章节设计上，即可给读者以好奇心和吸引力，让读者想象这是一部作家的传奇史。沈从文在社会大学自学成才的例子，尤其对那些没有进过大学的非科班出身的文学青年具有驱策和榜样的作用，与中国文坛30年代一大批来自社会各个阶层的青年作家的崛起也构成了互证

---

① 汪曾祺：《水边的抒情诗人》，《晚翠文谈新编》，第171页，北京：三联书店2002年。

② 汪曾祺：《沈从文的寂寞——浅谈他的散文》，《汪曾祺全集》，第3卷，第263、264页，北京：北京师范大学出版社1998年。

③ 沈从文：《废邮存底续编·致一个作者的公开信》，《沈从文全集》，第17卷，第377页，太原：北岳文艺出版社2002年。

④ 沈从文：《废邮存底·谈创作》，《沈从文全集》，第17卷，第197页，太原：北岳文艺出版社2002年。

的关系。从这个意义上说,《从文自传》提供的是作家成长史的非常难得的传奇读物。

三

1934年年初,因母亲病危,离开湘西已十几年的沈从文第一次踏上回乡的路。从北平经长沙到桃源后,沈从文雇了一只小船沿着沅水逆流而上,大约六天后到沅陵,又在船上度过五天才抵达老家凤凰。为了排遣船上的寂寞,沈从文写下大量给新婚夫人张兆和的书信,讲述水上所见所感。《湘行散记》即是在这些书信的基础上整理而成,因此我们从这本书中也集中看到沈从文对于故乡河流的书写。

沈从文在一封信中这样向张兆和(沈从文称其为"三三")描写故乡的河流:

> 三三,我因为天气太好了一点,故站在船后舱看了许久水,我心中忽然好像彻悟了一些,同时又好像从这条河中得到了许多智慧。三三,的的确确,得到了许多智慧,不是知识。我轻轻的叹息了好些次。山头夕阳极感动我,水底各色圆石也极感动我,我心中似乎毫无什么渣滓,透明烛照,对河水、对夕阳、对拉船人同船,皆那么爱着,十分温暖的爱着!……我会用我自己的力量,为所谓人生,解释得比任何人皆庄严些与透入些!三三,我看久了水,从水里的石头得到一点平时好像不能得到的东西,对于人生,对于爱憎,仿

佛全然与人不同了。我觉得惆怅得很,我总像看得太深太远,对于我自己,便成为受难者了。这时节我软弱得很,因为我爱了世界,爱了人类。

对"水"的凝视使沈从文忽然发现心灵被一种爱充满,这种爱进而泛化到对世界和人类上面。故乡的河水因此启发了沈从文的博爱,而有博大之爱的人往往是如沈从文所说"软弱得很"的。同时也正像孔夫子说,"智者乐水",河水也让沈从文"彻悟",从中获得的是智慧。

而"水"带给沈从文最多的,是创作灵感。在《我的写作与水的关系》一文中,沈从文这样谈到故乡的河流:

我在那条河流边住下的日子约五年。这一大堆日子中我差不多无日不与河水发生关系。走长路皆得住宿到桥边与渡头,值得回忆的哀乐人事常是湿的。……我虽然离开了那条河流,我所写的故事,却多数是水边的故事。故事中我所最满意的文章,常用船上水上作为背影,我故事中人物的性格,全为我在水边船上所见到的人物性格。我文字中一点忧郁气分,便因为被过去十五年前南方的阴雨天气影响而来。

对一个作家而言,有一条影响一生的河流的确非常重要,"河水"构成的不仅是写作背景和环境,也决定了作家的灵感甚至作品的风格。

故乡的水带给了沈从文博爱、智慧和灵感,也给沈从文的创作带来地域色彩。正是通过这条沅水,沈从文把自己的创作与屈原所代表的楚文化联系在一起。两千年前,屈原曾在这条河边写下神奇瑰丽的《九歌》,沅水流域也是楚文化保留得最多的一个地区。沈从文的《湘行散记》,同样生动再现了楚地的民俗、民风,写出了具有鲜明地域特色的乡土风貌。湘西作为苗族和土家族世代聚居的地区,是一块尚未被外来文化彻底同化的土地,衡量这片土地上生民的生存方式,也自有另一套价值规范和准则。沈从文的《湘行散记》的独特处正在于力图以湘西本真和原初的眼光去呈现那个世界,在外人眼里,就不免是新鲜而陌生的,而在沈从文的笔下,却保留了它的自在性和自足性。沈从文以带有几分固执的"乡下人"的姿态执迷地创造乡土景观,就像美国学者金介甫所说:"不管将来发展成什么局面,湘西旧社会的面貌与声音,恐惧和希望,总算在沈从文的乡土文学作品中保存了下来。别的地区却很少有这种福气。"因此,沈从文笔下的湘西世界构成了乡土地域文化的一个范本,"帮助我们懂得,地区特征是中国历史中的一股社会力量"。当 20 世纪中国文学不可避免地走向世界文学一体化进程的时候,沈从文正是以乡下人的固执的目光,在《湘行散记》这一类关于湘西的书写中,为我们保留了本土文化的最后的背影。

　　如果说此前沈从文对湘西的书写,靠的是他对故乡的记忆和印象,那么这次回乡之旅,既是对故乡充满感情的忆恋之旅,同时也是清明而理性的现实之旅。《湘行散记》中的贯穿话题之一是"常"与"变"。沈从文在对湘西的"常"的观照中,也发现了"变"的一面。一方面,湘西世界的田园诗情、淳朴民风、自然人性依旧存在于湘西的自然与人事之中,似乎与历史的进程毫无关联,这即是沈从文从故乡感受到的"常态"的一面;另一方面,却是现代文明冲击下人的堕落,传统

道德的丧失。诚如沈从文在《辰河小船上的水手》一篇中所说:

> 这个民族,在这一堆日子里,为内战、毒物、饥馑、水灾,如何向堕落与灭亡大路走去,一切人生活习惯,又如何在巨大压力下失去了它原来的型范。

《湘行散记》中的《桃源与沅州》《一九三四年一月十八》等篇也同样隐含着对纯朴的文明日渐"堕落"的隐忧。《箱子岩》《虎雏再遇记》等篇传达的则是对故乡人原始生命力终将失落的预感。而当沈从文真正深入到湘西生活的内部,直面故乡人生存处境的时候,我们就看到了湘西更本真的一面,看到生存世界的悲哀与残酷,由此便"触摸到沈从文内心的沉忧隐痛",以及"那处于现代文明包围中的少数民族的孤独感"(朱光潜语)。

《湘行散记》因此展现了变动中的历史忧虑,也促使沈从文产生了一种生命的冲动,想如当年屈原那样,重新做一个地方的"风景记录人",记下生命中神性的庄严与美丽,唤回优美、健康、自然的生命形式,并试图重造民族灵魂与乡土文化。这些追求,都贯穿在作者回乡之旅的体验和观察之中,使《湘行散记》中作者的思绪在记忆和现实的双重时空中闪回的同时,也生成了一种思考湘西远景的未来性。

沈从文在《湘行散记》的散文体写作中进一步实践着他在小说里就大量运用的夹叙夹议的笔法,在议论的部分更进退裕如地思考关于历史和生命的哲理命题,散文中一如既往的是沈从文的诗化文体,这种抒情诗的笔触在《湘行散记》中更具一种动人的品质:

黑夜占领了全个河面时，还可以看到木筏上的火光，吊脚楼窗口的灯光，以及上岸下船在河岸大石间飘忽动人的火炬红光。这时节岸上船上皆有人说话，吊脚楼上且有妇人在黯淡灯光下唱小曲的声音，每次唱完一支小曲时，就有人笑嚷。什么人家吊脚楼下有匹小羊叫，固执而且柔和的声音，使人听来觉得忧郁……此后固执而又柔和的声音，将在我耳边永远不会消失。我觉得忧郁起来了。我仿佛触着了这世界上一点东西，看明白了这世界上一点东西，心里软和得很。
（《湘行散记·鸭窠围的夜》）

流淌在文字中的是忧郁的诗情，这是沈从文把个人的一己体验投入到大千世界之中的结果，构成这种体验的底蕴的，是作家的同情和悲悯。

四

1949年之后沈从文放弃了文学写作，改行去历史博物馆工作，致力于中国古代的服饰与文物研究，也同样取得了辉煌的功绩。看上去似乎沈从文的转行有些可惜，但却是中国文物研究领域之幸。同时，沈从文选择文物研究者的职业度过自己的后半生，并不是出于一时间的心血来潮。其实从《从文自传》中即可看出，沈从文在故乡当兵的时候就对历史与文物产生了极大的热情。《从文自传》中题为《学历史的地方》的一章，就集中叙写了他在"湘西王"陈渠珍身边作书记的经历,其间接触了大量的字画、碑帖、古书,因此沈从文把这段日子看成"实在是我一个转机,使我对于全个历史各时代各方面的光辉,得了一个从容机会去认识,去接近"。

沈从文对于文物的兴趣可以说持续了差不多整个一生。汪曾祺这样回忆西南联大时期的沈从文:

> 我在昆明当他的学生的时候,他跟我(以及其他人)谈文学的时候,远不如谈陶瓷,谈漆器,谈刺绣的时候多。他不知从哪里买了那么多少数民族的挑花布。沏了几杯茶,大家就跟着他对着这些挑花图案一起赞叹了一个晚上。有一阵,一上街,就到处搜罗缅漆盒子。①

而沈从文对文物的爱好中始终渗透了审美的眼光,毋宁说,他是以一个毕生执着于美的文学家的身份致力于文物研究的,正如汪曾祺所说:"他是一个不可救药的'美'的爱好者,对于由于人的劳动而创造出来的一切美的东西具有一种宗教徒式的狂热。对于美,他永远不缺乏一个年轻的情人那样的惊喜与崇拜。"② 作为在历史中追寻美的研究者,沈从文的文学创作与文物研究由此获得了生命意义上的一体性。

(吴晓东,北京大学中文系教授,博士生导师,沈从文研究专家。)

---

① 汪曾祺:《与友人谈沈从文》,《汪曾祺全集》第6卷,第343页,北京:北京师范大学出版社1998年。
② 汪曾祺:《与友人谈沈从文》,《汪曾祺全集》第6卷,第342页,北京:北京师范大学出版社1998年。

目 录
Contents

追寻美的一生（吴晓东）/ 001

中国古玉 / 001

青瓷之认识 / 009

中国古代陶瓷 / 028

玻璃工艺的历史探讨 / 037

谈瓷器艺术 / 046

漆工艺问题 / 051

螺甸工艺试探 / 060

中国漆器工艺 / 083

我们从古漆器可学些什么 / 087

狮子在中国艺术上的应用及其发展 / 096

古代镜子的艺术 / 110

镜子的故事（上）/ 119

镜子的故事（下）/ 132

中国对于蚕的驯服和丝织物加工技术的进展 / 149

谈锦 / 153

从文物中所见古代服装材料和其他生活事物点点滴滴 / 161

我国古代人怎么穿衣打扮 / 178

古代人的穿衣打扮 / 185

宋元时装 / 192

说"熊经" / 199

龙凤艺术 / 207

鱼的艺术 / 215

从文物来谈谈古人的胡子问题 / 221

谈辇舆 / 231

谈车乘 / 238

扇子史话 / 242

明代的灯市和灯 / 246

景泰蓝 / 252

谈金花笺 / 256

谈写字(一)/ 264

谈写字(二)/ 270

编后记 / 279

中国古玉

中国的雕玉艺术，是从石器时代磨治石器发展下来的一种特殊艺术。它的初期作品，在形态和花纹上的成就，我们目下实在还不大明白。只知道至迟在公元前十二世纪左右，殷商时代古坟中出土的种种雕玉，就显示出它在艺术上已达成熟期。后来雕玉技术中的平面透雕、线刻、浮雕和圆雕，种种不同表现方法，都已具备。并且可以看出已经熟练运用旋轮车盘，利用高硬度的宝石末，和用高硬度金属工具，来切磋琢磨。艺术上的特征，即把严峻雄壮，和秀美活泼几种美学上的矛盾，极巧妙的溶化统一起来，表现于同一作品中，得到非常的成功。无论大型玉戈和玉刀，或是一件小佩玉，效果总是相同的。由于玉本质的光莹润泽，和制作设计上的巧慧，作工的精练与谨严，特别是治玉工人对于材料的深刻理解，使它在中国古代美术史中，占有一个特别重要的位置。

中国历史文献称商代最后一个帝王纣辛，因人民反抗他的残暴政治，自焚于鹿台时，身边还有宝玉一亿有余。统治者大量雕玉的占有，充分反映出中国奴隶社会的末期，奴隶主和奴隶之间的阶级对立，如何尖锐显明。当时一般人民进行生产，种植和狩猎，大都还使用石斧、石镰、蚌锯和石、骨、蚌箭头作生产工具，统治者却用精美玉器装饰他心爱的狗马和本人一身。这时期的玉器制作，自然多出于有技术的奴隶双手。

大致可以分作两部分：

一、大型玉多属玉兵器和礼仪上用玉。兵器中有玉戈、玉矛头和玉斧钺等等，有的还镶嵌在刻有非常精美花纹的青铜柄上。礼仪用玉有圆形玉璧，筒状玉琮，齿轮状玉璇玑，等等。二、小件佩玉多从日用工具发展而来，大部分还不完全脱离实用范围，如玉鱼璜可作小刀，玉觿可以解结。一部分又反映古代社会风俗习惯，特别生物如玉龙凤，常见生物如玉牛、玉虎，和燕雀蛙兔，龙凤多用双线碾刻，制作异常精美，鸟兽虫鱼等生物，多用平面透雕，刻法简朴而生动。玉材大致可分白玉和灰青玉二系，还有比较少量的绿色硬玉。材料来源有从本土较近区域内取得的，也有从万里外西北和阗昆仑山下河谷中取得的。属于本土生产的，古称蓝田出美玉，或以为即陕西长安附近的蓝田。从和阗河谷中采取的，可以说明我国古代西北的交通，实远在三千年前。采玉必有专工，并且用的还是女工人（不过有关这种记载，是在公元后七世纪的唐代才发现的）。

雕玉必用金刚砂，别名解玉砂，唐代贡赋名目中，忻州每年就贡解玉砂六十斤。周代只知道玉作有工正专官，主持生产。从河中采取的名子儿玉，大小有一定限度，从山上凿取的名山材玉，有大过千斤的。汉代虽已见出使用山材玉的情形，但直到公元后十三世纪，才使用大件山材玉。

周代前后八百年间（公元前十二世纪到公元前五世纪），雕玉工艺随同时代有不断进一步发展。主要是雕玉和中国初期封建社会，发生了紧密的结合，成为封建制度一部分。周代初年，虽把从殷商政府得来的大量宝玉，分散于诸侯臣民，表示有道德的帝王，把人民看得比宝玉还重要。但在公元前八世纪间，却出了个好探险、喜游历的帝王，驾了八骏马的车子，往中国西方去寻玉，直到昆仑山下，留下了一个穆天子会西王母的故事，影响到中国文学艺术和宗教情感二千多年，成为一个美丽神话传说的主题。

周代大型雕玉，由戈矛斧钺衍变而成的圭、璋、璜、琮、璧，和当时青铜器中的钟鼎，都是诸侯王国分封不可少的东西，政治权威的象征，同有无比尊贵地位的。这种大型雕玉，特别是陕西出土，有可能是商周之际制作的薄质黑玉刀，一部分还依旧保持实用工具的作用，锋利坚刚，可以割切肉食。随后才成为种种仪式上的定型。器物中最重要的是圭、璧，既然是政治权威的象征，还兼具最高货币的意义。诸侯王分封，诸侯之间彼此聘问通好，此外祭祷名山大川、天地社稷诸神，婚丧庆吊诸事，都少不了要用到。后来加入由石庖丁衍变而成的玉璋、外方内圆近于机织衡木的琮、破璧而成半月形的璜，以及形制不甚明确的珥，玉中五瑞或六瑞的说法，因之成立。当时国家用玉极多，还特别设立有典守玉器的专官，保管收藏。遇国有大事，就把具典型性的重器陈列出来，供人观看。玉的应用也起始逐渐扩大了范围，到士大夫生活各方面去。商周之际，惟帝王诸侯才能赏玩的，晚周春秋以来，一个代表新兴阶级的知识分子，也有了用玉装饰身体的风气，因此有"君子无故玉不去身"的说法。并且认为玉有七种高尚的品德，恰和当时社会所要求于一个正人君子的品德相称，因之雕玉又具有一种人格的象征，社会更加普遍重视玉。这里说的还仅指男子佩玉。至于当时贵族女子，则成组列的雕玉环佩，已经有了一定制度。孔子删辑古诗时，诗中提起玉佩处就极多。花纹上的发展，则和同时青铜器纹饰的发展有密切的联系，大致可分作三个段落，即西周、春秋和战国。礼仪用玉如圭璧，多素朴无纹饰，或仅具简单云纹。佩服用玉因金工具的进步，发展了成定型的回云纹和谷状凸起纹，和比较复杂有连续性的双线盘虬纹。佩服玉中如龙环、鱼璜，和牺首兽面装饰镶嵌用玉，一部分犹保留商代雕玉作法，一部分特别发展了弯曲状云纹玉龙。玉的使用范围虽显明日益广大，一般作工却不如商代之精。大型璧在各种应用上，已有不同尺寸代表不同等级和用途，但比较普通的璧，多具一定格式，以席纹云纹为主要装饰。有一种用途不甚明确成对透雕玉龙，制作风格雄劲而浑朴，作风直影响到西汉，还不大变。这种薄片透雕青玉龙，过去人多以为是公元前二三世纪间制作的，近来才明白实创始于周代，至晚在公元前六世纪，就已成定型。

中国雕玉和中国古代社会既有密切联系，玉工艺新的进步，和旧形式的解放，也和社会发展矛盾蜕变同时，实在公元前五世纪的战国时代。那时社会旧封建制度已逐渐崩溃解体，由周初千余国并为百余国，再兼并为五霸七雄，一面解除了旧的王权政治制度上的束缚，另一面也解放了艺术思想上的因袭。更因商业资本的发达流转，促进了交通和贸易，虽古语有"白璧无价"，"美玉不鬻于市"的成规，雕玉艺术和玉材的选择，因此却得到空前的提高。相玉有了专工，雕玉有了专家，历史上著名的和氏连城璧，就产生于这个时代。韩非著述中叙卞和故事说，平民卞和，发现了一个玉璞后，就把它献给国王，相玉专工却以为是顽石，因此卞和被罚，一只脚去掉了膝盖骨。后又拿去呈献，玉工依然说是顽石，因此把两脚弄坏。断了脚的卞和，还深信自己见解正确，抱着那个玉璞哭泣，泪尽血出，悲伤世无识玉的人。后来玉经雕琢，果然成一个精美无比的玉璧。司马迁作《史记》，说璧归赵国所有，诸侯都非常歆羡。秦王自恃兵力强大，就派人来取玉，并诈说用五个城市交换。赵王不得已，派蔺相如带璧入秦国，见秦王无意履行前约，因用计完璧归赵。故事流传二千余年，还十分动人。和氏璧真实情形已不得而知。至于同时代因诸侯好玉社会重玉成为一种风气后，而提高了的雕玉艺术，则从近三十年在河南洛阳附近的金村，和河南辉县地方发现的各种精美玉器，已经完全证实这个时代的雕玉风格和品质。花纹制作的精美，玉质的光莹明澈，以及对于每一件雕玉在造型和花纹相互关系上，所表现的高度艺术谐调性，都可以说是空前的。特别是金村玉中的玉奁、玉羽觞，和几件小佩玉，故宫博物院收藏一件玉灯台，和三四种中型白玉璧，科学院考古所在辉县发掘的一个白玉璜，一个错金银嵌小玉玦的带钩，无一不显明指示出，这个时代雕玉工艺无可比拟的成就。在应用方面，这个时期又开辟了两个新用途，一是青铜兵器长短剑，柄部和剑鞘的装饰玉，二是玉带钩。这两方面更特别发展了小件玉的浮雕和半圆雕。至于技术风格上的特征，则纹饰中的小点云乳纹，和连续方折云纹，已成通用格式。又线刻盘虺纹，有精细如发，花纹活泼而谨严，必藉扩大镜方能看清楚花纹组织的。由于应用上的习惯，形成制作上的风格，最显著的是带钩上镶嵌用玉，和成组列的佩服玉，特别发展了种种海马式的弯曲形透雕玉龙。极重要发现，是金村出土的一全份用金丝纽绳贯串起来的龙形玉佩。至于玉具剑上的装饰玉，又发展了浅浮细碾方折云纹，和半圆雕的变形龙纹（大小螭虎）。圆形玉璧也起始打破了本来格式，在边沿上著二奔龙和中心透雕盘夔。一般雕玉应用图案使用兽物对象，有由复杂趋于简化情形，远不如商代向自然界取材之丰富。但由于从旋曲规律中深刻掌握住了物象的生动姿态，和商代或周初玉比较，即更容易见出新的特征。换言之，雄秀与活泼，是战国时代一般工艺——如青铜器和漆器的特征，更是雕玉工艺的特征。雕玉重品质，选择极精，也数这个时期……近三十年这种种新的发现，不仅对于历史科学工作者是一种崭新的启示，也为世界古代美术史提示出一份重要新资料。

西汉继承了这个优秀传统，作多方面的发展，用玉风气日益普遍，但在技术上不免逐渐失去本来的精细，活泼，而见得日益呆板，因之比较简质的半圆雕辟邪，应用到各种雕玉上去，也起始用到玉璧类。汉武帝时，因西域大量玉材入关，配合政治上和宗教上的需要，仿古制雕玉，于是又成为一时风气。二尺长大玉刀，径尺大素玉璧，和礼制上六瑞玉其他诸瑞，汉代都有制作。由武帝到王莽摄政一段时期，祀事上用玉格外多。大型青玉璧中刻云纹或蒲席纹，外沿刻夔凤虬龙，制作雄壮而浑朴。大型璜玦也刻镂精工，然终不如周代自然。这时期社会崇尚玉色，照古玉书所称，贵重难得的玉计四种：黑玉必黑如点漆，黄玉必黄如蒸栗，赤玉必赤如鸡冠，白玉必白如截肪，才够得上美玉称呼。但汉坟中发现的却多白玉和青苍玉。所谓白如截肪，即后世的羊脂玉，汉代小件佩玉中的盾形佩，和玉具剑上的装饰玉，都常见到。礼仪祀事用玉，则多用白、青和菜碧玉作成。又因大件重过百斤的山材玉起始入关，影响到汉代建筑装饰用玉也极多。政府工官尚方制作有一定格式的大型青玉璧，已成为当时变形货币，诸侯王朝觐就必需一个用白鹿皮作垫的玉璧。诸侯王郡守从尚方购置时，每璧得出五铢钱四十万个。因之也成了政府向下属聚敛的一种制度。官廷中门屏柱椽间，则到处悬挂这种玉璧作为装饰。玉具剑上的雕玉，更发展了种种不同半圆雕和细碾云纹，风行一时。汉代重厚葬，用玉种类也更具体，有了一定制度。例如手中必握二玉豚，口中必有一扁玉蝉，此外眼耳鼻孔无不有小件雕玉填塞。胸肩之际必着一玉璧或数玉璧。贵族中有身分的，还用玉片裹身作玉甲。此外平时一般厌胜用玉，如人形玉翁仲，方柱形玉刚卯，在汉墓中都是常见之物。当时小件精美雕玉是得到社会爱好，有个物质基础的。西汉末通人桓谭就提起过，见一小小玉器，竟值钱二万。当时山东出的一匹上等细薄绸料和绣类，还只值钱一万五千！

出土汉玉较多，后人玩玉，因难于掌握时代，于是都把它叫做汉玉，式样古旧一些的又称三代玉。定名也大都无确切根据。其实由商到汉，前后约十三四个世纪，雕玉花纹和形制，各代是不尽相同的。玉材也不相同。且因入土时间有长短，各地土质又不一，时代性和区域性，因之显著明白。照历史时代可分作殷商、西周、春秋战国，和汉代。照风格分商和西周为一段，春秋为一段，战国到西汉初为一段，东汉为一段。但雕玉工艺虽有其时代性，却由于工艺传统也有其连续性，严格的区别还是不可能的。

中国好玉风气，和雕玉艺术，同汉代政治一样，结束于公元后一世纪左右。文献上虽还叙述到汉末名人曹丕、吴质等人用玉具剑作礼物赠答，但古代玉佩制当时即已失传，幸得王粲从当时博学的蔡邕学习过，才恢复典礼中的玉佩制。近年山东发掘汉末著名诗人曹植坟墓出土玉佩数种，制作简朴而无风格可言，也可以证实这个时代的确是中国古代雕玉艺术的衰落期。此后不久，到晋代，因鲜卑东胡西羌诸民族陆续入侵北中国，致作成中国雕玉艺术中绝期四百余年，直到唐代，才又稍稍恢复，发展了第二期由唐到清代近一千年来的雕玉工艺。虽同是雕玉，它的方法基本上也还是相同的。但花纹的构成，和在社会上致用的意义，有些和前一期雕玉，就已大不相同了。这个区别是需要另作叙述的。

本篇估计作于20世纪50年代前期。

青瓷之认识

汉青瓷之发现

中央研究院史语所工作人员,在河南安阳小屯村地方,发掘得来的陶片中,有带釉陶片一种,质料薄而硬度高,十分别致。报告认为可算得是瓷器中最先标本。产生时间比彩陶黑陶晚,当在商代或稍早一些。这点发现实增加了专家学人一种响往之忱,对中国陶瓷史的印象完全改观。

惟由商入周,两代古坟发掘极多,却并未闻有相同或相似出土器物可以比证。古明器中虽有红砂贝壳胎敷白釉起水银浸闪珠光陶鬲,制度古拙,出土地方既不详悉,产生时代亦难把握,即可能出于商或周初,引例总不甚妥当。普通常见战国时陶瓦器,或敷朱绘粉,陆离斑驳,或质素不华,惟颈肩部分如用木质钝器摩擦成光亮如釉弦纹数道。胎质大多拙质沉重,既不能承黑陶的雅素,又不能及白陶的华美,在陶瓷美术发展史上实不易位置。惟有些同式器物，胎泥细润，泛灰青光，和后来青瓷胎稍有关连。凡带字两周六国灰黄陶片，亦极少著釉。唯一带釉古陶器，具瓷器本来性格，即相似寿州出土薄胎黄褐釉陶壶，陶尊罍。肩部流釉稍厚，起小碎片，半透明，下部被土锈蚀，多露胎，胎泥纯细，平底，有小兽头作肩部装饰。一切款式都如仿自战国或西汉薄铜器。但这种精美陶器产生的时间，可能会晚到汉末及晋六朝，胎质之薄且超过汉青瓷器。陆羽《茶经》说："寿州瓷黄，不宜茶。"唐寿州瓷很可能即从这种旧陶器衍化而来。

一般说青瓷本来，所得印象还仍然指的是汉亮绿釉陶器，即北方各地出土，带深绿亮釉大型陶壶和陶尊。此外还有明器中的房屋、仓库、井栏、猪圈、几俎、炉灶、和其他杂器，这种亮绿釉泽的发明，多以为是张骞通西域后方带回中国的。传说也可信，也可疑。

试从"信"出发看看，亮绿釉陶多色调沉郁，近于绿琉璃，釉浮于胎质之上。到后惟六朝或唐三彩明器，敷釉法有些相近处。釉母很可能最初系从外来，并非自有（那时陶人还不会配合）。汉永平青瓷之釉色变为淡灰青，即系由中国原料自造釉母仿亮绿釉得到的结果，这种仿肖，发展到后来，虽影响中国青瓷史全部，但在当时比较，实不算成功。因为亮绿釉的长处是把握不到的。

再试从"疑"出发，会觉得北方亮绿釉原料，中国本可以生产。以汉人陶冶技术及应付当时一般工艺器材而言，必然可照工师理想，陶上敷同样亮绿釉也不甚困难。明宋应星《天工开物·陶埏篇》，有陶瓦器转锈（釉）法，砖瓦转锈，锈字意义，并非磨光，重在坚实。当时用的方法，是窑中火候已足时，即注水于窑顶凹坑，使之"水火相济"，便可得坚实效果。这方法也可谓汉代人民极早已理会到。因从当时所控制空心砖的坚实耐久，即可见技术上早已达到最高水准。罂瓮上锈当然指带釉光而言，《天工开物》所提示方法，只是用蕨蓝草（即凤尾草）一味，烧灰去滓，和以红泥水拌和涂，即可收功。琉璃瓦所需要，也只是用无名异（锰）、棕榈毛等物煎汁涂染，即成黛绿。用松香、蒲草等涂染，即成明黄。《天工开物》一书虽成于明人，方法实相当旧，具原始釉意味。敷釉原料既然是南中国平常产物，当时中国的丝织物、髹漆、冶金，一切相关工艺，又有个传统优秀而丰富的经验底子，中国瓷釉的发展，很有可能本自南方来，不必经由西域传授。由汉永平青瓷的发现，及以后南方瓷在古坟废窑中的陆续发现，已清理出个一贯条目。青瓷釉的发达和进步，来自南方说，益可征信。亮绿釉即或出自西方，自成一格，至于汉代灰青釉瓷器，它的本来或者时间还早一点。如寿州薄胎带釉黄褐陶，的确出于战国末年，汉灰青应当是受它影响而成功的一种。发展下来即成为三国以后的越系灰青，艾叶青或者说秘色青。并启后世哥、汝、章、龙泉种种青式器。至于这种灰青釉的发明，当初或为实用上需要，或竟出于有意仿造铜器，作为铜器的代替品。尤其是祭器或明器的制作，更近于仿铜器而兴。

　　信和疑都只是一种假定，说明一面的真理，更深的认识和理解，还待将来国内有计划的多方面发掘和比较研究，才会有个正确的结论。

　　亮绿釉陶在北方发现较早，较多，除大型壶樽酒器，尚有同式博山炉，及其他器物。虽发现多年，因为釉泽和唐以后青器根本不同，即想勉强贯串成一个系列，终不容易衔接。由魏晋六朝到唐，有一大段空隙，无从用其他器物填补。陶瓷学者遇到这个问题上时，因此多囫囵过去，不作答解。它的变化、影响和唐宋陶瓷的关连，多付之阙疑。新的发现和启示，是从民十二左右方偶然得到的。

民国十二年，北京午门历史博物馆丛刊第一年第二册，载了篇文章，记载河南信阳县游河镇擂鼓台几座汉坟发掘的经过。

《信阳县汉冢发掘记》：

信阳县城西北，故有古城岗者，土人常于榛莽中，得砖甓之属，率有花文。识者审为汉代物。民国十二年，邑有工事，辄取其砖以应需。众口流传，访古者渐集。邑西北有游河镇者，应游河之阳，距镇西北四里余，有地名王坟洼，俗传为淮南王葬处。或于此掘得陶器，制极古拙。已故画家吴新吾先生得二器以赠本馆，审为汉器，佥以为亟宜从事搜掘。首掘王坟洼，坟纵横各约二十余尺，入地及丈，全墓砖甓毕露，然除于墓底得大泉五十一枚，及铜鼎足一枚外，了无所得。南向搜掘，发现墓门石基，基南得砖台一，长四尺余，宽二尺余，高约一尺，横位于墓门之前，距地面约三尺余，较墓基高六尺。似是祭台，于其上得陶器八件。次至擂鼓台，台距镇北半里，俗传为楚庄王鸣鼓作战处，广约七亩，高及二丈。初从东北面掘隧而下，深及丈余，得石刀、石斧及古陶器数件。再进无所得。乃从西北面复掘一隧，得石器如前。深入一丈八尺，得大石斧一，残骸数件。深至一丈四尺，无所得，乃复掘其西南面，入地三尺余，得古墓二，南北并列。甲墓东西长十九尺有奇，南北宽约八尺，西端宽约三尺。乙墓东西长约二十尺有奇,南北宽约十二尺,西端宽约四尺,悉有砖甃。于甲墓中得铁钉多件,及残甑铁斧等。于西端宽三尺处,得瓷铞、瓦瓯、铜器等件,及五铢钱数十枚。乙墓得铁钉陶器略如甲墓。既竣事,运馆陈列,详加考订,定为汉墓。以所获瓷器考之,盖有四证焉。壶瓿之类,形状纯为汉制,决非后世所有,一也。其花纹多作绳纹,亦为汉制,二也。器皆平底,与后世有足者不同,三也。质地极粗,工艺古朴,迥异后世,四也。本馆同人聊据管见,考证如此。博雅君子,幸而教之(转引自《支那青瓷史稿》)。

这些青瓷器不久即陈列于北平午门上面历史博物馆。直到如今,还在东角楼大柜中。计有下列六件不同器物——

青瓷四耳壶　一

青瓷小四耳壶　一

青瓷洗　一

青瓷碗　一

青瓷杯　一

瓷釉色泽同作淡灰青,胎质坚实,釉具半透明性,火力不及处略呈剥蚀状。青瓷洗中部起网状花纹。器物形制完全如汉铜器。根据报告原在墓中陈列方式看来,同时还应当不止这几件器物。而这类青瓷器,却很像是有意模仿铜器色泽求似真方涂成灰青釉。试作一个假说解释,成因汉代提倡薄葬,影响到一般风气,方用瓷代铜。

这本是一件大事,对陶瓷史的研究尤具重要性。但当时中国考古学既尚在书本文字中辗转，安特生之彩陶研究也刚起始，还只成为少数人讨论问题。所以这种青瓷的发现，对国内陶瓷学者竟无何等影响。惟日人已极引起兴趣，二十年来一般陶瓷问题著述，即多引用这件青瓷洗作先例。且根据这次发现，在华北多方收集，不久即得到许多同式异类青瓷。极重要的一种，是日画家中村不折之书道博物馆所藏有铭文青瓷匜也，上刻文字一行：

中平三年五月十二日尚方作陶容一斤八两。

字作隶体，刻在器物边缘上，如普通汉铜器漆器款式。如非伪作，可算得汉青瓷器中刻年号一个最好例子（公元一八五年），也可作瓷器仿铜一个附带证明。又其他人还得有青瓷博山炉，和亮绿釉博山炉不同。青瓷熊式炉脚或其他器物脚，得于中国南方，壮朴处和一般汉铜器熊式器脚相合。又青瓷羽觞，于银器、铜鎏金器、玉器、漆器、瓦器之外，多一瓷类酒器。又青瓷猪圈，温厚圆泽处已启七百年后龙泉青瓷作风。此外尚有兽环耳壶、皿、钵、斗、炉、灶等等。胎釉作风均和擂鼓台坟中青瓷式样大体相似。

这种发现虽是证明东汉以来的青瓷，已脱离亮釉而形成一种浅淡灰青式釉，至于魏晋六朝的青瓷，或其他瓷器，是种什么作风，颜色形体多了些什么新风格，新风趣，还是无从明白。在一般性叙述中国陶瓷论文中，谈到这个时代情形时，照例除引用些诗文作说明，即不易用实物取证。虽从晋杜毓《荈赋》文章中"器泽陶简，出自东隅"，知浙江东瓯古窑晋时已著名，又引晋潘岳《笙赋》"倾缥瓷以酌酾"，知晋人饮酒已尚青器。惟东瓯青器是什么样子，缥青宜具何等颜色，千年来读书人用书证书，既难得其解，亦不易作进一步追究，因之嗜古者虽多，即遇实物，亦必当面错过。而通常所见南方汉晋六朝青器，及唐越系秘青色，则一向多从商贾市场习惯，认为是南方"古宋瓷"，或"高丽宋"，无人敢言这类器物的产生，实在唐代以前，且正是嗜古者梦寐求之的东西。

新的启发

中国近五十年考古学的发展，应当数《老残游记》作者刘鹗收集的《铁云藏龟》的印行，十分重要。王静安先生从甲骨文找问题，对于殷商的著述，刺激了年青学人对古代史探讨兴趣，五四以后学人由疑古作深入检讨，发展到北伐统一后，学术上兴趣集中点，已定于一，即安阳殷墟的发掘，工作不仅为国人注意，且引起世界对于中国古青铜器的浓厚兴趣。一般历史学者，一时风气所趋，也似乎非秦汉以前不足道。且大有除中原区其他无考古可言。学者通人治甲骨铜器文字学，竟成为时髦事件。至于近古与中古社会发展问题，小问题，比较生疏偏僻难治问题，若作来困难又不易见好，就少有人热心注意。即以铜器研究而言，虽人材甚多，除史语所同人能作田野考古，大多数人还是不脱离老式玩古董治金石文字惯例，在音训上辗转猜谜，在史事上作新史论，有关器物形态美知识即并不发达，由美术史或社会史出发来认识，还无什么人。因此铜器学照例截至汉代为止，三国以后似乎即无铜器可言。无文字铜器，虽商周也不在通人眼中。治石刻更是文字重于图画。这种学术空气，自然使得近古中古研究，就容易疏忽，即一个文化史学者，观点也依旧局束于文学或思想史部分。换言之，即始终不离书本文字所表现或待解决问题，此外即不能着手。所以提到陶瓷史迷蒙期，由唐到三国一段时间的研讨和认识，我们对于东邻学人近三十年的研究热忱，不能不深致深刻敬意。而中国学者对于这个工作的贡献，如陈万里先生对越窑的具体研究，实在说来，也比其他书本文字学术工作，切实而又有价值得多！

因日本学人于浙江绍兴九岩镇越州古窑址的调查，提出的报告印行，世人才知道九岩窑实起于后汉初，六朝为繁荣期，直到唐代，余姚上林湖窑兴起，九岩窑才衰落废绝。从九岩窑废址所发现青瓷碎器残片，可见出一切特点和汉铜漆器均有个共通性。青瓷双鱼洗本出于汉铜洗，由原青瓷过渡，即成为后来唐宋青瓷坦口碟先驱。

九岩窑的最初发现，系当时杭州日领事松村雄藏，所作越州古窑址探查记，载于日文《陶瓷》八卷五号。窑址离著名产酒的绍兴县西北约二里，从运河坐小船一小时可到。德清窑的发现，是另一日领事米内山庸夫，因德清县"后窑"地名引起注意，窑址在杭州东北约六里，考查报告载于改造主刊行的《支那风土记》。把当时所得陶片加以分类，大致为两种，较古一种和九岩窑作风完全相同，纹饰、釉色、形体均具汉六朝青瓷风。较新的则已接近于南宋时代，才知道这个废窑是一直在生产中，地下残片堆积，即是一篇中古青瓷史真实而正确的报告，惟搁置于地下，千年来无人注意。由于这些新的发现，我们方明白浙江实青瓷的发祥地，自东汉即已起始。六朝以前，九岩、德清及禹王庙镇居重要位置，唐五代北宋初，上林湖，余姚窑有个全盛时期，宋元明清，则龙泉、琉田、处州，成为世界著名青瓷出产地。换言之，浙江青瓷此兴彼替，共同已有了个近二千年的历史。从这个部门生产品作有系统研讨，将来必然还可在比较文化史上有许多发现。因为中国青瓷生产区域性的广大，就目下已知道的范围说来，埃及、印度、波斯，即无不有残器残片留存。日本、高丽、暹罗，更多直接受中国影响。将来如偶然在欧洲或南美地方，还可得到不同发现，从瓷片上考查，对于中古海上交通史问题，必能启发更多新知识。

国人对于本问题的贡献

关于汉青瓷的发现，自从得到古越州旧窑址残器碎片互证后，已给我们一个清楚印象，即青瓷器的确由汉代起始。一脉相承，绵绵不绝，唐宋两朝均各有个全盛时期，然同出于一个旧的传统而来。出产地的发现，虽解决了些问题，惟时代上器物形体色泽的排比，却完全由于古坟墓的陆续发掘，方得到更多正确知识。这种发掘各处情形不同，所解决问题也不同。最重要计两部分：

一、绍兴城乡古坟群因修公路无计划的发掘。

二、史语所在安阳对于隋代卜仁墓的发掘。

第一项的发掘调查，对于中古陶瓷史的贡献，十分重要。先是民国二十五年，绍兴地方因修军用公路，县城附近村落，如城南的南池市，城西北的柯桥镇，两乡有数十村无主古坟二三千座，同被掘毁。

施工结果是凡属墓中古器物，都陆续散落于一般本地人、工务员，及南方古董商手中。由于这些杂器物的大规模出土，虽扩大了学人和嗜古者见闻，因出土无条理，且散落四方，欲用它用学术研究，便不容易。二十六年春天，浙江省立图书馆馆员张拯亢氏，因回乡省亲方便，就年来近乡各村遗迹遗物探访搜索，写成一篇《绍兴出土古物调查记》，发表于杭州出版的《文澜学报》三卷二期。日本学者梅原末治，当即译成日文，发表于京都帝国大学史学论文集内，并加以批评，认为这个调查实不够科学，难得古坟群全貌。惟有两点极重要：即从墓铭砖镜文字，知道年代上大略情形，实包括了汉末建安（一九六）到宋建炎（建炎四年，七八二）一段长长时期。就中以六朝坟墓特别多，这些器物自然也大多是属于这个时代。其次是出土器物的种类款式，报告中写得相当详细，张氏所见到的虽只是一小部分，材料之丰富已极惊人。关于年代有如下不同记载：

黄龙（二二九——二三一）

天册（二七五）

天纪（二七七——二八〇）

太康（二八〇——二八九）

永熙（二九〇）

元康（二九一——二九九）

永兴（三〇四——三〇五）

建兴（三一三——三一六）

太兴（三一八——三二一）

咸和（三二六——三三四）

咸康（三三五——三四二）

建元（三四三——三四四）

永和（三四五——三五六）

升平（三五七——三六一）

太和（三六六——三七一）

宁康（三七三——三七五）

太元（三七六——三九六）

泰元（四一九——四二〇）

建安（一九六——二二〇）

黄初（二二〇——二二六）

黄武（二二二——二二八）

太和（二二七——二三二）

元嘉（四二四——四五三）

大同（五三五——五四五）

天康（五六六）

天监（五〇二——五一九）

永安（二五八——二六四）

赤乌（二三八——二五〇）

五凤（六一八——六二〇）

太平（六一六——六二二）

咸熙（二六四——二六五）

甘露（二六五——曹魏则宜为二五六？）

此外还有唐青龙、元和、贞元等墓志，最晚到建炎四年砖铭。至于器物种类，出土数量既多，同一器物式样也各不相同，约略言来，计有瓮、壶、四卫壶、盘、碗、镰斗、水注、皿、明器、洗、鼎、钵、烛台、酒杯、勺、合子等等。调查报告记载器物，计二十三类：

一、盘　盘大径十六吋四分，高仅及吋，盘之中间有一串孔，宽约吋余。然亦有无串孔者。盘内细线纹五道，波纹四道，盘胎陶土磁土混合，釉作黄色。此盘初发现于下林"富贵长复"砖文之圹内，可审定为吴时之器。

二、神亭　亭又名魂亭，为明器之一种。其形如坛，上面堆砌亭台，大约取神所冯依之义。青瓷胎，釉青黄色。瓶肩浮雕武士，发现于漓渚镬脐尖山下，圹砖有"太康三年作"五字，知为晋代之器。（《清异录》称：尊处土封谓之魂楼，凡两品：一如平顶炊饼，一如倒合水桶，上作铜锣形。亦有用一重砖甓者，或刻镂物象，名墓衣。）

三、五壶樽　此樽如坛形，口上堆砌小樽五，形式亦颇奇特。高约二十余吋。所见数种，一种砂瓷胎，褐色釉，樽上并堆人物、狮子、羊、猪、犬、雀等物。又有上堆牌楼、碑亭、人物、鸟兽，所堆之花，皆以手捻成，为神亭之变相作品。所堆之物，取子孙繁衍六畜繁息之意，以妥死者之魂，而慰生者之望。今浙江处属有所谓魂瓶者，或即其遗制？此项器物晋代圹中发现为多。

四、樽　樽之形式殊繁……并有雕刻兽环、人马及堆龟蟹等动物各种制作，釉色青黄为多。直口小樽，双耳横置口外，有数道残纹及细花，高约五吋，作工甚精。细长颈，樽身较高，釉色较青者，多从六朝陈梁时之圹内发现。唐代之樽，广口如盘，细颈圆腹，釉色匀净。

又有无耳樽，形同痰盂，口直大，有黄绿色晶釉及黑釉数种。又有石榴樽，大小如石榴，有双耳，直径小口，出土亦多。

五、罍　乡人称曰糖缸，肩有两耳或四耳，及两耳两兽头，大小不一。大者腹径呎余，小者二三吋。各地出土，以此类器物为最多。

六、洗　洗之种类亦繁，大者径十四吋，高三吋，如盘形，口下雕人骑龙之凸花，内外满布线条及各种细花。又有三面兽环满花，如钵而深者，小如笔洗而有双耳者。花纹至为繁夥，或多道线纹，或井字纹，或以锥刺成细点花，制作俱精，皆为六朝梁陈时之器。洗之内面底上，间有文字，惟点划殊简，为釉遮掩，故多不易辨识。

七、瓷鼎　鼎三足，仿铜款，两兽头，两兽环，凸线四道。釉青，胎红，鼎内无釉。口径约十二吋，高约六吋。又有小者，口径八吋，高五吋，三足。足上部为虎头，四边有兽头四，里外均大波纹。釉青色。

八、钵　钵之大者，口外有数道道线纹，或布纹细花，底，内凸外凹，瓷身厚薄不一。钵内凸底上有如青天白日形之大小水波纹，制作之精，至堪宝贵。

九、多孔灯与灯台　多孔灯形如火鬻，四面上下穿有二十四孔。上口有双耳，俗称命灯。灯台下有一盘，中一直柱，上一小碗。其直柱有作人形者，制作殊奇。又别有小碗，上如直棂之罩。灯台之式样，至不齐一。

十、鸡壶　鸡壶或即提壶，因其壶嘴作鸡形，故名。并有唤作天鸡壶者。大者高至十六吋，小者高不过七吋。其腹部有宽有窄，肩上两耳或作方形，或作半环形。壶柄高出口上，釉有黄、青黄、青三种。口及嘴上鸡冠等处，有褐色点花，颇为匀整。

十一、鸡樽　鸡樽大小更见悬殊,大者并有底座,樽高约十六吋,腹宽十一吋,口径五吋六分,底径四吋五分。四耳,左右各并列两耳,前后鸡头鸡尾,底座高三吋,上径六吋六分,下圈径八吋。上圈与下圈之中间,排列如虎爪脚之柱二十有二,座上四周有一水沟,中间如砚盘状。鸡樽即放置砚盘上,座之底面,划有一李字,度系作樽者之姓。小者高仅二吋半,亦有鸡头目并双耳。

十二、食盘　食盘有大小数种,大者径八吋,高一吋余,小者径五吋,高相等。盘内分作九格,外圈四周作六格,每格若扇面形,中一圆格内再分作三格,盘有仔口,若有盘盖。然出土时均无盘盖发现也。

十三、觞　觞之形状如船,两边有缘,可浮于水,或谓兰亭修禊时之流觞,即属是物。又有盏内贴附二小觞者。大约此项器物专事殉葬用也。别有鸟形之杯,头尾两翼俱全,制作奇古,故或以羽觞名之也。

十四、兽盘　兽盘系盘中堆一猛兽,如虎豹豺狼之类。豹之形状极见文彩,斑纹圈圈可数。尾颇长,虎则尾甚短,形同初生之乳虎,双耳直竖,有威武之象。狼尖嘴短尾,前足作交叉,身长二吋至三吋。盘大四吋至六吋。盘之四周,并穿有数小孔者。

十五、勺　勺亦有大有小。小者如调羹,大者如瓠,径八吋,柄短作如意形。

十六、丹盘　丹盘用以研调丹铅,大小不等,圆形。盘下三足,有作人物与兽爪形者。上有仔口,若曾有盘盖,然出土百数十件中,并无一盖发现,殆当时以木质或别类之物配制欤?盘内极平无釉,可以磨墨，或以砚盘称之。

十七、水盂　水盂即水滴，俗称水钟，为文具之一。以扁形高足，口有线纹一二道。或以锥刺作牛毛旋纹者为多。龟形蛙形者极为名贵，乡人称为虾蟆水锺。釉色青黄褐黑均有，并有如菱花形而口小者。种类形式，亦颇繁夥。

十八、脂粉盒　脂粉盒形与近代锡制之脂粉盒相若。大者径二吋余，小者径仅吋余。上盖或素，或有各种花纹，在六朝及唐代圹中所发现颇极精致。凡有此瓷盒之圹，同时有银钗金环等掘出，可断定为奁具之一种。大约贮藏香粉及匀黛与调脂之用。

十九、温器　温器系置于火上，用以温食物或药物者。下有三足，器之旁缘有柄，或名为镣斗。然镣属于铜器，同时亦有出土。此种器皿，陶质瓷质瓦坯三种，均有出土。陶制者且有数圈极细花纹。瓷与瓦，则仅有线纹数道，或系仿铜制款式。

二十、碗　碗之种类更繁，除似钵而厚，出者普遍者外，其较细致者亦极多，大小至不一致。大者径尺余，碗之外口有花纹一圈，花纹上下各有细线二道，中作极细方格，每一格内如十字形，甚为清晰。小者径三四吋，釉作青黄色。又有碗内外均有波纹者，其碗底一圈之波纹特大，水浪之波纹亦特宽，骤视之宛若党徽。故乡人以青天白日碗名之。碗有作荷花瓣式者，亦颇精致。又有一种泥浆胎之碗，瓷质极松，其釉绿色或黄绿色，晶莹如玻璃，碗底平无釉。其碗较高大者，其足底反小。间有在足度以刀划一圆圈，此已开后世碗底足内空之作风。其他深浅各种盘盏杯碗之属，不胜枚举。

二十一、瓷灶　瓷灶多晋时圹中出土，名曰晋灶。又因以为殉葬之物,一般人又称之曰"鬼灶"。其形一端尖锐,一端平方。平方一面有一方眼,上面有两圆眼,安置不同如碗形者两只,底空。此器亦有大小数种,釉色青黄不一。

二十二、猪栏、鸡罩、鸽棚 猪栏圆形直口,如盘,内卧一猪。其猪有黏连者,有可分离者,又有直口甚高,作窗棂形如栅者,作品甚粗劣。其釉大多数均被土剥蚀。鸡罩,瓦筒形,两面若栅棂,罩之上面有三叉若屋顶然,制作亦不甚精。鸽棚亦简瓦式,前有二方眼,顶棚栖鸽二,鸽身中空,釉色青润,制尚精。

二十三、溺器 溺器形同高馒首式,横口,并有兔形虎形数种。虎形较少,惟十之九破碎,甚少完整者(转引自《支那青瓷史稿》)。

调查报告认为诸器物多晋六朝时代,据青瓷史稿著者意,则以为十三之觞,十五之勺,二十二之猪栏,均汉代式样,其他器物可能尚有不少是汉器。

第二项是隋墓的发掘。民国十八年秋天,在河南承德小屯村北方,洹河畔西边,史语所发掘了一座隋墓。据李济之先生在《安阳发掘报告》第二卷上说,计得有:

墓志一,俑十,明器十,青瓷四耳壶四,青瓷碗五,青瓷台钵一。
墓铭系隋仁寿三年(公元六〇二年)处士卜仁的。照习惯说,处士的经济情况,不会怎么充裕,当时这种瓷器,决不会是什么特别值钱东西。

这份瓷器因发现较早,曾随伦敦中国美术展览会,和其他美术品一同运至英国，展览时特别引起参观者的注意。因为在造形和色泽上，都不是经常所见的。它的特点是灰色陶半瓷胎，釉带鼠灰青，施釉一半，下部露胎。在造形上也相当别致，和南方六朝青北方唐三彩均不甚相合。色调比较沉重。平时同类瓷器，民国二十五年以前，即常发现于南北各古物店，一般称作隋器，来处实不易考查。这种器物因陆续出土，始知作风为北方系，稍稍不同于南方，可能在河南河北烧造。《支那青瓷史稿》著者小山富士夫，曾提起一点可注意，即彼在北中国各地旅行，曾于北平以外的石门、承德（热河）、济南各地骨董店，都得见同式而异类器物，可能当地均有出土。它的分布范围，就他所推测，至少可将河南、河北、热河、山东各省，概括在内。事实上这种质重釉深造形拙中见妩媚的青瓷器，若在北方实在自成一个系列，必从旧窑址作有计划地发掘，并用这个区域的附有墓志古坟中器物作比证，问题方能逐渐解决。也很可能会推衍而上，发现它和亮绿釉汉陶的衔接点。惟至今为止，这种推测还无人加以证实。

又日人于昭和十七年，曾在南京雨花台地方，由东京帝国大学冈田芳三郎及澄田正一两氏发掘，报告发表于日《文林》第二十卷第三期，当时所有遗物五十八件中，得青瓷十五点，计有：

山羊形容器　一

高形灯台　四

灯台　四

碗　四

器盖　一

有盖四耳壶　一

釉作青黄色及褐色。并有作淡灰褐色的。釉具半透明性，作风古朴而厚重。（无实物图录比较，不知是否和一般寿州黄陶作风相同。）

据文志记载，东汉末魏晋之际，汉杨王孙所提倡的薄葬，似不待何晏王衍清谈或佛教兴起以后风气方盛行。在思想观念扇扬玄虚之前，先已有个社会条件，当时明达之士，已不能不主张薄葬。

（吕岱）年九十六卒，子凯嗣，遗令殡以素棺，疏巾布褠。葬送之制，务从约俭。凯皆奉行之(《三国志·吕岱传》)。

朗临卒，谓将士曰："刺史蒙国恩厚，督司万里，微功未效，而遭此疫疠。既不能自救，辜负国恩，身没之后，其布衣幅巾，敛以时服。勿违吾志也。"(《三国志注》引《魏书·司马朗传》)

孚虽见尊宠，不以为荣，常有忧色。临终，遗令曰：……当以素棺单椁，敛以时服(《晋书·安平献王司马孚传》)。

湛族为盛门，性颇豪侈，侯服玉食，穷滋极珍。及将没，遗命小棺薄敛，不修封树。论者谓湛虽生不砥砺名节，死则俭约令终，是深达存亡之理(《晋书·夏侯湛传》)。

亮疾病卒于军……遗命葬汉中定军山，因山为坟，冢足容棺，敛以时服，不须器物（《蜀志·诸葛亮传》）。

这些人生前大都是声名赫赫的上层统治者，对于死后的态度，差不多竟完全相同。极显然，这种达于生死态度，对一般社会也会发生作用的。

绍兴发掘魏晋六朝古坟群，墓中除瓷器外，是否还有其他丰富殉葬器物，报告不详尽，无由推测。惟从三国时人对于死亡的意见，及遗令遗教看来，却不知薄葬必已成风气。因社会既不安定，军师所至，掘墓之风盛行。而疠疫一来，无分贤愚，更是死亡万千。从诗人作品中，即多反映一种"生前即时行乐，而死后大家忘却"情绪。魏晋六朝古墓，有陶瓷而少珠玉，也可说是必然的。到这个时代，殉葬的青瓷器，即非仿铜器而制作，事实上，也已经代替了周秦墓中铜器地位，及西汉人墓中漆器地位，成为主要器物了。惟日常应用青瓷，是否即墓中器物，或比墓中所有，应当还精致些，进步些，实不得而知。有关这一点，惟有两种可能将来可得出一点线索：一即从具特殊性古墓中（如通沟古坟）壁画上，或墓中新发现器物上，得到一些新证据。二即从古窑址发掘比证上，有些更新发现。

中国古代陶瓷

陶瓷发展史是民族文化发展史的一部分。

中国有代表性的史前陶器，是三条胖腿的鬲。鬲的产生过程，目下我们还不大明白，有的专家认为是从三个尖锥形的瓶子合并而成的。当时没有锅灶，用鬲在火上烹煮东西，实在非常相宜。比较原始的鬲，近于用泥捏成，作法还十分简单。后来才加印上些绳子纹，并且起始注重造形，使它既合用，又美观。进入历史时期，鬲依然被广泛使用，却已经有另外两种主要陶器产生，考古学者叫它做彩陶和黑陶。

彩陶出土范围极广，时间前后相差也很大。研究它的因此把它分作数期，但年代终难确定。河南、陕西、甘肃、山西黄河流域一带发现的，时期比较接近，但更新的发现还不断在修正过去的估计。这是一种用红黄色细质泥土做胎，颈肩部分绘有种种黑色花纹，样子又大方又美观的陶器。工艺制造照例反映民族情感和气魄。看看这些彩陶，我们可以明白，古代祖国人民的性格历来就是健康、明朗、质朴和爱美的。

比彩陶时代稍晚些，又有一种黑陶在山东产生，是一九二一年在日照县城子崖发现的。用细泥土做胎，经过较高火度才烧成。黑陶的特征是素朴少装饰，胎质极薄，十分讲究造形。同时还发现过一个旧窑址，因此把烧造的方法也弄明白了。有一片残破黑陶器，上面刻划了几个字，很像"网获六鱼一小龟"，可以说是中国陶器上出现的最早期文字。少数历史学者，想把这些东西配合古代历史传说，认为是尧舜时代的遗物。这一点意见，目前还没有得到科学考古专家的承认。

代表文字成熟时期的最重要发现，是在河南安阳县洹水边古墓群里出土的四种不同陶器（因为和大量龟甲文字同时出土，已经确定这是三千二百年前殷商时代的东西）：一、普通使用的灰陶；二、山东城子崖系的黑陶；三、完全新型的白陶；四、带灰黄釉的薄质硬陶。灰陶在当时应用极普遍，大小墓中都有，而且特别具有发展性。到了周代，记载上就提起过用它做大瓦棺。春秋战国时，燕国都城造房子，用瓦已大到两尺多长，还印有极精美的三角形云龙花纹。又有刻花的墙砖，合抱大陶鼎，径尺大瓦头，图案都十分壮丽。在长安洛阳一带汉代古墓里，还发现过许多印花空心大砖，每块约七十斤重，五尺多长，上面全是种种好看花纹，有作动植物和游猎车马图案的，有作一条非常矫健活泼龙形的。这些大砖图案极为精美，设计又合乎科学，表现出了古代中华民族的伟大气魄和切实精神，也表现了古代工人的智慧和优秀技术。由此发展，二千年来，中国驰名于世界的古代建筑艺术，特别是一千七百年前晋代以来塔的建造和唐宋明清典型的宫殿建筑，更加显出民族艺术的壮美和崇高。

在商代坟墓中的黑陶，有几件是雕塑品，装饰在墓壁间，可以推想在当时已经是比较珍贵的生产。后来浙江良渚镇也发现过一些黑陶，时代还不易估定。近年来河南辉县又发现过一些战国时期的黑陶鼎，北京郊外也发现过一些汉代黑陶朱画杯盘，都可以说是古代黑陶的近亲。

至于白陶的出现，实在是文化史上一件大事情，因此这种花纹精美，形式庄严的白质陶器，在世界陶瓷美术史中，占据了首席位置。它的花纹和造形，虽不如同时期青铜器复杂多样，有几种却和当时织出的丝绸花纹相通。重要的是品质已具有白瓷的规模，后来唐代河北烧造的邢瓷，宋代的定瓷，虽和它相去已二千年，还是由它发展而来。

另外重要的发现是涂有一层薄薄黄釉的陶器，明白指示我们，三千年以来，聪敏优秀的中国陶瓷工人，就已经知道敷釉是一种特别有进步发展性的技术加工。这种陶器的特征，胎质比其它三种都薄些，釉色黄中泛青，釉下有简单水纹线条，本质已具备了瓷器所要求的各种条件，恰是后来一切青绿釉瓷器的老大哥。

随后又有四种不同的日用釉陶，在不同地区出现。

第一类是翠绿釉陶器，当时用作墓中殉葬品，风气较先，或从洛阳长安创始。主要器物多是酒器中的壶、尊和羽觞，近于死人玩具的杂器，有楼房、猪羊圈、仓库、井灶和种种不同的陶俑。此外还有焚香用的博山炉，是依照当时神话传说中的海上蓬莱三山风景作成的。主要纹样是浮雕狩猎纹。这种翠绿色亮釉的配合技术，有可能是当时方士从别处传来的。在先或只帝王宫廷中使用，到东汉才普遍使用。

第二类是栗黄色加彩亮釉陶器。在陕西宝鸡县斗鸡台地方得到，产生时代约在西汉末王莽称帝前后，器物有各式各样，特征是釉泽深黄而光亮，还著上粉绿釉彩带子式装饰，色调比例配合得非常新颖，在造形风格上也大有进步。一切从实用出发，可是十分美观。两种釉色的原理，恰指示了后来唐代三彩陶器和明清琉璃陶一个极正确的发展方向。

第三类是茶黄色釉陶器，起始发现于淮河流域，形式多和战国时代青铜器中的罂、罍差不多。釉色、胎质，上可以承商代釉陶，好像是它极近的亲属，下可以接长江南北三国以来青釉陶器，作成青瓷的先驱。

第四类极重要的发现，是一份浅绿釉色陶器，也可以说是早期青瓷器，是河南信阳县擂鼓台东汉永元十年坟墓中挖出来的。这份陶器花纹、形式、釉色都和汉代薄铜器一样。胎质硬度已完全如瓷器，目下我们说汉代青瓷器，就常用它作代表。这些青绿釉陶启示了我们对中国陶瓷发展的新认识。即二千年前陶釉的颜色，特别发展了青绿釉，实由于有计划取法铜器而来。可能有三种不同原因，才促进技术上的成功：一、从西汉以来节葬的主张到东汉社会起了相当作用；二、社会经济发展，铸钱用铜需要量渐多，一般殉葬器物受限制，因而发明用釉陶代替铜器；三、釉陶当时是一种时髦东西，随社会经济高度发展而来。

从上面发现的四种着釉陶器看来，我们可以肯定，陶器上釉至迟到西汉末年，就已成为一种正常的生产。先是釉料中的赭黄和翠绿，在技术上能正确控制，随后才是仿铜绿釉得到成功。但就出土遗物比较，早期绿釉陶器的生产价值，可能比同时期的铜器还高些。因为制作上的精美，就是一般出土汉代铜器不如的。陶器形态也起始有了很多新变化，一切从实用出发。例如现代西南乡村中还使用的褐釉陶器，在信阳出土一千八百年前陶器中，就已经发现过。现代泡酸菜用的覆水坛子，宝鸡县出土二千年前带彩陶器中，并且有了好多种不同式样。

这些划时代的新型陶器，除实用外还十分结实美观，这也正是中国陶瓷传统的优点。这时节还有一种和陶釉有密切联系的工艺生产，即玻璃器的制作，同样有较多方面的展开。小件彩琉璃珠装饰品，各地汉墓中都陆续有发现（西北新疆沙漠废墟中，朝鲜汉代人坟墓里，长沙东汉墓等都陆续有发现），其中作得格外精美的，是一种小喇叭花式明蓝色的耳珰，和粉紫色长方柱形器物。仿玉色作成的料璧，即《汉书》中说的"璧琉璃"，也常和其他文物在汉墓中出现。又如当时最见时髦性的玉具剑，剑柄剑鞘用四五种玉，也有用玉色琉璃作的。至于各色玻璃碗，史传中虽提起过，实物发现的时代，却似乎稍晚些。

但是由汉代绿釉陶器到宋代的官、均、安、汝四种著名世界的青白瓷器，中间却有约八百年一段长时间，中国陶瓷发展的情形，我们不明白。它的进步过程，在文献上虽有些记载，实物知识可极贫乏。因此赏鉴家叙述中国瓷器发展史时，由于知识限制，多把宋瓷当成一个分界点，以前种种只是简简单单胡胡涂涂交代过去。一千七百年前的晋代人，文件中虽提起过中国南方出产的东瓯、白坩和缥青瓷，可无人能知道白坩和缥青瓷的正确釉色、品质和式样。中国人喝茶的习惯，南方人起始于晋代，东瓯、白坩即用于喝茶。南北普遍喝茶成为风气是中唐以后，当时有个喝茶的内行陆羽，著了一部《茶经》，提起过唐代各地茶具名瓷，虽说起越州青瓷如玉，邢州白瓷如雪，同受天下人重视；四川大邑白瓷，又因杜甫诗介绍而著名；到唐末五代，江浙还出产过一种秘色瓷，和北方传说的柴世宗皇帝造的雨过天青柴窑瓷，遥遥相对，都是著名作品，可是这些瓷器的真实具体情况，知道的人是不多的。经过历史上几回大变故，例如宋代为辽金的战事所破坏，元代一百年的暴力统治，因此明代以来的记载，就更加不具体。著名世界的公家收藏如故宫博物院对于旧瓷定名，也因之无一定标准。问题的逐渐得到解决，是由一系列的新发现，帮助启发了我们，才慢慢搞清楚的。

先是一九三〇年前后，河南安阳隋代古墓的开发得到了一份陶器，极引人注意的，是几个灰青釉四个小耳的罐子，和几个白瓷小杯子。墓志写明这坟里的死人名叫卜仁，是隋仁寿三年埋葬的。重要处是青釉瓷和汉绿釉发生了联系，白釉瓷杯还是新纪录。差不多同时，中国南方古越州窑的种种，经过陈万里先生的调查收集，编印了一部《越器图录》，也初步丰富了我们许多越系青瓷的知识。特别重要是一九三六年以来，浙江绍兴地方因修公路挖了约三千座古墓，墓中大量青瓷的发现和墓中出土的有字坟砖，刻画人物车马的青铜镜子，经过一九三七年《文澜学报》上的报告，让我们明白这份青瓷的时代，实包括了由三国时东吴一直到唐代，前后约六百年，标准的缥青瓷和越青瓷，都可从这份瓷器中得到实物印证。这前后六百年中国南方绿釉瓷的发展史的空隙，就和有了一道桥梁一样，前后贯串起来了。也因此明白此后宋代南方生产驰名世界的哥窑和龙泉窑，修内司官窑，都有了个来龙去脉，不是凭空创造，被人当成奇迹看待。优秀传统底子，所以它的发展，倒是历史必然了。

至于北方青瓷的发展，从汉代到隋代，中间依然还有五百年的空隙，无从填满。北方古董店虽常有一种灰青釉或翠青釉瓶罐杂器，从胎质、釉色、纹片看来，都比唐代白瓷器旧些，比汉釉陶又似乎晚些，一般人常叫它做"古青瓷"。真正时代却无人知道。另外即五代后周柴氏在显德中烧造的柴窑，因传说中的"雨过天青"釉色而著名。明清人笔记辗转抄引，更增加了它的地位，可是却有名无实。明代以来记载，矛盾百出，看不出真正问题。种种附会随之而来，假柴窑因此南北流行。廓清这种传说和伪托，也是要从地下新的发现来解决的。

中国解放为社会带来了无限光明的希望，对于中国陶瓷史的知识，也得到了一种新的光明照耀，豁然开朗。一九五〇年，华北人民政府拨给历史博物馆一大批文物，其中有一份陶瓷，是河北省景县人民发掘出土的。器物中有孔雀绿釉，有栗壳黄釉，还有很多浅青釉和淡黄釉的杯碗，一件豆青杂釉的高脚盘，三个高约三尺堆雕莲花大型青釉尊，和一蓝一白两个玻璃碗。若仅此完事，我们还会以为大致是唐宋之际的东西。可是另外还有一些素铜器和素陶器，陶骑士俑和男女俑，都可证明确是北魏以来遗物。更重要的是两方墓志和几方铜印，让我们明白，原来还是一千五六百年前南北史中有名的封家墓葬中器物！这一来，一道新的桥梁，把北方青瓷发展历史，也完全沟通了。这份陶瓷从釉色，从式样，为我们提供了许多新鲜确实的物证，不啻告诉我们，它既上承汉代青黄釉陶的优秀传统，有了进一步的提高，下还启发了隋唐二代北方的三彩陶和邢州白釉瓷，宋代官、汝、定诸瓷，一直向前迈进。同时把明代人对于柴窑所加的形容，"天青色，滋润细媚，有细纹，足多黄土"和"制精色异，为诸窑之冠"也藉此明白，原来形容的大都是这种六朝瓷器。特别难得的计两种器物，一件是灰青釉堆雕莲花大尊，在造型设计和配釉技术上，都完全打破了旧纪录，达到那个时代极高的成就。造形设计且掺杂了些印度或罗马雕刻风格,可见出文化上的综合性。其次是两个玻璃碗,虽出于北朝人坟墓中,碗的形状及下部网式纹饰,和西北出土的汉代漆筒子杯花纹倒极相近。自汉代以来,统治阶级大都讲究服药,晋代著名方士葛洪著的《抱朴子》,就提起过服神仙长生药,是要用极贵重的琉璃碗或云母碗的。这种琉璃碗在河北省出土,还是中国地下材料的崭新纪录。因此这份文物,不仅可作汉隋之间数百年间北方陶瓷历史的新桥梁,还更深一层启示了我们,劳动人民的伟大创造性是永远在发展中,且不断会有新的东西,从一个传统肥沃土壤中生长的。我们读历史,就知道这个时代正是住居黄河流域的北中国人民,遭受西部羌胡民族长期战争的蹂躏,本来文化受到严重摧残,人民基本手工业生产,也大都被破坏垂尽的时期。陶瓷工人在这种万分困难悲惨情况下,对于陶瓷的生产,不仅并未把原有优良技术失坠,还继续不断讲求进步,得到如此惊人的成就。另一面,又因此知道,唐三彩陶和白釉陶瓷,都无一不是从原有基础上逐渐改进,北宋在河南河北出产的官、均、定、汝四大名瓷的成就以及民间窑瓷器能产生如磁州窑和当阳峪窑、临汝窑诸瓷,作为百花齐放的状态,也无一不是在一定程度中慢慢提高,并非突然产生。总之,这份六朝青瓷的发现,对于中国陶瓷美术工艺的研究,实在太有用了。

总上种种叙述,我们已比较具体把中国由商代到唐初伟大陶瓷工艺的发展过程以及近五十年发现过程,得到一个简要明确的印象。还藉此知道,中国陶瓷过去其所以能在世界陶瓷业中居领导地位,实有两种重要原因:一、生产方式中,很早就已分工组织,到目前为止,分工合作的生产方法，还是比其他手工业生产或半机制工业生产，细密而具体；二、聪敏伟大的陶瓷工人，不问是某一部门的工作，都是非常尊重传统的优良技术和切实有用经验的。因为他们深深明白，如何从民族遗产学习，不断改进生产的技术，又勇于作种种新的试验，方能在历史发展每一段落中，都取得非常光辉的新成就。这两种长处，即到如今还依然好好保持下来，并未失坠。

一九五三年七月改写

本篇于1953年10月1日发表在《新观察》杂志第19期。署名沈从文。

玻璃工艺的历史探讨

中国玻璃或玻璃生产,最早出现的年代,目下我们还缺少完全正确具体的知识。但知道从周代以来,在诗文传志中就经常用到如下一些名词:"璆琳"、"球琳"、"璇珠"、"珂玿"、"火齐"、"琉璃"、"琅玕"、"明月珠"和晋六朝记载中的"玻璃"、"瑟瑟",后人注解虽然多认为是不同种类的玉石,如联系近十年古代墓葬中出土的丰富实物分析,这些东西事实上大部分是和人造珠玉发生关系的。这种单色或复色、透明或半透明的早期人造珠玉,后来通称为"料器"。古代多混合珠玉杂宝石作妇女颈部或头上贵重装饰品,有时还和其他细金工镶嵌综合使用。如同战国时的云乳纹璧,汉代玉具剑上的浮雕子母辟邪、璲和珥、云乳纹镡首等。也有仿玉作殓身含口用白琉璃作成蝉形的。汉代且更进一步比较大量烧成大小一般蓝绿诸色珠子,用做帐子类边沿璎珞装饰。武帝的甲乙帐,部分或即由这种人造珠玉作成。到唐代才大量普遍应用到泥塑佛菩萨身体上,以及多数人民日用首饰上和部分日用品方面。至于名称依旧没有严格区分。大致珠子或器物类半透明的,通称"琉璃",透明的才叫"玻璃"。事实上还常常是用同类材料做成的。又宋代以后，还有"药玉"、"罐子玉"或"硝子"、"料器"等名称，也同指各色仿玉玻璃而言。外来物，仅大食贡物即有"玻璃器"、"玻璃瓶"、"玻璃瓮"、"碧——白琉璃酒器"等名目。而彩釉陶砖瓦，这时也已经正式叫做琉璃砖瓦。《营造法式》一书中，且有专章记载它的烧造配料种种方法。

在中国西部发掘的四千年前到六千年间新石器时代晚期墓葬中，已发现过各种琢磨光滑的小粒钻孔玉石，常混合花纹细致的穿孔蚌贝，白色的兽牙，编成组列作颈串装饰物。在中国河南发掘的约三千二百年前青铜器时代墓葬中，除发现大量精美无匹的青铜器和雕琢细致的玉器，镶嵌松绿石和玉蚌的青铜斧、钺、戈、矛、兵器，同时并发现许多釉泽明莹的硬质陶器。到西周敷虾青釉的硬质陶，南北均有发现。这时期由于冶金技术的进展，已能有计划地提炼青铜、黄金和铅，并学会用松绿石镶嵌，用朱砂做彩绘。由于装饰品应用的要求，对玉石的爱好，和矽化物烧造技术的正确掌握，从技术发展来看，这时期中国工人就有可能烧造近于玻璃的珠子。至晚到约二千八九百年前的西周中期，有可能在妇女颈串装饰品中发现这种人造杂色玉石。惟西周重农耕，尚俭朴，这种生产品不切于实用，因而在农奴制社会中要求不广，生产品即使有也不会多。到二千四五百年前的春秋战国之际，由于铁的发现，和铁工具的广泛使用，生产有了多方面的进步，物质文化各部门也随同发展。襄邑出多色彩锦，齐鲁出薄质罗纨，绮缟细绣纹已全国著名。银的提炼成功和鎏金鎏银技术的掌握，使得细金工镶嵌和雕玉艺术都达到了高度水平。金银彩绘漆器的大量应用，更丰富了这一历史阶段工艺的特色。在这时期的墓葬中，才发现各种品质纯洁、花纹精美的珠子式和管状式单色和彩色玻璃生产。重要出土地计有西安、洛阳、辉县、寿县、长沙等处。就目前知识说来，内容大致可以分成三大类：一、单色的：计有豆绿、明蓝、乳白、水青各式。二、复色的：计有蓝白、绿白、绿黄、黑白两色并合及多色并合各式，近于取法缠丝玛瑙和犀毗漆而作。特别重要的是一种在绿蓝白本色球体上另加其他复色花纹镶嵌各式。这一品种中又可分平嵌和凸起不同的技术处理。三、棕色陶制球上加涂彩釉，再绘粉蓝、银白浅彩的。这一类也有许多种不同式样。这些色彩华美鲜明的工艺品，有圆球形或多面球形，又有管子式和枣核式，圆球形直径大过五公分以上的，多属第三类彩釉陶球，上面常用粉彩作成种种斜方格子花纹图案，本质实不属于玻璃。一般成品多在直径二三公分左右。其中第二类加工极复杂，品质也特别精美，常和金银细工结合，于金银错酒器或其他器物上如青铜镜子，做主要部分镶嵌使用。或和雕玉共同镶嵌于金银带钩上，或单独镶嵌于鎏金带钩上（如故宫所藏品）。也有用在参带式漆器鎏金铜足上的（如中国历史博物馆藏的奁足）。但以和金玉结合作综合处理的金村式大疊和镜子艺术成就特别高。从比较材料研究，它在当时生产量还不怎么多。另有一种模仿"羊脂玉"做成的璧璜，和当时流行的珍贵青铜玉具剑的剑柄及漆鞘中部的装饰品，时代可能还要晚一些；早可到战国，晚则到西汉前期。品质特别精美纯粹，则应数在河南和长沙古墓出土的蓝料喇叭花式管状装饰品。过去以为这是鼻塞或耳珰，现已证明还是串珠的一部分。时间多属西汉。又长沙曾出土一纯蓝玻璃矛头，还是战国矛头式样。广东汉墓又发现两个蓝料碗和整份成串纯净蓝色珠子，其中还有些黄金质镂空小球。

年来这部门知识日益丰富，二千年前汉人墓葬遗物中玻璃装饰品的出土范围越加普遍。除中原各地，即西南的成都、南方的广州、东南的浙江以及东北和西北边远的内蒙古、新疆、甘肃各个地区，都有品质大同小异的实物出土。小如米粒的料珠，也以这个阶段坟墓中出土的比较多。惟第二类复色的彩料珠，这时期已很少见。至于彩釉陶珠则更少。原来这时节中国釉陶用器已全国使用，如陕、洛、河北、山东之翠绿釉，广东、湖南之青黄釉，长江中部各地之虾背青釉，以及长江下游江浙之早期缥青釉都达到成熟时期。并且有了复色彩釉陶，如陕西斗鸡台出黄釉上加绿彩。出土料珠一般常是绿蓝水青单色的。其中具有代表性的应数长沙和洛阳出土，长度约三公分小喇叭式的蓝色料器和一九五四年在广州出土的大串蓝料珠子。

湖南出土的品质透明纯净玻璃矛头，和广东出土的二玻璃碗，格外重要。因为可证明这时期工人已能突破过去限制，在料珠以外能烧成较大件兵器和饮食器。

由于海外文化交流的发展，汉代或更早一些时期，西北陆路已经常有大量中国生产的蚕丝和精美锦绣，外输罗马、波斯和中近东其他文明古国，并吸收外来物质文化和生产技术。这种玻璃生产品，除中国自造外，技术进展自然也有可能是由于外来文化交流的结果。并且还有可能一部分成品是从南海方面其他文明古国直接运来的。因《汉书·地理志》载黄支诸国事时，就提起过武帝时曾使人"入海市明珠璧流离"，又《西域传》也有罽宾国出"璧琉璃"语，《魏略》则称"大秦国出赤、白、黑、黄、青、绿、缥、绀、红、紫十种流离"。但从出土器物形式，如作云乳纹的璧、白料蝉、浮雕子母辟邪的剑饰、战国式的矛头等看来，可以说这部分实物，是只有在国内才能生产的。晋南北朝以来翻译印度佛经，更欢喜用"琉璃"、"玻璃"等字句。因此过去中国历史学者受"中国文化西来说"的影响，多以为中国琉璃和陶器上釉的技术，都是外来物，而且时间还晚到汉魏时代。近年来新的殷周有釉陶器的发现，和晚周及汉代大量精美玻璃实物的出土，和数以万计墓葬材料的陆续出土，已证明旧说见解实不正确。

现在我们可以比较肯定的说，中国工人制造玻璃的技术，由颗粒装饰品发展而成小件雕刻品，至晚在二千二百年前的战国末期已经完成。再进一步发展成日用饮食器物，二千年前的西汉也已经成功。战国古墓中，已发现有玉色琉璃璧和玉具剑柄，以及剑鞘上特有的玻璃装饰物品。汉代墓中并有了死者口中含着的白琉璃蝉，广东汉墓并且已经发现琉璃碗。魏晋时人作的《西京杂记》《汉武故事》《飞燕外传》和三国《胡综别传》，如记载还有一部分可靠性，则早到西汉，晚到三国时期，还使用过大片板状琉璃作成的屏风。虽然这时期小屏风做蔽灯用的还不过二尺见方（见《列女仁智图》），用于个人独坐的，也不过现在的三尺大小（见彩筐冢所得彩漆筐上绘孝子传故事）。然而还是可以说明板玻璃已能有计划烧出。换言之，即中国板玻璃的应用，时间有可能也早过二千年前。三国以后诗人著作中，已经常提起琉璃器物，如著名叙事诗《孔雀东南飞》就说及琉璃榻，傅咸文中曾歌咏琉璃酒卮，其他还有琉璃枕、琉璃砚匣、笔床各物。又著名笔记小说《世说新语》内容多是辑录魏晋人杂传记而成，其中记"满奋畏风，在晋帝坐，北窗作琉璃扉，实密似疏，奋有寒色"。又记王济事，称济为人豪侈，饮馔多贮琉璃碗器中。石崇、王恺斗富为人所共知，如为三尺高珊瑚和数十重锦步障，其实也谈起琉璃碗事。可知西晋以来已经有相当多的产量。惟记载未说明出处，是来自南海或得自西域，抑或即本国工人烧造，未可得知。

西晋末年，因西北羌胡诸游牧氏族侵入中国汉族文化中心的长安、洛阳，战事并继续发展，中国国土因此暂时以长江为界，分裂成两个部分，即历史中的南北朝时期。在长江以北，游牧民族军事统治者长时期的剧烈斗争，使重要的生产文化成就多遭受严重破坏。琉璃制造技术，也因此失传。直到北魏拓跋氏统一北方后，才又恢复生产，《北史》称："太武时，其国人商贩京师（指洛阳），自云能铸石为五色琉璃。于是采矿山中，于京师铸之。既成，光泽乃美于西方来者。乃诏为行殿，容百余人。光色映澈。观者见之，莫不惊骇，以为神明所作。自此，国中琉璃遂贱，人不复珍之。"由此可知彩色琉璃的烧造技术在北方确曾一度失传。到此又能大量烧造平板器物，直接使用到可容百人行动的大建筑物中。这类活动建筑物虽然已无遗迹可寻，但在同时期墓葬中，却有重要实物发现。建国后河北景县封姓五座古墓发掘中，除得到大量具有时代特征的青釉陶瓷外，还得到两个玻璃碗，一个蓝色，一个浅绿色，现陈列于北京中国历史博物馆。这种碗当时似为服长生药所用，晋代人有称它做"云母碗"的。

这时期南中国生产已有进一步发展，绿釉瓷的烧造也达到了完全成熟期。薄质丝绸和新兴造纸，更开始著闻全国。文献记载中虽叙述过用琉璃做种种器物（如庾翼在广州赠人白甜，似即白色料器），由于制作技术究竟比较复杂，并且烧造技术仅掌握在少数工人手里，成品虽美观，还是远不如当时在江浙能大量生产的缥青色釉薄质瓷器切合实用。又因政治上经过剧烈变化，正和其他文化成就一样，玻璃无法进一步发展，关于实物品质形式的知识我们也知道不多。惟这个时期正是中国佛教迷信极盛时期，统治者企图借宗教来麻醉人民的反抗意识，大修庙宇，照史书记载，北朝统治者曾派白整督工七十万人修造洛阳伊阙佛寺。南朝的首都金陵相传也有五百座大庙，北朝的庙宇则有一千三百多个。此外还有云冈、敦煌、麦积山、天龙山、洛阳、青州、巩县等石窟建筑群。这时期的佛像以土木雕塑而成，而且都经常使用各色珠玉宝石、琉璃作璎珞装饰物。试从现存洞窟壁画雕塑装饰，如敦煌壁画近于斗帐的华盖、藻井部分边沿的流苏来看，还可想象得出当时彩琉璃珠的基本式样及其应用情形。隋代政府收藏的书画卷轴，照史志记载，也有用各色琉璃作轴头的。隋仁寿时李静训墓中几件水绿色玻璃器，是目前为止出土文物中最能说明当时生产水平的几件实物。《隋遗录》记载中提及的宫中明月珠，有可能即为如宋人笔记小说所说的一种白色新型大琉璃灯。所不同处，只是隋代还当成宫中奇宝，宋代则已为商店中招徕主顾之物。《隋书·何稠传》称曾发明绿瓷，历来学者多据这点文献材料，说绿瓷成于何稠。如以近年出土文物判断，则绿釉瓷北方早可到东汉永元，惟白瓷倒只在隋代初次出现，透明绿琉璃也在这一历史阶段达成熟期。

唐代由于社会生产力的发展，琉璃制作也有了新的发展。庙宇殿堂雕塑装饰更扩大了彩色琉璃的需要，根据《唐会要》和《唐六典》记载，除由政府专设"冶局"主持全国庙宇装饰佛像的琉璃生产外，日用器物中琉璃的使用，也日益增多。唐诗人如李白等，每用豪迈愉快感情歌颂现实生活时，提及西凉葡萄酒必兼及夜光杯或琉璃钟，此外琉璃窗、琉璃扉也常出现于诗文中。惟多近于从《艺文类聚》中掇拾《西京杂记》等文作辞章形容，不是事实。因直到晚唐苏鹗《杜阳杂编》记元载家红琉璃盘，还认为是重要宝物，可知珠玑易烧，大件瓶盘还不多见。又《唐六典》卷四说："平民嫁女头上金银钗许用琉璃涂饰。"《唐六典》完成于天宝时代，可知当时一般小件琉璃应用的普遍程度。不过作器物的特种彩色琉璃，依旧似乎不怎么多。直到宋代，真腊贮猛火油和其他外来蔷薇露，还特别记载是用玻璃瓶贮藏，记大食传入中国贡品时，也曾提及许多种玻璃器。可知中国工人还不熟悉掌握这种烧造技术。这问题如孤立的从技术发展上来认识，是不易理解的，甚至于因此会使人对于战国、汉代以来琉璃生产的成就产生怀疑。但是如联系其他部门生产情形看，就可知道这种情况倒是十分自然的事。唐代瓷器的烧造，品质已十分精美。河北邢州的白质瓷器，和江南越州的绿釉瓷器生产品不仅具全国性，并且有大量成品向海外各国输出。又中国丝绸锦缎，原来就有一个更久远的优秀传统。发展到唐代，薄质纱罗由汉代的方孔纱到唐代的轻容、鲛绡，更有高度的进步。生产的发展和社会多数应用的要求有密切关系，玻璃和陶器比较，技术处理远比陶器困难，应用价值却又不如陶器高，这是当时透明琉璃不容易向应用器物发展的原因。玻璃和薄质纱罗和纺织物比较，也是如此。薄纱中"轻容"，诗文中形容或称"雾縠"，显示质地细薄，已非一般人工可比。由于这类轻纱薄绢的生产，既结实又细致，甚至于影响到中国造纸工业的进展。例如五代以来虽有澄心堂纸的生产，在绘画应用上，却始终不能全代替细绢的地位。一般作灯笼、糊窗隔子，用纱罗早成社会习惯，而且在使用时具有种种便利条件，价值更远比玻璃低贱，这是使平板玻璃在唐代不容易得到发展的又一原因。因此直到晚唐《邺侯家乘》称代宗时岭南进九寸琉璃盘，又权臣元载家有径尺红琉璃盘，都认为是难得宝物。唐代重灯节，每到正月元宵全国举行灯节。当时政府所在地的长安灯节，更是辉煌壮观。据《朝野佥载》叙述，睿宗和武则天时灯有高及十丈延续百丈的。这种成组列的灯彩，个体多作圆形或多面球形的骨架，用薄纱糊就，画上种种花纹，灯旁四角还点缀种种彩色流苏珠翠。琉璃的使用，是作为灯旁装饰，灯的主要部分还是用纱。借此可知某一部门的生产，常常和其他部门生产相互制约，有些还出于经济原因。唐代镜子工艺可说是青铜工艺的尾声，然而也是压轴戏，许多作品真可说近于神工鬼斧，达到金属工艺浮雕技术最高水平。并且已经大量使用金银薄片镶嵌在镜子背面，制作了许多华丽秀美的高级艺术品外，还曾用彩色琉璃镶到镜子背上，得到非凡成功。可是却没有工人会想到把这种琉璃磨光，设法涂上磨镜药，即可创造出玻璃镜子。这种玻璃镜子直到一千年后才能产生出来，结束了青铜镜子延长约二千三百年的历史使命。仔细分析，还是受条件制约限制，即当时铸镜工艺优秀传统，已成习惯，而且十分经济，才不会考虑到还有其他更便宜的材料可以代替。

本篇原载于1960年1月《美术研究》。

谈瓷器艺术

近十年以来每一次出国陶瓷工艺品预展，我都有机会参观，真是幸运，深深感到万千老师傅和工人同志共同努力下，景德镇瓷业，正若驾着千里马，以极大速度向前行进，成绩一年比一年好。看过这次在故宫展出的新产品，才知道陶瓷工艺又得到更大的丰收。特别显著如失传二百年的有色釉胭脂水，继孔雀绿、祭红、娇黄、冬青等得到成功。这些新品种都釉色明莹匀称，达到了康雍时的最高水平，今后发展还无可限量。最新生产粉彩和釉下彩茶具，折枝花处理和清秀造型结合，作到既美观，又符合实用，发展方向可说完全正确，必然会在国际上得到极高的评价。这种成功实值得全国陶瓷业生产取法，搪瓷生产花纹设计也值得向此学习。此外还有许多大小瓶子，也造型健康秀拔，稳定大方，装饰图案又能结合要求，艺术效果极高。总的看来，可以说这个展出给我印象是各极其妙，美不胜收。

惟个人认为景德镇瓷还不宜以这些成就自限。整个中国各部门生产既然正以史无前例的速度发展，新的需要将日益增多，瓷的应用范围也必然日益扩大。即以北京首都一地而言，千百种有纪念性新建筑，如博物馆、大戏院、大礼堂、地下铁道等等，都需要新的艺术装饰，景德镇瓷质料既好，又易清洁，也不怕阳光雨露，一个艺术家如善于结合需要，作出新的陶瓷设计，必可进一步发挥瓷的特长到新兴万千种事物上去，得到非凡成功。如作中型个别劳动人物雕塑，或纪念碑群像设计，用牙白瓷或加有色釉。如作大面积屏、壁、照墙、廊道装饰，用各种釉色华美彩瓷镶嵌。如烧浅色瓷砖，作门梁或室内装饰，代替彩画。此外则面对生活日益提高的人民日常生活要求，即有五十个景德镇生产日用瓷，也怕还是供不应求，必需在各省市有条件地区发展现代烧瓷业。不过景德镇生产如能注意到将来这个现实问题，即早投入部分人力，试在一部分生产中，领头当先，把当前得到普遍成功的高级绘画瓷，转用吹花贴花法代替，节省加工劳力，成为比较多数人可购买的廉价日用品，也应当看成是一个值得努力的新方向。而且这种成功，才可说是新的国家瓷业真正的成功。人民生活在不断提高，也有理由要求在不久将来即可看到这种新产品上市！这是一个方向问题。这么作并不会妨害高级瓷的生产。如长此疏忽，任日用瓷保留到现在情况下，倒是不大合理的。

就目下展品而言，有些小弱点也可提提。如有些瓶子胎料（特别是口沿部分）似乎略厚一些，比例不大合适，不免影响美观。造型有部分破格，看来别扭，且和装饰花纹不能很好结合，似乎值得从"古为今用"目的出发，多参考些传统优秀成品，能有所折中即可改善。造型还受拘束，有保守处，或者更广泛一些从商周铜和唐陶、宋瓷及康雍以来得到最高成就的彩瓷、单色釉瓷，全面加以注意，即可取得更多有益的启发。又青花料目前色度尚不够稳定，有的烧出效果好，有的却发呆，有的又变成如洋蓝，不甚美观，值得作更深研究，或和科学院化学研究部门合作，取得有用成果。或从青料以外再作些试验，如发现其他鲜明釉下颜色。釉里红特别是青花加紫，和釉下素三彩也待作新的努力，目下成就还不甚好。

这些问题固然靠生产经验来修正，更重要还是得进一步和化学物理研究部门结合，如同烧祭红方式，能得到科学研究部门合作，解决即容易得多。至于新产品中彩墨山水人物绘画装饰，在展出品中成就不见特别出色，原因大致是由于画稿画法比较保守，并不是由于技术限制。因为一般画师多习惯从清代中叶绘画取法，布色构图多比较细碎烦琐，不免精致有余，气魄不大，且乏韵味。和明代青花瓷中的简笔山水花鸟比较，及康雍青花山水人物花鸟比较，即可见出日下生产加工费力虽加倍，效果却不能如预期。山水画用墨彩较多，见油光，在瓷上使用凝固不灵活。为补救这一薄弱环节，私意值得从资料储备工作入手。多为老师傅准备些好画稿供观摩，从个人经验以外更充实些养料。如能博采兼收，必可得到更新的成功。个人意见不妨参用唐宋元明诸名家画稿笔法设意构图，作些插屏挂屏试验。例如花鸟用崔白、王渊、吕纪、林良、边景昭、徐青藤、陈复道、恽南田，山水参董源、夏圭、王诜、马远、赵幹、松雪、云林、曹知白、盛懋、张灵、沈周、石涛、八大，人物参张萱、周文矩、李公麟、唐寅，……以至参用近人齐白石花鸟，李可染山水画法，必然会有更大发展。因为老师傅能精细却不大习惯简易，一习惯，情况即大不相同。这问题和湖南湘绣、北京雕漆有相似情形。要丰富多彩，得花样百出，扩大题材，改进技法。此外甚至还可用彩漆、描金漆、螺甸、刻丝、刺绣千百种不同装饰法，集合瓷绘特性，利用素三彩、硬五彩及斗彩等不同加工方法，放映到新的日用瓷或美术瓷上，达到不同效果。总之，得不为目下成功所限制，来取精用宏，作新的突破努力，才可充分发挥潜力，利用遗产，别创新作，收百花齐放效果。保守下去即近于凝固，不能和社会发展要求相合。

至于立体雕像，如何从赏玩性主题，提高到有意识表现现实生活，特别是作三五尺面积的塑像群，也是值得加强注意处。因为这类作品实不宜仅仅停滞到泥人张面人郎成就上，还有更大前途。但是却惟有和社会现实结合，新的塑像瓷才会有更广大的前途。这工作广东阳江窑艺人和浙江木雕艺人，已先走了一步，作了不少有意义尝试，值得急起直追。

此外如雕塑人物灯座，目前取法受十九世纪国外烧瓷法影响，不大符合现代要求。浙江青田石灯走了弯路，多作细花薄叶，使用户时时提心吊胆，景德瓷更不宜学步。因为在实用品作许多精雕细琢，或者转不适宜于实用，反不如用象牙色瓷特制一种棒槌瓶或双陆樽式，或素瓷加翠绿或胭脂红剔刻暗花作灯座，给人安定愉快感为有前途而足称真正新品种也。灯座为实用物，现代日用品不论用塑料、玻璃、合金、木材等作成，必然发展趋势是简洁、单纯、干净、利落，这也正是瓷器极容易作到的。作新的灯座创造，宜以移动便利，不怕绊倒、不易碰损为方向，过度装饰不合要求。

至于装饰加工部分，剔花堆花法，目下产品如几件天蓝挂粉盘子，是用现代西洋雕塑法，虽得到一定成功，但是还值得作更多方面试验。可供景德镇老师傅和青年艺人参考的，或者还是宋耀窑，当阳峪、磁州、定州诸窑各种不同加工雕花作法，以及明代永乐时雕漆法，嘉定刻竹法，和雍正、乾隆浆胎瓷绣雕法，浮雕法，以及康熙素三彩部分浅刻堆釉法，还有百十种不同处理，都值得保存下来，充分加以利用，不利用未免可惜。新产品中对于图案串枝、锦地开光，这次展出新花样不算多，也少新发展。这个优秀传统，也有不少值得继承下来的东西值得参考。例如近年出现极多的锦绣花纹，古代漆器、近代少数民族染织花纹，如能部分转用到新电光瓷花纹上，用作带式装饰，都必然会收到好效果。

  本于一切研究学习，都重在有助于新的生产的提高的想法，外行一得之见，或有不少错误处，写出来作为一点建议，供专家参考。并盼另日还有机会当面向各位老师傅商讨请教。

1959 年 10 月写

本篇1959年11月8日发表于《光明日报》。

漆工艺问题

中国文化发展史,漆工艺占了个特别位置,重要处不下于丝和瓷,却比丝和陶瓷应用广泛而久远。且在文化史分期过程中,作过种种不同光荣的贡献。

史前石器时代,文化中的蒙昧期,动物或植物的油脂,照需要推测,很可能就要用到简单武器的缠缚和其他生产工具实用与装饰上。到彩陶文化占优势时,这些大瓶小瓮的敷彩过程,在红黑彩色是否加过树脂,专家吴金鼎先生的意见,一定相当可靠。吴先生不幸早死,有关这一点我们浅学实不容易探讨。山东龙山镇发现的黑陶片上,有刻画古文字明白清楚:"网获六鱼一小龟",时间稍晚,安阳殷墟商代王公古墓中,又有无数刻字龟甲,虽不闻同时有成形漆器或漆书发现,惟伴随青铜器发现的车饰、箭镞,当时在应用上,必然都得用漆涂饰。使用范围既广,消费量自然就已加多。当时生产方式及征集处理这种生产品情形,虽少文献可以征引,但漆的文化价值,却能估计得出。

到文字由兽骨龟甲的刻镂,转而在竹木简札上作历史文件叙录时,漆墨首先即当作主要材料,和古代史不可分,直到纸绢能完全代替竹木简札的后汉,方告一个段落。然即此以后二千年,墨的制造就依然离不了漆。其他方面且因社会文化一般发达,在日用器物上,生和死两件大事,杯碗和棺木,都少不了漆。武器中的弓箭马鞍,全需要漆。所以说,一部漆的应用小史,也可说恰好即是一部社会发展简史。

它的意义当然不止是认识过去,还能启发将来。据个人愚见,漆工艺在新的社会中,实有个极光辉的前途,不论在绘画美术上,在日常器物上,它是最能把劳动和艺术结合到应用方面一种,比瓷器更容易见地方性和创造性的,在更便利条件下能产生的。

《尚书·禹贡》称:

> 济河惟兖州……厥贡漆丝。
> 荆河惟豫州……厥贡漆枲缔纻。

可知当时中原和山东均出漆。《韩非子·十过》篇说:

> 尧禅天下,虞舜受之,作为食器,斩山木而财之,削锯修其迹,流漆墨其上,输之于宫,以为食器。诸侯以为益侈,国之不服者十三。舜禅天下,而传之于禹,禹作为祭器,墨漆其外而朱画其内……觞酌有采而樽俎有饰……殷人受之……食器雕琢,觞酌刻镂。

古史传喜称尧舜。商以前事本难征信,不尽可靠,惟漆器物的使用在远古,却是事实。人类文明越进步,漆的用处就越加多。《周礼·夏官·职方氏》记河南之利为林漆丝枲。漆林之征二十而五。或纳贡，或赋税，大致在周初，国家有关礼乐兵刑器物，已无不需要用漆调朱墨作彩绘，原料生产且补助过国家经济。不过世人习惯漆的故事，或者倒是《史记》所记赵襄子漆智伯头作饮器雪恨，及豫让报仇，漆身为癞等等，因为是故事，容易记忆。

战国时有名思想家庄周，尝为漆园吏，专管漆的生产。《续述征记》称古之漆园在中牟。《史记·货殖列传》称：

陈夏千亩漆……皆与千户侯等。

又：

通邑大都……木器髹者千枚，铜器千钧，素木铁器若卮茜千石……此亦比千乘之家，其大率也。

记载虽极简单，已可见出当时漆树种植之富和制器之多。《考工记》记百工，均分门各世其业，更可知运用这种生产的漆工艺，早已成为专门家的工作。生产原料和制作成品，多到一个相当数目的人，都可得官，或者说经济地位近于那种官。

更可知在当时漆器加工和铜铁的比价，实在相当高。有千件漆器，不封侯也等于封侯。

漆工艺彩绘上特别进步，当在战国时。封建主各自割据一方，思想上既泛滥无际，诸子竞能，奇技淫巧亦必因之而大有发展。漆工艺的加工，大致出于这个时期。这从现存寿州楚漆板片及长沙出土漆器，也可推想一般状况。且可明白汉漆器的精美，是继承，非独创。

桓宽《盐铁论》叙汉人用漆器事说：

> 今富者银口黄耳……中者舒玉纻器，金错蜀杯。

叙述价值是漆与铜比一抵十。出处多在西川。这事在扬雄《蜀都赋》中也早已说过。廿年来日本人发掘朝鲜汉墓，更证实了那个记载。所谓"雕镂扣器，百技千工"，照漆器铭文记载，每一件器物，的的确确是用个分工合作方式集合多人产生的。

目前所知，有铭文器物时代最早的，是汉昭帝始元二年，约公元前八十五年。当时即已分木胎和夹纻底子，除朱墨绘画外，还有金银铜贝作镶嵌装饰。彩绘颜色多红黑对照，所作人物云兽纹饰，设计奇巧，活泼生动，都不是后来手艺所能及。中国绘画史讨论六法中"气韵生动"一章时，多以画证画，因此总说不透彻。如果从漆画，从玉上刻镂花纹，从铜器上一部分纹饰来作解释，似乎就方便多了。

漆器铭文中又常有"造乘舆髹……"字样，或可当作皇家御样漆器解。大致当时铜器因为与兵器有关，制造上多出尚方专利。漆器则必须就地取材，却得法令认可，所以有"乘舆髹"字样。制造工官位职都不太小，事实上器物在技术方面的进步，也必然和这个有关，当时还有大器，即彩漆棺木。

照汉代制度看来，比较重要的大官，死后即尝得这种赏赐。《后汉书》记载：

（梁竦）改殡，赐东园画棺、玉匣、衣衾。

（梁商）及薨……赐以东园朱寿器、银缕、黄肠、玉匣、什物二十八种。

袁逢卒，赐以朱画特诏秘器。

漆工艺的堕落，和其他工艺堕落，大约相同，当在封建政治解体，世家子、地主、土豪、群雄竞起争天下的三国时代。汉代蜀锦本名闻国内外，有关当时西蜀经济收入，是国家财政一环。《左慈传》曾称，曹操派人入蜀市锦，因慈钓于堂前铜盘中一举得鲈鱼，拟入蜀购紫芽姜，并托多购锦二匹。曹丕文中却以为蜀锦虚有其名。诸葛亮教令，提及普通刀斧军器不中用，一砍即坏，由"作部"定造，毛病方较少。大约战争连年，蜀之工艺均已堕落，中原佳好漆器更难得，所以曹操当时启奏中，常常提及献纳漆器事情，郑重其事地把一两件皮制漆枕或画案，呈献汉末二帝。谢承《后汉书》称郭泰（林宗）拔申屠子陵（蕃）于漆工之中，欣赏的可能只是这个人的材能器识，未必是他的手工艺。

到晋代后，加工漆器似乎已成特别奢侈品，也成为禁品。有两份文件涉及这个问题。

晋令曰："欲作漆器卖者，各先移主吏者名，乃得作。皆当淳漆著布骨，器成，以朱题年月姓名。"可知已恢复了汉代旧规矩，作漆器要负责任，乱来不得。又《晋阳秋》说："武帝时，御府令（又作魏府丞）萧谭承、徐循仪疏：'作漆画银槃（一作漆画银带粉碗）'，诏杀之。"不得许可作来竟至死罪。《东宫旧事》载漆器数十种，就中有"漆酒台二，金涂镶甸"，可知汉银扣器制式尚留存。又《续齐谐记》称"王敬伯夜见一女，命婢取酒，提一绿沉漆榼"，可知彩漆不止朱墨（绿沉另有解）。《世说》称"王大将军（敦）如厕，既还，婢擎金漆盘盛水，玻璃碗盛澡豆"，可知当时金漆实相当贵重。弘君举食檄有"罗甸碗子"，可知漆嵌螺甸还本汉制。《东宫旧事》又载有"漆貊炙大函一具"。《释名》称"貊炙，全体炙之，各自刀割，出于胡貊之所为也"。可知当时仿胡食烧烤时髦餐具，也有用漆造的。《邺中记》则记石虎有漆器精品：

"石虎正会，上御食，游槃两重，皆金银参带，百二十盏，雕饰并同。其参带之间，茱萸画微如破发，近看乃得见。游槃则圆转也。"正和韩非《外储说左上》所称战国时人为周王画策记载相合。若将古代碾玉冶金技术进步比证，这种精美漆画是可能的。

漆工艺入晋代日益地衰落，或和社会嗜好有关。晋人尚语文简净，影响到各方面，漆器由彩饰华美转而作质素单色，亦十分自然。世传顾恺之《女史箴图》，一修仪理发人面前漆奁，边缘装饰尚保留汉代规式，已不著花纹。《东宫旧事》所提若干种漆器，都不涉及花样。又南方青瓷和白瓯，当时已日有进步，生产上或比较便宜，性质上且具新意味，上层社会用瓷代漆，事极可能。王恺、石崇争奢斗富，酒宴上用具，金玉外玻璃琉璃，尝见记载，惟当时较摩登的，或反而是山阴缥青瓷和南海白瓯。尤其是从当时人赠送礼物上，可见出白瓯名贵。从史传上，一回著名宴会，可以推测得出所用酒器大致还是漆器，他物不易代替，即晋永和九年三月，王羲之邀集友好，于山阴会稽兰亭赋诗那次大集会。仿照周公营洛邑既成羽觞随波应节令故事，水边临流用的酒器，大有可能还是和汉墓中发现的漆耳杯相差不多。这种酒器就目前发现已知道有铜、瓷、瓦、玉、铅、漆，各种多由于仿蚌杯而来。惟漆制的特别精美，纹样繁多。

晋六朝应用漆器名目虽多，已不易从实物得一印象。只从记载上知道佛像已能用夹纻法制造，约在第四世纪时，当时最知名的雕刻家戴逵，即在招隐寺手造五夹纻像。随后第六世纪，从梁简文帝文章中，又可见曾令人造过丈八夹纻金薄像。这种造像法，唐代犹保存，直延长到元朝大雕塑家刘元，还会仿造。当时名叫"抟换脱活"，即抟泥做成佛像坯子，用粗麻布和油灰粘上，外面用漆漆过若干次后，再把泥沙掏空即成。后来俗名又叫"干漆作法"，在佛像美术中称珍品。

至于殉葬器物，则因汉末掘墓和薄葬思想相互有关，一般墓葬，已不会有汉乐浪王盱王光墓中大量漆器出现，在南方绍兴古坟已多的是青质陶瓷，在北方，最近发现的景县封氏墓，也还是瓷器一堆。所以说陶瓷代替了战国时铜器、汉时漆器，成为殉葬主要物品不为过分。

但是到唐朝，漆器又有了种新发展，即在漆器上镶嵌象生金银珠贝花饰，名"平脱"。方法旧，作风新。这从日本正仓院和其他方面收藏的唐代乐器、镜奁、盒子等等器物可以知道。唐代艺术上的精巧、温雅、秀丽、调和，都反映到漆工艺中，得到了个高度发展。惟生产这些精美艺术品的工师姓名，在历史上还是埋没无闻。

到宋代，方又一变而为剔红、堆朱、攒犀，等等。惟当时上层社会极奢侈，国家财富多聚蓄于上层社会，日用器物多金银，所以代表上层统治者宴客取乐的开封樊楼（丰乐楼），普通银器竟过万件，足供千人使用。不曾提漆器。加之当时开封、定州、汝州，瓷器制作，由国家提倡，社会爱好，官窑器已进入历史上的全盛时代，精美结实都稀有少见，比较上从工艺美术言来，漆器虽因加工生产过程烦琐，依然为上层社会重视，就一般社会说来，似乎已大不如当时官窑青瓷和白定瓷有普遍重要意义了。所以到北宋末年，徽宗知玩艺术而不知处理政治，为修寿山艮岳，一座独夫个人享受的大园子，浪费无数人力物力，花石纲弄得个天怒人怨，金人乘隙而入，兵逼汴京，迫作城下之盟，需索劳军物品时，公库皇室所有金银缴光后，还从人民敛聚金银器物，一再补充。《大金吊伐录》一书，曾有许多往来文件记载。当时除金玉珠宝书籍外，锦缎、茶叶、生姜都用得着。惟瓷漆器和字画不在数内。宋朝政府有个答复文件，且说到一切东西都已敛尽缴光，朝廷宴饮只剩漆器，民间用器只余陶瓷。一可见出当时漆器多集中于政府，二可明白到南宋，北方漆瓷工艺必然衰落。到元朝蒙古人入主中国时，两种工艺必更衰落无疑。从史志记载，得知北宋漆工艺生产在定州，南宋则移至嘉兴及杭州。《武林旧事》称临安各行业时，即有金漆行一业。元代虽有塑像国手刘元，还能作脱活漆像，本人且活到七十多岁，据虞集作的刘正奉塑像记，当时却被禁止随便为人造作。漆的应用到宋代，已有过一千五百年历史，试就历代艺文志推究，或可在子部中的小说与农家中早有过记载，惟直到宋代，才有朱遵度作一部《漆经》，书到后来依然散佚不存。仅从现存宋代剔红堆朱器物，还可看出这一代器物特点和优点。元明二代漆艺高手集中嘉兴西塘杨汇地方，多世擅其业。个人且渐知名，如张成、杨茂、杨埙，或善剔红，或善戗金，知名一时。仅存器物亦多精坚华美，在设计上见新意，自成一格。杨埙因从倭漆取法，遂有"杨倭漆"之名，明清以来退光描金作小花朵器物，霏金飘霞作法，似即从杨传入而加以变化。张成有儿子张德刚，于明成祖时供奉果园厂，作剔红官器，另外有个包亮还能与之争功。明代漆器的发展水准，因之多用果园厂器物代表。个人著名的应当数黄大成，平沙人，世人因此叫他作"黄平沙"。作品足比果园厂官器。且著有《髹饰录》二卷，为中国现存仅有关于漆工艺生产制造过程专书。明末扬州有个周某，发明杂宝玉石象牙镶嵌，影响到清乾隆一代，产生应用器物插屏、立屏、挂幅作风。清初有卢葵生，工制果盒、沙砚，精坚朴厚，足称名家……

就发展大略作个总结，可知一部有计划的漆工艺史，实待海内学者通人来完成。这种书的编制，必注意两点方有意义：一是它的生产应用，实贯串中国文化史全时期，并接触每一时代若干重要部门问题，由磨石头的彩陶时代起始，到现代原子能应用为止，直接影响如绘画雕刻，间接影响如社会经济。我们实需要那么一本有充分教育价值和启示性的著述，作一般读物和中级以上教育用书。可是到目下为止，它的产生似乎还极渺茫。

原因是：从史学研究传统习惯上说来，历史变与常的重点，还停滞在军事政治制度原则的变更上，美术史中心，也尚未脱离文人书画发展与影响。换言之，即依然是以书证书，从不以物证书。漆之为物，在文化史或工艺美术史方面的重要贡献，一般学人即缺少较深刻认识，求作有计划有步骤研究，当然无可希望。

本篇作于1948年秋冬。

螺甸工艺试探

这个草稿应属于古代漆工艺史部分，举例虽较简略，还有代表性，提法也较新，可供漆工艺史或工艺史参考。

作陈列说明，某一时漆器或镶嵌器也应分明它前后有什么联系，从发展上说才有道理，孤立即无话可说。

——作者题于原稿封套

一 螺甸工艺的前期和进展

近年来，工艺美术品展览会中，观众经常可见到一种螺蚌类镶嵌工艺品，一般多使用杂色小螺蚌，利用其本来不同色彩，及不同种类拼逗黏合而成花鸟山水，有的从赏玩艺术出发，作成种种挂屏、插屏、盘盒，有的又从日用目的出发，专作烟灰碟和其他小玩具，或精工美丽，或实用价廉，在国内外展出，都相当引人注意，得到一定好评。我国海岸线特别长，气候又温和适中，螺蚌种类极多，就原料说来，几几乎取之不尽，用之不竭。因此由广东到东北，沿海各都市工艺美术研究所，对于这一部门工艺生产，如何加以发展，是个值得注意研究的问题。特别是这种取之无尽的原料，如能较好地和沿海几个都市同样富裕的童妇劳动力好好结合起来，它的前途实无限美好。将在旧有的螺甸工艺中，别出蹊径，自成一格，在赏玩艺术、实用艺术和玩具艺术生产中，都必然有广阔天地可供回旋。

在新的工艺品展览中，在文物艺术博物馆中，在人大礼堂各客室和其他公共花园及私人客厅里，我们又经常可看到用薄薄蚌片镶嵌成种种山水、花鸟、人物故事画面的挂屏、插屏、条案、桌椅、衣柜、书架及大小不同的瓶、盒、箱、匣，不论是家具用具还是陈设品，花纹图案多形成一种带虹彩的珍珠光泽，十分美丽悦目。总名叫"螺甸"器。作的特别精美的，上面还加有金银，或和金银综合使用，则名叫"金银嵌软螺甸"。若系径寸大切磨略粗蚌片镶嵌面积较大花纹到箱柜上的，名叫"硬螺甸"。这种蚌片或在玉石象翠杂镶嵌占有一部分位置，则称"杂宝嵌"。前者多精细秀美，后者却华丽堂皇，各有不同艺术成就。这些工艺品产生的年代，一般说来，较早可到唐代，已达高度艺术水平；最多的为明清两代，是全盛期也是衰落期。这个以蚌片为主的工艺品种，照文献记载，虽成熟于唐代，其实源远流长，属于我国镶嵌工艺最古老的一种。但是又和新近出现的嵌贝工艺，实同一类型，关系十分密切。因为同样是利用海边生物甲壳作为原料，来进行艺术加工，成为赏玩陈设美术品或日用品的。它不仅丰富美化了人民文化生活的内容，也代表我国工艺品一部门艺术成就，在世界美术博物馆镶嵌工艺陈列品中占有一定地位，十分出色，引人注目。

螺甸原属于镶嵌工艺一部门，主要原料是蚌壳。一般多把蚌壳切磨成薄片、细丝，或切碎成大小不同颗粒，用种种不同技术，镶嵌于铜木漆器物上，和漆工艺进展关系且格外密切。但应用和作法以及花纹图案，却又在不断发展变化中，因此于历史各个阶段里，各有不同成就。即同一时代，也常因材料不同，器物不同，艺术要求不同，作成各种不同艺术表现。例如同属明代螺甸器，大型家具如床、榻、箱、柜、椅、案，和案头陈设插屏，及大小盘盒，就常常大不相同。有时甚至于把这些东西放在一处，即容易令人引起误会，以为"螺甸"若指的是这一种，其他就不宜叫做螺甸。也有器物大小差别极大，加工技法艺术风格又极其相近的。前者或出于地方工艺特征，例如山西、北京、苏州、广东生产就不一样。即或采用的是同一主题画，山西用大蚌片在木制衣箱柜门上镶嵌大折枝牡丹图案，底子不论红黑，一般多不推光，花样也以华丽豪放见长。至于苏式条案，这一丛牡丹花却多作得潇洒活泼，具迎阳含露清秀媚人姿态，漆面且镜光明澈可以照人。至于用小说戏文故事题材做的小件盘盒，艺术风格不同处就格外显明。但也有由于个人艺术成就特别突出，影响到较多方面较长时期生产，令人一望而知这是某某流派的。例如明代苏州艺术家江千里，一生专以做金银嵌软螺甸小件器物著名，小只寸大杯子，三寸径小茶碟，大不过径尺插屏盒子。并且特别欢喜作《西厢记》故事（有的人且说他一生只作《西厢记》故事），由于艺术精深，影响到明清两代南方螺甸制作风格，大如床榻、桌案，小如砚匣、首饰箱、杯盘，形成"江千里式"。

和张成杨茂做的剔红漆器，杨埙作的描金倭漆，都同样起着极大影响。除此以外，还有个时代因素，也影响到生产器物和艺术风格。比如唐代铜镜背面和琵琶、阮咸背面，都有螺甸作成的，以后即少见。清代到乾隆以后，玻璃镜子和其他小幅插屏画绣，都流行用广作螺甸框子，因此京苏也多仿效。道光以后，卧室堂房家具流行红木嵌螺甸，因此广东、苏州产生大量成份螺甸家具。从镶嵌工艺应用范围说来，我们还没有发现历史上另外尚有比螺甸工艺在应用上更广泛的。

我们若想知道这部门工艺美术品种较详悉，明代漆工艺专书《髹饰录·坤集》内中曾记载下许多不同名目，反映得相当具体。明代权臣严嵩被抄家时，还留下个家产底册，名叫《天水冰山录》，也列举了好些螺甸家具材料。若把这两个文献记载，结合故宫现有大量螺甸器，和其他大博物馆收藏实物，以及被帝国主义者豪夺巧盗流失海外实物图片加以综合，有关这部门工艺美术知识，显然即将丰富扎实许多。

螺甸工艺的起源和进展，与蚌器的应用分不开。由应用工具进而为艺术装饰，又和玉石情形大体相同，都可说是"由来已久"。所以在镶嵌工艺中，名称虽不古，事实上出现却较早于其他镶嵌工艺。因为蚌器的应用，是在新石器时代，已成为某些地区某些部落当成利于刮削简便合用辅助工具的。锯类的出现，有两个来源：在西北某些地区为细石片镶嵌于骨柄上作成，中原或南方某些地区，最早便是用蚌壳作成。由于原料易得，因此在新石器时代，成为辅助生产工具。由于光泽柔美，且容易处理，因此在青铜时代，有机会和玉石同样，转化为镶嵌装饰工艺原料，施用于建筑和其他器物方面。这自然只是一种"想当然尔"的说法，惟和事实相去必不太远。

试从出土古文物注注意，我们即得知殷商时，由于青铜工艺的进展，雕文刻镂的工艺，也随同工具的改变而得到长足进展，代替了延长数千年的彩绘艺术，而作出许多新成就。青铜器母范代表了当时刻镂工艺的尖端。此外骨类的刻镂成就，也比较突出。玉石用双线游丝碾的作法，也是划时代成就（且直到战国，技术上犹并未超过）。为进一步追求艺术上的华美效果，利用各种不同原料的综合镶嵌艺术，因之应运而生，反映到工艺各部门，特别是几个主要部门，成为奴隶社会制上层文化美学意识的集中反映。较原始的情形，我们还无知。我们能接触到的，还只是青铜文化成熟期，在青铜器上的镶嵌工艺。主要加工材料是松绿石、美玉和骨蚌片。可能还有些其他混合油漆矿物粉末彩料。为什么恰好选这几种材料作镶嵌原料？试加分析，即可知这也并非偶然事情。玉和骨蚌的性能，都是古代工人由于工具利用十分熟悉的材料，而松绿石却是青铜原料一部分。这些材料有时综合使用，有时单独使用，全看需要而定。比如玉戈、玉矛、玉斧钺、玉箭镞，多是主要部分挑选青白美玉，却用青铜作柄，柄部即常嵌松绿石颗粒拼成的花纹图案。反映漫长石器时代已成过去，因而从石料中挑选出光泽莹润温美难得的玉类，加以精工琢磨，作为象征性兵器而出现。这种兵器一部分在当时也有可能还具实用价值，正如《逸周书·克殷篇》所叙述，武王当时得反戈群众和西南八个兄弟民族共同努力打败了纣王，纣王在鹿台自杀后，武王还用玄钺素钺亲自动手把这个大奴隶主的头砍下悬旗示众，表示天下归于姬周。但一般只是象征尊贵与权威，制作美丽重于实用却十分显明。还有一类主要部分全用青铜，只器身和柄部花纹图案用松绿石镶嵌的，除上述的几种兵器外，尚有一种弓形带铃器（可能是盾类装饰），随身佩带小刀及车马具，和部分礼器与乐器。就中又还有完全把玉石退缩到附属地位，和松绿石蚌壳位置差不多的，例如有种大型青铜钺，刃面阔径将达一尺，中心部分有个二寸大圆孔，孔中即常镶嵌一个大小相等小玉璧，璧中有一小孔，孔中又再嵌一松绿石珠，其他柄部刃部有花纹处也满嵌松绿石。这类兵器照文献记载，是历来为最高统治者或主兵权的手中掌握，象征尊严和权威的（汉代将帅的黄钺和后来的仪锽，都由之而来）。蚌类和青铜器结合，也只是在这类斧钺中发现过。最多是在另一方面，和漆木器物的结合。

从比较大量材料分析，商代青铜镶嵌工艺，主要材料是用松绿石作成的（部分可能使用油漆混合其他矿物粉末彩料填嵌。因为兵器类有许多凹陷花纹，还留下些残余物质）。所得到的艺术效果，实相当华美鲜明。很多器物虽经过了三千多年，出土后还保存得十分完整。至于焊接药料是和后来金工那样，用明矾类加热处理，还是用胶漆类冷处理，这些问题尚有待金工专家进一步作些探讨。青铜斧钺孔中也还有用揳入法镶嵌可以活动的，从开孔内宽外窄可以知道。

从青铜器镶嵌工艺看来，它是个重点工艺，却不是唯一的孤立存在的事物。铜陶石刻容器的成形，或本于动植原形，如爬尊兕觥；或本于竹木器，如簠簋笾豆。除容器外，当时竹木器应用到各方面也是必然事情。兵器必附柄，乐器得附架，礼器食器势宜下有承座而上有盖覆。此外收藏衣物和起居坐卧用具，都得利用竹木皮革，由于青铜工具的出现，竹木器物工艺上更必然得到迅速进展，扩大了彩绘刻镂加工的范围。镶嵌工艺使用到竹木器上，也必然随同出现或加多。用青铜作为附件的用具也会产生。至于骨蚌类用于竹木器物上增加艺术上的美观，自然就更不足为奇了。我们说骨蚌类使用于青铜器方面虽不多，一起始即和漆木器有较密切的联系，这种估计大致是不会太错的。在来源不明的殷商残余遗物中，经常发现有大量方圆骨片，一面打磨得相当光滑，一面却毛毛草草，且常附有些色料残迹。另外有种骨贝情形也多相同。若非全部都是钉附于衣服或头饰上遗物，有可能当时是胶合黏附于器物上的。而且它当时并非单独使用，是和其他彩绘刻镂综合应用的。

安阳侯家庄大墓出土遗物中，还留下二十余片高约尺余宽近二尺的残余彩绘花土，上面多用朱红为主色，填绘龙纹兽纹，图案结构龙纹和铜盘上情形相似，多盘成一圈，兽纹则和武官村墓大石磬虎纹极其相近（记得辉县展览时，也有这么一片朱绘花纹，时代可能比安阳的早一二世纪）。在这类材料花纹间，就还留存些大径寸余的圆形泡沤状东西，或用白石或用蚌片做成，上刻三分法回旋云文（即一般所谓巴文），中心钻一小孔，和其他材料比较，且可推知小孔部分尚有镶嵌，若不是一粒松绿石，便是其他彩料。因为一般骨笄上刻的鸟形眼孔，和青铜钺上玉璧中和蚌泡中心，加嵌松绿石具一般性。

这种径寸大泡沤状圆形蚌饰，在古董店商代零散遗物中相当多，由于习惯上少文物价值，所以无人过问。既少文物经济价值，也不可能作伪。究竟有什么用处，还少专家学人注意过。考古工作者既未注意，一般谈工艺美术的又不知具体材料何在。事物孤立存在，自然意义就不多。但一切事物不可能会孤立存在。试从商代青铜器、白陶器作的尊、罍、敦、簋、盘、斝、爵等略加注意，会发现几乎在各种器物肩部，都有完全近似的浮沤状装饰，三分法云文虽有作四分的，基本上却是一个式样，才明白这个纹样在商代器物上的共通性。这些蚌片存在也并非孤立。从形状说最先有可能仿自纺轮，从应用说较早或具有实用意义，把带式装饰钉固到器物上，增加器物的坚固性。特别是在木器上使用时，先从实用出发，后来反映到铜陶上才成为主要装饰之一部门。从铜陶上得知这类圆形蚌器曾用在圆形器物的一般情形，从朱绘花上又得知用在平面器物上情形，从青铜斧钺上且知道还使用到两面需要花纹的器物上情形。

尽管到目前为止，有权威性专家，还抱着十分谨慎的态度，不能肯定那份朱绘残痕为当时彩绘漆器证明，且不乐意引用《韩非子·十过篇》中传说的朱墨相杂的漆器使用于尧舜，对于商代有无漆器取保留态度。但事实上漆的应用，却必然较早于商代，而成熟于新石器时代，由长时期应用而得到进展的。

在新石器时代或更早一些，人类和自然斗争，由于见蜘蛛结网得到启发，学会了结网后，捕鱼狩猎加以利用，生产方面显然得到了一定进展。用草木纤维作成的网罟类，求坚固耐久，从长期经验积累中，必然就会发现，凡是和动物血浆接触，或经过某种草木液汁浸染过的，使用效能即可大增。这类偶然的发现，到有意识的使用，成为一定知识，也必经过一个时期。此外石器中由小小箭镞到大型石斧，都必需缠缚在一种竹木附件上，使用时才能便利，求缠缚坚固，经久不朽，同样要用血浆和草木液汁涂染。漆的发明和应用，显然即由于这种实际需要而来。至于成为艺术品还是第二步。这也正和我们蚕桑发明一样，如《尔雅》叙述，古代曾经有个时期，为驯化这种蠕虫，桑、柞、萧、艾等不同草木均曾经利用过。后来野生蚕只有柞蚕,家养蚕以桑蚕为主,同样是经过人民长时期共同努力的结果,不可能是某某一人忽然凭空发明。漆的发明过程也不例外。

所以我们觉得,在青铜文化高度发达的商代,还不会使用漆器,漆工艺还不能得到相应进展,是说不过去的。它的发明与应用只能早于青铜工艺成熟期,而不可能再晚。

商代这种圆泡状蚌饰,大致有两种不同式样,一种作⌒式,一种作⊙式,形状不同由于应用不同。前者多平嵌于方圆木漆器物上,或平板状器物上,后者则嵌于青铜钺上。现存故宫和其他博物馆这类蚌器,在当时使用,大致不出这两个方面。这是目前所知道的较早螺甸。

这个工艺在继续发展中,从辛村卫墓遗物得知,圆泡状蚌饰还在应用,另外且发现有嵌成长方形转折龙纹的。又这时期当作实物使用的蚌锯蚌刀已较少,只间或还有三寸长蚌鱼发现,和玉鱼相似,或直或弯,眼部穿孔,尾部作成薄刃,有一小切口,还保留点工具形式,事实上只是佩带饰物。玉鱼到春秋战国转成龙璜,蚌鱼便失了踪。失踪原因和其他材料应用有关,和生产进展有关。

文献中材料涉及螺甸较重要而具体的,是《尔雅》兵器部门释弓矢,说弓珥用玉琥为饰。考古实物似尚少发现。从其他现存残余文物中,也未见有近似材料可以附于弓珥的。事实上蚌类器材饰物在春秋战国时已极少使用,主要原因是由于社会生产进展,工艺上应用材料也有了长足进展。金属中的黄金,在商代虽已发现薄片,裹于小玉璧上,到这时,却已把这类四五寸阔薄片,剪成龙凤形象,捶成细致花纹，使用于服饰上。又切镂成种种不同花纹，镶嵌于青铜器物上，较早还只在吴越特种兵器上出现，随后则许多地方都加以应用，大型酒器也用到。人民又进一步掌握了炼银技术，作成半瓢形酒器，或和黄金并用，产生金银错工艺。又学会发明了炼砂取汞的技术，因此发明了鎏金法。并能把金银作成极细粉末，用作新的彩绘原料。雕玉方面则由于发现了高硬度的碾玉砂，不仅能切割刻镂硬度较高光泽极美的玉石，且能把水晶玛瑙等琢磨成随心所欲的小件装饰品。到战国以来，由于商品交易扩大范围，中原封建主为竞奢斗富，不仅能用南海出的真珠装饰于门客的鞋上，并且还可以由人工烧造成各种彩色华美透明如玉的琉璃珠，作为颈串或镶嵌到金铜带钩及其他日用器物上去。有的且结合种种新发现材料，综合使用，作成一件小小工艺品，如信阳辉县等地发现的精美带钩，见出当时崭新的工艺水平。相形之下，蚌类器材在装饰艺术中，可说已完成了历史任务，失去了原有重要位置，由此失踪就十分平常而自然了。

二　螺甸工艺的进展

螺甸工艺在美术中重新占有一个位置，大致在晋南北朝之际，而成熟于唐代，盛行于唐代。特别是在家具上的使用，或在这段时期。直延续到晚清。

照文献记载，则时代宜略早一些，或应在西汉武帝到成帝时，因为用杂玉石珠宝综合处理，汉代诗文史传中均经常提起过。宫廷用具中如屏风、床榻、帘帷、香炉、灯台和其他许多东西，出行用具如车辇、马鞍辔……无不有装备得异常奢侈华美价值极高的。出土文物中，也发现过不少实物可以证明。例如故宫所藏高过一尺半径过一尺的鎏金大铜旋，器物本身足部和承盘三熊器足，就加嵌有红绿宝石和水晶白料珠子等。其他洛阳各地出土器物，镶嵌水晶、松绿石和珠玉的也不少。前几年，江苏且曾发现过一个建筑上的黑漆大梁板，上嵌径尺青玉璧，璧孔如嵌一径寸金铜泡沤，上还可承商代斧钺衔璧制度，联系近年洛阳西汉壁画门上横楣联璧装饰，可以对于《史记》、《汉书》中常提过的汉代宫殿布置"蓝田璧明月珠"叙述，多有了一分理解，得到些崭新形象知识，为历来注疏所不及。汉代官工漆器物中，除金扣黄耳文杯画案外，又还有剪凿金银薄片成鸟兽人物骑上舞乐，平嵌在漆器上的。金银、珠玉、松绿石、红宝石、水晶、玛瑙，以及玳瑁，均有发现，惟蚌片实少见。主要原因不是原料难于技术加工，可能还是原料易得，不足为奇。

杂宝嵌工艺在晋南朝得到进展，大致有三个原因：一出于政治排场，晋《舆服志》、《东宫旧事》、《邺中记》、《南齐书·舆服志》，即有一系列关于这方面的记载。二出于宗教迷信，由《三国志·陶谦传》到《魏书·释老志》、《洛阳伽蓝记》和王劭《舍利子感应记》，及南北史志传中许多记载，都提到这一历史阶段，由于南北统治者愚昧无知，谄佞神佛，无限奢侈糜费情形，魏晋时托名汉人遗著几个小说，和时代相去不多的《神仙传》、《拾遗记》，内容所载人物事迹虽荒唐无稽，美而不信，但记载中有关服食起居一部分东东西西，却和汉代以来魏晋之际物质文化工艺水平有一定联系，不是完全子虚乌有，凭空想象得出。三为豪门贵族的竞奢斗富的影响。如《世说·汰侈篇》及南北史志传记载,和当时诗文、歌咏,无不叙述到这一时期情形。西晋以来,工艺方面进展的重点似均在南方。如像绿色缥青瓷的成熟,绿沉漆的出现,纺织物则紫丝布、花練、红蕉布、竹子布,无不出于南方。北方除西北敦煌张骏墓的发掘,传说曾出现过大量玉器,且有玉乐器、玉屏风等物出土,此外似只闻琉璃制作由胡商传授,得到新的进展,大有把玉的地位取而代之之势。夹纻漆因作大型佛像,也得到发展。其余即无多消息。关于雕玉,南方更受原料来源断绝影响,不仅无多进展,且不断在破坏中。如金陵瓦棺寺天下闻名三绝之一的玉佛,后来即不免供作宫廷嫔妃钗鬓而被捶碎。加之由于神仙迷信流行,用玉捣成粉末服食可以长生的传说,成为一时风气,葛洪启其端,陶弘景加以唱和,传世玉器因此被毁的就必更多!(这也就是这一时期南北殉葬物中均少发现玉器另外一个原因。)当时琉璃已恢复生产,而且得到进一步发展,由珠子和小件璧环杯碗而作成屏风,和能容百余人的"行殿",也可说即由于代替玉的需要而促成。当时豪族巨富如石崇,虽说聘绿珠作妾,用真珠到三斛。另一妾翾风,则能听玉声,辨玉色,定品质高下。但和王恺斗富争阔时,提及的却是紫丝布、珊瑚树一类南方特产。且力趋新巧,以家用待客饮食器物,能够全部是琉璃作成为得意(这种琉璃碗有时又称云母碗,专为服神仙药而用。近年在河北省景县封氏墓曾出土两件)。

外来文化的影响,也起了一定作用。因为许多杂宝名目虽然已经常在汉代辞赋中使用,至于成为一般人所熟习,还是从佛经译文中反复使用而来的,六朝辞赋中加以扩大,反映虽有虚有实,部分大致还是事实。例如常提到的兵器鞍具、乐器和几案屏风的各种精美镶嵌，大致还近事实。使用材料且扩大到甲虫类背甲、翅膀，日本收藏文物品中，就还留下个典型标本。蚌片镶嵌既有个工艺传统，且光彩夺目，原料又取之不尽，且比较容易技术加工，和漆工艺结合，并可得到较好艺术效果，螺甸重新在工艺品中占有一个位置，就不是偶然而是必然了。

它产生、存在，而实物遗存可不多，大约有三个原因：一、由于和日用漆木器结合，保存不容易。二、由于和宗教结合，历史上好几次大规模毁佛，最容易遭受毁坏。三、由于当时生产即属特种工艺品，产量本来就不大。七弦琴多称金徽玉轸，事实上琴徽最常用的是螺甸，这种乐器恰好就最难保存，何况其他特别精美贵重器？《北史》称魏太后以七宝胡床给和尚，照佛经记载，七宝中必包括有"车渠"，车渠即大蚌类。

唐代把螺甸和金银平脱珠玉工艺并提，一面征调天下名工，作轮番匠至长安学习传授技术，一面又常用法律加以禁止，认为糜费人工，侈奢违法。两者都证明这个工艺品种是属于特种高级工艺而存在的。在一般制造为违法，宫廷生产却无碍。特别是用法令禁止，恰好证明它在民间还有生产，而且相当普遍，才需要用法令禁止！

从现存唐代镶嵌工艺品比较分析，和部分遗存唐代实物螺甸镜子乐器和其他器物艺术成就分析，我们说在这个历史阶段是中国螺甸工艺成熟期，大致是不错的。正仓院几件遗物和近来国内出土几件镜子和其他器物，证实了我们这个估计。和当时佞佛关系密切，杂宝镶嵌的讲经座，《杜阳杂编》即叙述得天花乱坠。这个书记载虽多美而不信，但从另外一些文献，如韩愈《谏迎佛骨表》及间接形象反映，如敦煌壁画初唐到晚唐各种维摩变讲经座，各种佛说法图经座中镂金布彩情形看来，《杜阳杂编》有关这部分叙述，倒不算过分。实物材料之难于保存，还是和前面说到的几个原因分不开。主要大致还是其中第二个，会昌毁佛和五代毁佛，几次有意识的大变动，因之保留不多。

有关这一阶段的螺甸花纹，过去可说无多知识。不过一切东西不可能是在孤立情形下产生的，螺甸花纹图案也不例外，必然与其他镶嵌工艺有一定联系。如鸾含长绶、串枝宝相、鹊踏枝、高士图、云龙，一般工艺图案都惯常使用，螺甸也不例外。唐代镶嵌工艺图案有它活泼的一面，也有它板滞的一面，镜子是个最好的例子。金铜加工由于处理材料便利，就显得格外活泼，螺甸受蚌片材料限制，不免容易板滞。这自然也只是相对而言。克服由于材料带来的困难，得到更新的进展，似在宋明间，特别是明代约三百年，江南工人贡献大而多。

这个工艺进展若从分期说，应说是第三期。清初百年宜包括在内。

三　螺甸工艺的全盛期

宋代生产上的进展，影响到工艺普遍进展。许多日用工艺品不一定比唐代精，可是却显明比唐代普遍，陶瓷是个显著的例子。其次是丝绣。再其次就是漆工艺。唐代漆艺以襄州所产"库路真"为著名，照《唐六典》记载有"花纹"和"碎石纹"两种。"库路真"，究竟是某种器物名称，如鞍具或衣具，还是漆器中某种花纹（如犀皮中剔犀或斑犀，或如东邻学人推测，与狩猎纹有关），是个千年来未解决的问题。但唐人笔记同时还说到，襄样漆器天下效法。既然天下效法，可见后来已具普遍性，技术加工和艺术风格，总还可从稍后材料中有些线索可寻。敦煌唐画有作妇女捧剔犀漆画雕剑环如意云的，是否即其中之一种？又传世画宋人《会乐图》，从装束眉眼服装看来为唐元和时装，筵席间也有近似玳瑁斑漆器。从各方面材料加以分析，库路真器有可能和犀皮漆描金漆两种关系较深。宋代临安漆器行中即有金漆行与犀皮行，可说明两个问题：一是分行生产，反映生产上的专业化。二是产量必相当多，在当时已具有普及性，不是特种工艺。

至于螺甸，则大致还属于特种产品。两宋人笔记和其他文献记漆事的甚多，有三个记载特别重要：一是《大金吊伐录》中几个文件，有个关于金军围城向宋政府需索犒军金银，宋政府回答，官中金银用器已聚敛尽罄，所用多漆器。说明当时宫廷中除金银器外，必大量使用漆器。另一文件是贿赂金兵统帅礼物的，中有珍珠嵌百戏弹弓一具。证明正仓院藏唐代百戏弹弓，宋代还有制作，并且是用珍珠镶嵌而成。二是《武林旧事》记南宋绍兴年间高宗到张俊家中时，张家进献礼物节略，较重要的除织金锦明明为特种高级纺织物，还有两个螺甸盒子，用锦缎承垫。其所以重要或不仅是螺甸器，可能盒中还贮藏珠玉宝物。但特别指出螺甸，可见必然作得十分精工。三是南宋末贾似道生日，诏佞者进献螺甸屏风和桌面，上作贾似道政绩十事，得知当时寿屏已有用本人故事作题材应用的。详细内容艺术安排虽不得而知，但从宋时屏风式样、唐代金银平脱琴、螺甸镜人物故事处理方法，和元明间螺甸漆门几案插屏柜等布置人物故事方法，及宋元人物故事绘画习惯，总还可得到一种相对知识。

至于唐宋以来螺甸重新得到抬头机会，重新在美学上产生意义，另外有个原因，即由于珍珠在这个时期已成艺术中重要材料。宋代官廷从外贸和南海聚敛中收藏了大量珍珠，照《宋史·舆服志》记载，除珠翠作凤冠首饰，椅披到踏脚垫子也用珍珠绣件。有个时期将多余珠子出售于北方时，数量竟达一千多万粒。珍珠袍服衣裙马具也常见于记载。直到元代，贵族还常赐珠衣。珍珠既代表珍贵和尊贵，在美学上占有个特别位置，螺甸因之也重新在工艺品中得到位置，而且应用日益广阔。

元明间人谈漆艺较具体的为《辍耕录》，《辍耕录》叙漆器作法，计四部分，黑光、朱红、鳗水、戗金银诸法，而不及螺甸。《髹饰录·坤集》，填嵌第七中即将"螺钿"列一专目，称一名"蜔嵌"，一名"陷蚌"，一名"坎螺"。又有"衬色蜔嵌"，雕镂第十又另有"镌蜔"，既属雕镂，则可知还是从唐代作法而来。又匾斓第十二，子目中还有综合作法，如"描金加蜔"，"描金加蜔错彩"，"描金错洒金加蜔"，"描漆错蜔"，"金理钩描漆加蜔"，"金双钩螺钿"，"填漆加蜔"，"填漆加蜔金银片"，"螺钿加金银片"等等不同作法。

《天水冰山录》所载漆家具器物中属于螺甸的有"螺甸雕漆、彩漆大八步等床"，"螺甸大理石床"，"堆漆螺甸描金床"，"嵌螺甸有架亭床"。仅仅床榻大器即有这么许多种，其他可知。

通俗读物《碎金》，也记载有许多名目，不及螺甸。《格古要论》里也说及一些问题。作者曹昭虽在明初，补充者王佐时代实较晚。王佐曾官云南，因之有关云南剔红漆艺较熟悉。谈螺甸品种较详细的还是《髹饰录》里坤集中部分记载，由此得知，明代实螺甸漆制作全盛期。但现在部分时代不甚明确遗物，却显明有些实由宋元传来。

明人笔记称元末明初南京豪富沈万三家中抄没时，有许多大件螺甸漆器多分散于各官司里，大案大柜的制作，不计工本时日，所以都特别精美。又《天水冰山录》记权臣严嵩被抄家时，家具文物清单中，也有许多螺甸屏风床榻。当时实物虽难具体掌握，但从现存故宫一个大床和几个大案，历史博物馆几个大柜和长案木器等看来，还可知道明代螺甸家具艺术上基本风格，技术上加工不外两式：有用大片蚌片嵌大丛牡丹花树的，多不加金银，通称硬螺甸，历史博物馆所藏的几个大黑漆木箱，可以作为代表。黑漆不退光，黯沉沉的，花朵布置也比较犷野，装饰气魄和元明间青花瓷图案还相近，制作时代可能亦相去不多远。数量不怎么多，生产地有说出于山西绛州，无正面可靠证据，但也缺少反面否定证据。另有一式即历博所藏大柜大案，和故宫在建国后接收的一架大床，和另外收购几个长案，多用金银嵌细螺甸法，通称软螺甸，作人物故事楼台花鸟，精工至极。部分且用飘霞屑金蚌末技法，并用大金片做人物身体。构图布置谨严细致，活泼典雅。八尺立柜，丈余长案，人物不过寸许，不仅富丽堂皇，也异常秀美精工，可称一时综合工艺登峰造极之作。惟时代过久，因之部分金片多已脱落，修补复原不免相当困难。

传世江千里金银嵌软螺甸，作小插屏匣盒及茶托酒盏，加工技法或即从之而出，时代则显明较晚。这些大件器物的其中一部分，是否即明人所说元明间沈万三家中物？或同样出于江西工人所作，原属严家器物？实有待进一步从器物中花纹图案，特别是人物故事题材设计加以分析比较。但有一点可以肯定，即这类工艺进展，显然和南方工艺不可分。因为《髹饰录》作者生长地嘉兴西塘杨汇，是南方漆工艺集中处，工匠手艺多世传其业，这个书的写成，乾集部分内容虽可能本于宋人朱遵度《漆经》，坤集做法品种实反映元明成就。

从加工技术说，剔红、斑犀、刷丝、戗金、雕填、螺钿，各有不同特征，比较上金银嵌软螺钿工艺特别复杂，因此传世遗物也较少。惟从艺术成就而言，则比明代宫廷特别重视的果园厂剔红成就似乎还高一些。

四 十八九世纪的商品生产

到十七八世纪由康熙到乾隆的百年时间，漆工艺普遍得到进展，惟重点或在四个部门：剔红、泥金银绘、五彩戗金雕填和剔灰。主要是宫廷中的剔红器，料精工细，成就就格外显著。大件器物且有高及丈余的屏风，和长榻大案。其次是描金和雕填，大如屏风，小如首饰箱、镜匣、盘盒，也无不作得异常精美。特别是泥金用"识文隐起"法制作的盘盒类，达到高度艺术水平。花纹图案和器形结合，成就格外突出，为历史所仅见。第三即犀皮类多色"斑犀"和"绮纹刷丝"，和雕填描金相似，举凡《髹饰录》坤集中所提到的各种综合加工品目，差不多都在试制中留下些精美遗产，现在大部分还收藏于故宫。第四是产生于明清之际一种"剔灰"漆，以大件屏风和条案占多数，中型圈椅、交椅、香几，则多反映于明清之际画像中。一般多黑漆剔出白地，主题部分山水人物花鸟为常见，也作博古图，边沿则用小花草相衬。北京山西均有制作。技术流传到如今还有生产，多供外销。至于螺甸漆，在和明代或清初成品比较下，工艺成就不免有些下降，并未突破江千里式记录。但有了一点新的发展，为其他漆工艺所不及，即和其他新的工艺结合，以新的商品附件而出现，生产数量日有增加，生产品种也随之越来越多。并由此应用风气，重新扩大到家具方面，成为十九世纪高级家具主流。例如由于玻璃镜子的出现，结束了使用过两千多年圆形铜镜的历史使命，出现了一二尺长方挂式银光闪闪的玻璃镜，和七八尺高屏风式大穿衣镜。较早还只限于贡谀宫廷而特制，过不多久，即成高级商品。这类新产品的镜框座架，一般多用紫檀、瀿鹩、花梨、红木等镶螺甸做成。自鸣钟来自海外，不多久广州、苏州均能仿造，外边框盒部分，除鎏金和广珐琅装饰，也流行用螺甸装饰。此外用平板玻璃作材料，在反面用粉彩画人像或山水花鸟画，以及时间稍晚，用百鸟朝凤作主题画的广东绣双座案头插屏，和其他陈设品，几几乎无不使用硬木螺甸框架。总之，到了十九世纪初叶，凡是带一点新式仿洋货的工艺品和高级用品，用得着附件时，即有螺甸出现。即通常日用品如筷子羹匙，也有螺甸漆木制成的。从数量品种说，实达到了空前需要。至于装饰花纹，广式串枝花为常见，附于贵重器物上为宫廷特别制作的，间或还具清初工艺规格，用金银嵌软螺甸法。至于一般性商品制作，即不免结构散乱，花叶不分，开光折枝艺术性也不怎么高，有的且相当庸俗。主题画面采用明清戏文故事版画反映的，由茶盘发展而成烟盘，工艺精粗不一，章法布局已不及明清间同样主题画精细周到。这也正是一切特种工艺转成商品后的必然情形。道光以后，这部门工艺又发展到一般中上层家庭使用成堂成套硬木家具上，成为达官贵人家中一时时髦事物。这类硬木家具，多用灰白大理云石或豆沙色云石作主要部分镶嵌，边沿则从上到下满嵌螺甸，大如架子床、带玻璃镜衣橱、条案、八仙桌、杨妃榻、炕床、梳妆台、独腿圆桌、两拼圆桌、骨牌凳、太师椅、双座假沙发，无不使用到。北京颐和园和历史博物馆，就还各自留下许多这类家具器物，代表这一时代工艺成就。且有为当时新式特别会客厅专用高及一丈五尺，宽过二丈开外镜橱，除八面方圆镜子，其余全部镶嵌螺甸花鸟草虫的。

此外即由于帝国主义的侵略，有意毒化全中国人民，鸦片烟在中国流行后，约半世纪中，在贵族客厅，达官衙署和有帝国主义借通商为名强占的租界区内，新式旅馆和大商号中，社会风气无不用鸦片烟款待客人，邀请客人上炕靠灯，几几乎和解放前敬奉客人烟茶情形相似。吸烟必有一份烟具，除枪灯外，即搁置备用烟斗高二三寸长约尺余的斗座，和承受一切烟具的长方烟盘，比较讲究的，也无不用硬木螺甸器作成……

由于生产各部门对于螺甸器的需要，因此这部门工艺，在十九世纪中国逐渐进入半殖民地化过程中，百业凋敝不堪情况下，反而得到广大市场，呈历史空前繁荣。部分关心特种工艺的朋友，谈及螺甸工艺进展时，常以为进入十八世纪，这部门生产即因原料供应不及而衰落，若所指仅限于明代特种高级工艺品江千里式金银嵌软螺甸器，是不怎么错的，若泛指一切螺甸器，却大都是把这种种全忽略过去了。事实上三千年来螺甸应用上的广泛，和数量上增多，十九世纪的生产，可说是空前无比的！这是螺甸工艺的尾声，也反映帝国主义侵略势力打进中国大门以后，中国特种工艺生产所受影响格外显著的一个部门。它的真正衰落与结束则和延长数千年的封建腐朽政权一道，于太平天国反帝反封建革命到辛亥革命三四十年中。

五　螺蚌类在其他方面的应用

螺蛳、蚌壳和贝类，在螺甸镶嵌工艺以外，作为珍贵难得的材料加以利用，历史上比较著名的一件事情，是《逸周书》中提起过的"车轮大蚌壳"和有朱鬣的白马，同认为天下难得之物，当时作为贿赂，把周文王救了出来，免遭纣王毒手，在政治史上起过一定作用。商代遗物中则经常发现有一二寸径花蚌蛤，上面用棕红粉白颜料，绘画些齿纹水纹图案，这些东西在当时是纯粹玩具，还是一种内贮油脂类化妆品用具，已不得而知。《周礼》称古代贵族埋坟，必用蜃粉封闭，即烧制大蛤作灰而使用。实际材料似乎还少发现。惟近年来出土楚墓多有在棺椁外用一厚层白膏泥作封土的，隔绝了内外空气和其他有机物浸蚀，墓中许多文物因之而保存下来，或即循古礼制一种代替材料作法。汉代人则用"车渠"琢成各种器物。车渠是一种甲壳极厚的大蚌，琢成器物多作哑白色，切割得法打磨光莹也有闪珍珠光泽的。直到明清，还流行用来制作带钩和帽顶，并且清代还成为一种制度，官僚中较低品级必戴车渠顶。唐代人欢喜饮酒，又好奇，因此重视海南出产红螺杯、鹦鹉螺杯，诗人即常加以赞美。明清到近代还继续使用，惟一般多改作水盂和烟灰碟，再也想不到这东西过去就是诗人所赞美的贵重酒器了。又本于印度佛教习惯，举行宗教仪式，常用大玉螺作为乐器，通称"法螺"。敦煌唐代壁画即有反映。后来喇嘛教沿袭使用，且成为重要法器，明清以来制作精美的，边沿还多包金嵌宝。左旋螺则因稀有难得而格外贵重。由于宗教迷信，和其他几种器物并提，通称"八吉祥"或"八宝"。除实物在宗教界看得十分重要，还反映到千百种工艺品装饰纹样中。又兄弟民族中也有把这种法螺代替号角，用于军事上和歌舞中的，如唐代白居易诗记骠国乐，乐队中就有吹玉螺的。

贝类商周除天然产外，还有骨、玉、铜和包金的种种。或作为商品交换中最早的钱币，或用于死亡者口中含殓，或作为其他人身装饰品和器物镶嵌使用。古诗中有"贝胄朱绶"语，则显然在周代还有用红丝绳串连装饰在武将甲胄上，表示美观象征权威尊严的。从近年发现云南滇人遗留文物中大量贝类的发现，又得知西南地区，到西汉时还用它作为货币使用。直到晚清，南方小孩子所戴风帽，用贝作为坠子，也还常见。蒙藏妇女，则至今还有把小贝成串编排于辫发上，当成难得装饰品的。汉代又流行一种贝制卧鹿形玩具，用大玛瑙贝作鹿身，用青铜作鹿头脚，大耳长颈，屈足平卧，背部圆润莹洁，且有点点天然花斑，十分秀美。《史记·封禅书》说，汉代方士喜宣传海上三山，上有白色鸟兽，长生不死。乐府诗亦有仙人骑白鹿语。金银错器上还有仙人驾双鹿云车反映。这类用大贝做的鹿形工艺品，可能也即产生于武帝时代，由于仙人坐骑传说而成。

三国时曹植和其他文人均作有《车渠碗赋》，文字形容显得光泽明莹，纹理细密，和缠丝玛瑙极相近。近年山东鱼山曹植墓出土文物中除一个金博山冠饰外，还有一套玉佩，一个青精石器，和一个小小圆盏式玛瑙佩饰，和文章形容极相合。可证明前人说车渠为宝石之一种，还有一定道理。用海蚌类作车渠时代必比较晚些。

本篇作于1963年，首次发表于《传统文化与现代化》双月刊第3期。

中国漆器工艺

漆对于中国文化发展史,实占了个特别位置,重要处不下于丝与瓷,却比丝和瓷应用广泛而久远,且在文化发展史分期过程中,作过种种不同的贡献。因此一本合乎理想的中国文化史,每一章子目中,似乎都必然应当有点关于漆的应用叙述。一本近乎理想的漆工艺史,也必然是纵贯中国文化史全时期,并触及若干问题,若干部门。我们实需要完成那么一本有意义的著述。可是至今为止,还无人注意。原因十分简单,即对于这个重要问题,在纯历史学传统研究习惯上,唯心、唯制度原则、唯文章重视情形下,美术史又尚未脱离窄范围单纯文人书画史转述情形下,漆之为"物",在文化史或工艺美术史方面的重要贡献,即根本尚缺少认识,求学人作有计划有步骤研究,自然就更说不上了。秦汉以前文字记录本难征信,惟从现存实物一段战国时楚彩漆板片,即可证实漆的应用及加工精美处,在二千三百年以前,已极惊人。然而二千年来,除朱遵度一部《漆经》(已佚),即仅仅明代漆工艺名家黄大成(平沙)著一部《髹饰录》,并由另一名家杨明作注,留传日本,经近人朱启钤抄回,阚铎加注,始刊行于××堂丛书中。又《工艺美术家征略》，始将各地方志，及元明杂著中所载宋明以来漆工艺名手事迹，稍加纂辑。郑师许氏，始著一简单中国《漆器考》，作为上海市博物馆丛书之一。有关漆器名称讨论，只近人陆树勋氏参校前人著录，佐以近年日本学人意见，写作《钿器》与《犀毗》二小论文（见考古学丛刊七、八两期）。除商承祚氏于抗战期著有一《长沙所见漆器》，使国内学术界得知楚系铜器以外漆器大略情形，另有蔡先生著一《缯帛书》提及一些楚漆器报告。至于其他战国漆器在寿县长沙等处的发现，汉漆器在朝鲜、蒙古、绥远等处的发现、整理研究工作，多由东邻学人越俎代庖，致力用心。研究报告出版后，中国学人在文史问题上虽间有商讨，在工艺美术方面，竟从不闻启发过何等浓厚情感。事情显然，这和传统学术观有关。各大学历史系主持人历史观或美术史认识，如缺少一个新立场、新态度，这种停滞落后现象还将继续延长下去，不易改造。这个新立场态度，即必需能深会马列主义与毛泽东对马列主义的中国方式应用人民革命思想，方能把握得住问题。更需要的还是由少数知识分子手中产生的"文史"和由万千劳动者手中产生的"器物"，知兼爱并重，使之打成一片，看成整体。有关文物保存，如果还单纯并重如过去情形，书籍搁在图书馆，古物搁在博物馆，各立门户，各不相关。学校历史研究，还照例是右文而轻物，研究侧重理解制度上的礼乐兵刑，却不注意制度下的一切物，及社会经过长时期发展，残余下的一点物，还如何可以贯串过去，影响未来。文与物既游离不相粘附，少有机联系，因此文的知识既不完备，物的知识也极空疏，尤其是物的知识以及保存物的用意，便不免受影响，停顿于赏玩古董意识上，无从前进一步。国家特种文物收藏，尽管越来越丰富，却无从真正丰富年青学人和那个更大多数普遍群众多少文化知识，并启发那一点新的创造心。有关这件事，如与东邻学人近三十年工作成就比较起来，我们会觉得凡有心人都不免自愧，因为用任何理由解释，在文化知识普及与提高两事上，我们的研究态度研究成绩都还是落后了一步。我们许多事能作而不肯作，如陶瓷史、雕刻史、铜器史，他人多已占先——代为作过了。他人终究隔了一层，作来成绩虽未满人意，但是目下谈历史考古，谈工艺改良，教学与应用，差不多依然还离不开他人整理的材料。即仅就这个情形说来，也就不能不要有个彻底变更，老的帮助年青的，年青的鼓励老的，团结合作，急起直追的努力，方不至于长远落后！更何况一个崭新的社会，一个劳动群众领导的，新民主主义国家，新史观固然离不了物，新史学又那能再和物分开？

有关史学系改革事，自然并不简单，有待全国专家学人，作各方面研讨，分部门，分问题，分时期，在一个分工合作方式下进行，将来自可望异途同归，完全改观。个人却认为希望值得有人就工艺范围内，汇萃前人意见，史志叙录，实物印象，从漆工艺美术问题上，先作个尝试探讨。这本是个"举鼎绝膑"的工作，难于见好是意中事，这个工作的进行，实期有三方面的指正和帮助：一从史志的叙录上，要知道更多的书。二从物的制作过程，及形态涉及相关美术品的解释上，要明白更多的事。三把文与物结合，应用到一个新的社会科学新的美术观时引叙文件上。三方面总不能不有错误，必需指正和补充。这正如一个小学生的习作，敢于从事涂抹，是从"由空想到证实"一个名词一个文件得到启发和鼓励方着手的。更大希望还是一句老话"抛砖引玉",由此不久就可读到国内有心学人一部充实有分量有见解的巨著。以个人愚见,新中国必需要有这样一个著作,在新的时代新的社会产生。对过去,可以作个总结,足以解释这部门工艺,万千劳动群众,无名艺术家,于文化史上所作成的光荣伟大贡献,在美术史上应占定一个正当位置。并由理解遗产在技术上、设计上多方面的应用与发展,启示将来,扶助目下业已十分衰落的漆工艺,如何再造、重振。尤其是鼓励年青艺术家,赶快从学校走出,用一个崭新学习态度,转向国内现存的漆工艺长老师傅,好好学习,把新的广博知识和旧的优秀技术重新结合,于新的工艺美术创造上,恢复发扬漆工艺本来的光荣,并扩大新的绘画范围和器材的应用。

这个工作的较多方面整理编辑,也许最好还是由清华大学营建学系,中国营造学社,北大博物馆,历史博物馆,故宫博物院,各方面军合力同工,来设计完成它。向人民靠拢原则虽比较抽象,美术史教学要一本新书,却明明白白搁在眼前。

本篇作于1949年夏,系作者病中所写。

我们从古漆器可学些什么

近十年来，出土文物古代工艺品中使我们视野开扩，计五个部门，即金属加工、陶瓷、漆器、丝绸和雕玉。特别是漆器上的彩绘，丰富了我许多知识，除明白它的工艺图案艺术特征外，还藉此明白它和在发展中的社会历史的密切关系。

北京荣宝斋新记，新近用彩色套印木刻法，试印行了十种漆器图案，在美协会场随同其他木刻画展出。凡看过的人都同声赞美，对于二千二三百年前楚漆工的优秀成就，感到惊奇爱好外，还对于现代木刻表现的高度艺术水平尊重和钦佩。这些漆器大部分是从"楚文物展"和"全国出土文物展"中的漆器选印的。数量虽然不算多，却可以代表近年来中国古代漆器的新发现。特别重要是长沙楚墓出土的战国漆器。把这类漆器的花纹，用现代彩色木刻套印，在国内还算是首一次，是惟有政权在人民手中的今天，政府和人民，才会同样重视这种古代文化优秀遗产，把它来当作研究、学习和鉴赏对象的。

楚漆器的出土，最重要是三个地方，即安徽寿县、湖南长沙和河南信阳。起始于一九三三年前后，安徽寿县"李三孤堆"楚王坟的盗掘，除发现近千件青铜器外，还得到一片有彩绘云纹的残漆棺。这片残棺是后来去作调查的李景聃先生，在附近一个农民人家猪圈边偶然看到，知道是从墓中取出，才花了点点钱买回的。漆棺壮丽华美的花纹，让我们首次对于战国时代的漆画，得到一种崭新深刻的印象。上面装饰图案所表现的自由活泼的情感，是和战国时代的社会文化发展情形完全一致的。但是注意它的人可并不多，因为一般学人还是只知道从带铭文青铜器证文献，一片孤立棺板引不起什么兴趣。

两汉书常提起少府监所属东园匠工官，当时专造"东园秘器"，供应宫廷需要及赐赠王公大臣死后殓身殉葬。共计事物约二十八种，中有"东园朱寿之器"，或"砂画云气棺"，同指彩绘花纹漆棺。旧俄时代"科斯洛夫考察团"，在蒙古人民共和国诺音乌拉汉代古墓中发现的彩绘云气纹残棺，上面保存的云中鸿雁花纹，是目下有代表性和说明性的重要遗物，没有它，东园匠所造"朱寿之器"制度是不得明白的。因楚漆棺的出土，和科学院后来在河南辉县发掘，得到一片作黼绣纹图案的残棺，我们才藉此明白，汉代流行的丧葬制度，原来多是根据周代旧制加以发展的结果，并非凭空产生。即朱绘棺木，也并非从汉创始。辉县棺上彩绘的花纹，更为我们提出黼绣纹一项重要参考材料，修正了汉代以来说的"两弓相背"的注疏敷会，得出了它的本来面目。

长沙楚墓漆器的发现，比寿县器物出土稍晚一些，在抗日战争初期，因商承祚、陈梦家二先生的介绍，才引起部分学人的注意。旧中央博物馆筹备处方面，才当买古董一样收集了几件漆杯案。但是对于它的历史问题和比较知识，还是知道不多。出土有用材料多分散各地私人手中，由于保存不善，大都逐渐干毁。大批特别精美的器物，并且早被美帝国主义者的文化间谍，用种种狡诈无耻的方法，盗运出国。因此国内多数历史学者和美术史专家，直到解放前后，还很少有人知道楚漆器的发现，在新的学术研究方面，具有何等新的意义。

解放以后，由于人民政府保护文物政策法令的实施，一方面把国内私人重要收藏，陆续购归国有；另一方面又学习苏联先进经验，在全国工业建设地区，经常配合一个文物工作组，清理出土墓葬遗址文物。材料日益增多后，战国时期楚文化的面貌，就越加明确，自从前年楚文物在北京历史博物馆举行展出后，许多人才认识到楚文化形象和色彩，实在丰富惊人。反映于文学作品中，曾产生爱国诗人屈原的诗歌，反映于工艺美术，还有当时楚国金工所铸造的青铜镜子，青铜加工兵器，木工作的大型彩绘雕花错金棺板，弓工作的便于远射鱼鸟的弓弩和矰缴，以及漆工所作的各种色彩华美造形完整的漆器，特别具有代表性。文学和这些工艺品本来是两种完全不同的成就，却有一个共同的特征，就是"热情充沛，而色彩鲜明"。其实我们应当说，爱国诗人屈原的文学作品的背景，计包括三种成分：一个是土地山河自然景物的爱好，另一个是社会政治在剧烈变化中人民苦难的现实，第三个是劳动人民在物质文化方面创造的辉煌成就。屈原文学作品的风格，是综合了这一切的忠实反映。又汉文化受楚文化影响极深，文学上的关系，比较显著，前人已经常有论述。至于工艺生产方面的影响，由于这些新的发现，才进一步给我们许多启发。

楚漆器加工部分，大约可以分作四类：一多色彩绘，如漆盾和人物奁具；二朱墨单色绘，如羽觞和圆盘；三素漆针刻细花，如大小奁具；四浮雕罩漆，如大小剑匣。楚漆器花纹特征，从总的方面来说，是主题明确，用色单纯，组织图案活泼而富于变化。表现技术从不墨守成规，即或一个漆羽觞的耳部装饰，也各有匠心独运处。在器物整体中，又极善于利用回旋纹饰，形成一种韵律节奏感。例如图录中的龙凤云纹漆盾和新出土的凤纹羽觞，都得到同样高度艺术成就。构图设计，还似乎未臻完全成熟，却充满了一种生命活跃自由大胆的创造情感，处处在冲破商周以来造形艺术旧传统的束缚，从其中解放出来，形成一种新的发展。最显明的是用三分法处理的圆式图案，本出于殷商青铜和白陶器中的"巴纹"，当时在彩绘木雕上镶嵌的圆泡状的蚌片，也有同样花纹。春秋战国时新流行的"玉具剑"的柄端，也常使用这个圆式图案：或错金，或嵌松绿石，或嵌一片白玉，多用三分法加工。但是因为面积小，变化就不怎么多。在楚漆器中，奁具和盘子类需要范围极广，每一个套奁里外，常用到五六种不同装饰图案，绘画的表现又比雕刻镶嵌简便，因此这种图案，竟达到丰富惊人的美术效果。经过汉代再加以发展，如在他处发现之三辟邪奁里装饰和三熊盘，设计妥帖周到处，在中国工艺图案史的成就上，也应当占有一个特别地位。

楚漆器的花纹，大部分是用龙凤云纹综合组成，却并不像铜器花纹的凝固。从个别优点而言，如本图录中的漆案，因为平面空间比较大，红黑二色对照调子鲜明，即或只用几道带子式花纹作间隔装饰，经常也作得特别美观。羽觞造形不必受定型限制，材料处理伸缩性大，能把完整造形秀美花纹结合成为一体，更容易见出古代楚漆工的大胆和巧思。彩绘大漆盾同墓出土共四件，现存比较完全的计二件，虽大小形式相同，可是每一盾上的装饰图案，都表现出不同风格和性格，图案的综合变化，真是无比巧思。狩猎云纹漆奁花纹，和战国以来一般金银错器花纹，显然一脉相通，也就为我们初步提供了许多物证，明白同式图案的发展，长江流域荆楚吴越工人实有大贡献。这时期金银错和刺绣花纹，其实都是由漆器花纹发展而出。

这些东西值得我们重视，不仅因为它是"战国漆器"，更重要还是"战国时代装饰艺术的作风"。种种花纹图案当时无疑还曾反映到造形艺术各部门，特别是建筑彩绘装饰上，具有那个时代风格的特征。

汉代漆器在材料应用和图案设计两个方面，都进一步有了新的成就。首先是特种漆器的制造，已成国家特种手工业生产一个重要部门，除政府所在地的长安洛阳，少府监所属工官东园匠，经常大量生产各种"乘舆髹器"，此外西蜀的广汉和武都各地，也特别设立工官，监造各种精美漆器，并把成品分布到国内各个地区去。这些金银加工漆器，通名"金银文画扣器"或"参带金银扣器"，艺术价值既高，同时也是当时货币价值极高的特种工艺品。

这种金银加工漆器，在器材应用上的新发展，是用麻布丝绢作胎的夹纻器，多加上金银及铜鎏金附件，通例是平面部分用柿蒂放射式图案（多如水仙花式），腰沿部分则作叁带式，另加三小熊作脚。这么一来，既增加了器物的坚固结实，同时又增加了华美。图案沿用旧形式部分，也有了充实和变化，如圆式图案利用三分法表现，因为需要范围日益广大，就创造了许许多多种好看新样子。又从魏武《上杂物疏》和《东宫旧事》记载，结合汉墓出土陶漆器看来，得知汉代以来当时还盛行径尺大小长方形"巾箱"，"严具"，"方蓋"和收藏文具药物的箧匣，都需要用长方式和带子式装饰。圆筒形的奁具，边沿也需要带子式装饰，因此更促进了这一式图案的多样化，打破了战国以来龙凤云纹反复连续的规律，并打破了图案组成的习惯，代替以种种不同的新画面。一个时代的艺术，内容必然反映出一定程度的社会思想，汉代统治者重儒术，企图利用孝道来巩固政权，孝子传故事就成了漆器中的主题画。汉代现实生活喜骑射游猎，狩猎图反映到各种工艺品装饰图案中，漆器也有分。汉代宫廷方士巫觋最善于附会神仙传说，影响政治文化各方面，到东汉夹书律废除解禁后，这类信仰并且逐渐由宫廷流行到广大民间。例如云气纹中的四神及其他杂鸟兽作主题的装饰，一切工艺品上无不加以反映，彩绘漆更作成多种多样的发展，云气纹中还常有羽人仙真夹杂其间。传说中最普遍的西王母，在造形艺术青铜砖石各部门都有表现，在漆器上无例外也占了一个特别位置。由于造形艺术上的西王母形象普遍反映是在东汉，我们就有可能把几个过去认为是六朝人伪托的汉代小说，产生时代提早一些，因为两者都不会是孤立产生的。

汉代由于铁冶生产发展，提高了农业和手工业生产，加以文景两朝数十年间，政治上对于人民压迫比较缓和，知道节用惜物，在这个劳动人民生产物质积累基础上，帝国大一统的局面，到武帝刘彻时代才逐渐完成。这时期国境四方的军事活动，郊天封禅仪式的举行，都不惜大规模使用人力物力，表示统治者政治上的大排场和成功的夸侈。更因神仙传说的浸润，长安宫廷园囿中，根据《史记》、《汉书》、《三辅黄图》、《汉旧仪》等记载，向上拔举的土木建筑，多已高达数十丈，神明台还相传高达百丈，云雨多出其下。每年祀太乙岁星时，还必用太祝率领三百名八岁大童男女，各穿锦绣衣裳，在台上歌舞娱神！为仿效方士传述的海上三神山景象，在长安挖掘了个昆明池，池中作成蓬莱、方丈、瀛洲三山，上面还放下各处送来的黄鹄白鹿、奇花异草，建筑更极华丽无比。气魄雄伟正是这个时代的特征，这点特征也反映到漆工艺的装饰设计上。这时期最有代表性的纹样，多是山云华藻起伏绵延中，有羽人仙真往来其间，鸿雁麋鹿，虎豹熊罴，青鹪白兔，野彘奔兕驰骤前后。图案来源或从两个矛盾部分综合而成：一个是纯粹社会现实享乐生活的写照，另一个却是对于神话传说的向往。汉代宫廷文人司马相如等，曾分别用富丽义辞来形容铺叙的场面，在日用漆器上，常常结合成为一个画面，而加以动人表现。

汉代金银加工的特种漆器，文献上如《汉书・贡禹传》的《奏议》，《盐铁论》的《散不足篇》，《潜夫论》的《浮侈篇》，早都提起过，近三十年全国范围内汉墓均有精美实物出土，已证明历史文献记载的完全正确。从朝鲜民主主义人民共和国和蒙古人民共和国出土有铭刻文字的汉代漆器，更得知当时生产分工已经极细，一件小小羽觞，由作胎榡到完成，计达七八种不同分工。绘画向例由专工主持，这种画工必须具体掌握生物形象的知识，能够加以简要而准确的表现，还必须打破一切定型的拘束，作自由适当的安排，不论画的是什么，总之，都要使它在一种韵律节奏中具有生动感。齐梁时人谢赫，谈论画中六法时，认为画的成功作品因素之一，是"气韵生动"。过去我们多以为这一条法则，仅适宜于作人物画好坏的评判。如试从汉代一般造形艺术加以分析，才会明白，照古人说来，"气韵生动"要求原本是整个的，贯穿于绘画各部门，甚至于工艺装饰各部门的。一幅大型壁画的人物形象，可以用它来作鉴赏标准，一个纯粹用静物组成的工艺图案，同样也应当符合这种标准。最值得注意一点，即大多数工艺图案，几乎都能达到这个要求。汉代漆器图案,"气韵生动"四个字,正是最恰当的评语。

还有一个问题,也值得附带一提,就是这种工艺图案,还另外为我们保留了一点汉代社会史的材料。《三国志·魏志》记载中国名医华佗事迹,曾提起过他常教人古代导引养生之术,即所谓"熊经鸟申却行返顾五禽之戏"。这种"五禽之戏",极明显是从西汉以来就曾经被海上方士当成延年益寿的秘密方技传授的。以熊鹿为主的五禽名目,史传上虽有记载,形象活动世人却少知识。研究中国医药卫生史的人,也还少注意到。可是我们如果试从汉代漆器多留点心,就会发现漆器图案中的鸟兽名目行动,竟多和《华佗传》中说起的"熊经鸟申"大致相合。这绝不会是一种偶然的巧合。熊鹿活动形象变化之多,古代方士注意它的运动规律,用来当作锻炼身体的模仿学习对象,正是十分自然的。

《华佗传》所说的"五禽之戏",也就是鱼豢著《魏略》,记邯郸淳初次会见三国名诗人曹植时,曹植解衣科头,朗诵俳优小说数千言后,当面表演的"五椎锻"。"五椎锻"原属于卫生运动技术一类,也就是古代的导引法。是熊经鸟申返顾却行五禽之戏。传习来处,当时或得于郤俭左慈诸方士,还有可能和古代印度波斯文化交流有些渊源。

我这点推测,可能是完全不对的,但是从这么一个问题说来,也就可见从实物出发,对于中国物质文化史的研究探讨,还是一条新路,值得有人向前迈进一步。在全国范围内数量以十万计(将来还会以百万计)的出土文物,对于今后文史研究的影响,也是极明显的。多数人如依旧照过去对于古文物情形,只把它当成古董看待,货币价值既不高，很多又缺少美术价值，保存文物的重要性将不容易明确。惟有能够把它当成古代物质文化发展史的地下材料看待，才会觉得这里有丰富的内容，值得我们用一种新的态度来发现，来研究，来理解！依个人浅薄私见，历史科学能否成为一种科学，就决定于研究者方面，对于新的材料的认识态度而定。我们业已理解到，如孤立片面地从文献学出发，贯穿史料，对于古代社会的面貌，文献不足征处，将永远成为空白；如相反，善于把这百十万件分布全国各个不同地区的地下文物，好好地和历史文献结合起来，从一个更全面更扎实的认识基础上，学习运用马列主义，进行新的分析探讨，就有可能，把许许多多的问题，逐渐明白清楚，文化史的空白处，也都可望逐渐充实填补起来。正犹如我们对于古代漆器一样，本来只是从文献上知道一些名目，并且由于宋明以来《三礼图》、《三才图会》等书中半出于猜想的图画，对汉以前事多附会曲解，所得印象更不可靠。通过了近廿年多数人的劳动，在一定时间中，把出土材料分析综合，并联系其他出土材料作进一步比较，就可由"完全无知"进而为"具体明白"。并且由几件乍一看来，平凡普通，破烂皱缩的漆器上的残余花纹，因此明白了从战国到汉末，前后约六百年时间中的彩绘装饰艺术的作风，而这种艺术作风，原来和社会各方面关系，又还如此密切！因此让我们深深相信，必然还有许许多多历史问题，出土文物可以帮助我们具体解决。

一九五五年、七月北京历史博物馆

狮子在中国艺术上的应用及其发展

老虎称百兽之尊,狮子也称百兽之尊,都勇猛矫健,瞻视不凡。但老虎是本国土产,西南东北各省区山地都可发现,以东北产躯体特别庞大,知名世界。狮子却是外来物,在海外出现的地区,也只限于非洲及中西亚若干接近沙漠荒远地方。古代当作文化交流的珍禽奇兽之一来到中国,可能早于战国,但文献上比较落实具体,大致还是在西汉。《后汉书·顺帝纪》称:

疏勒国献师子,封牛(或应作"犎")。

注:《东观记》曰:"疏勒王盘遣使文时诣阙。"师子似虎,正黄,有髯耏,尾端茸毛大如斗。封牛,其领上肉隆起若封然,因以名之。即今之峰牛。

注中所形容的狮子形色特征,是和真正的狮子相差不远的。但注实出后人之手。至于由汉代人说来,西汉时能见到狮子真形的人,大致还并不多。由于武帝以来,海外文化交流,世界上各地出产的珍禽奇兽如犀牛、鸵鸟、狮子等等，即或已当成入贡礼品，送到长安洛阳，大致还只是豢养在政府官廷园囿离宫别馆中，供封建统治者个人开心，及其亲近家属从臣欣赏，不仅大多数人民无从得见，即身在长安洛阳供职的一般官吏，或许也难于见到。因此在西汉以来，即普遍流行的狩猎纹工艺图案，无论铜、陶、漆、玉、丝或金银加工，产于本国的熊、虎、鹿、豹、貘、兔、羚羊、野猪、孔雀、鸿雁，及传说中的龙凤等等形象，无不可以发现，而且都无不作得极其生动活泼，形象逼真。内中却未发现狮子纹。墓葬石刻平面浮雕或线刻上反映属于《王会图》或《瑞应图》、《博物志》中奇异动植物，也没有狮子在内。惟大型立体石刻在墓葬阙门间，却出现了成双的狮子，或名异实同的"天禄辟邪"。时间多在东汉中晚期，和史志记载狮子入贡有一定联系。至于反映到小件雕玉的大小璧、盾形佩、筒子式的酒卮，和玉具剑上的装饰，玢、璁、珥，无不可以发现用高浮雕或圆透雕的子母辟邪，时间较早则可到西汉，来源也可以说是沿袭春秋战国以来的奇禽怪兽，和狮子的关系是间接的而非直接的，但是到汉代，彼此便已经混淆，随同历史发展，更难于区别显明了。

东汉大型石刻狮子形象，如何由宫廷珍物转而为普及到中等官僚墓葬前陪衬物，发展情形不得而知。当时付雕并留下当地刻工价值的，为山东嘉祥武氏祠石刻，中有狮子一对值钱四万，石工张胜记载。四万钱在当时值黄金二两，并可买上中彩锦二匹，普通绢帛约五十匹，价值不能不说已经相当高！又南阳宗资墓，成都高颐阙，也均各有狮子一对。四川石狮形象，已近似现存分布于南京市郊外南朝齐梁时萧氏诸墓前辟邪形象，前胁间各附以助其雄猛由云气纹变成象征飞翔的小小双翼。因此谈艺术史的，对于它们的产生，有两种不同的推测：

一、联系这个石兽造形，和胁间两个翅膀而言，认为来源似和史传中的贡狮子少直接关系，实出于中亚巴比伦艺术有翼猛兽飞廉的间接影响。二、另外一点推测，即四川东汉末既有这种石狮子出现，江南至迟在三国东吴孙权时也会产生，当时即不用于孙策、孙权墓前，也会用于当时南方特别迷信的蒋子文的蒋侯庙、伍子胥等先贤祠堂前，也会和东晋诸皇陵相关。决不至于到百多年后的萧梁政权时代才忽然出现。若孤立看来，前者似乎说的还有点道理，若联系材料比较分析，却不一定是事实。因为西汉以来，凡受《史记·封禅书》等记载、神仙方士传说影响下产生的造形艺术，为了能符合"白日飞升"流行传说，不问是主题角色的东王公西王母，还是王子乔安期生，以及其他附属于海上三山上的珍禽奇兽，无一不是浮在云气上行动，于背后或于两胁旁生着一行或一对小小翅膀，表示具有这样飞腾的能力。四神瓦当中青龙白虎，虽大不过五六寸，也各具有同样翅膀。不过反映到较小面积雕刻绘画上，云气翅膀做得比较简单草率，不能比用于大型立体石刻上那么完整具体而已。所以与其说它的来源，系出于巴比伦同类性质艺术的影响，还不如说是受秦汉以来神仙方士传说影响。其次一件事，则有可能东吴孙墓即已有石辟邪出现，东晋渡江，经济财力十分枯窘，节葬说又正流行，未见继续。到南朝萧梁统治江南时，有数十年生聚，封建贵族统治者为夸大个人财力和事功，才依据旧物，大有兴作，彼此仿效。所以这些石辟邪虽产生于社会艺术风气萎靡的南朝，事实上这种辟邪艺术风格，还具有典型汉代天禄辟邪雄骏奔放的原因。

至于附于礼器上的玉璧，佩饰上的盾形玉佩，饮食器中的玉卮、玉碗，和玉具剑上的镖首、珥、璲等装饰或柄足子母辟邪，同样经常也在胁腿间附以云气翅翼装饰，唐宋以后却发展成为"如意灵芝"或一般卷草，一直使用于玉、石、牙、角、金、铜、竹、木等雕刻上，和部分丝绸彩绘图案上，到清代犹继续有不断发展，成为中国民族图案应用最广泛普遍熟习的形象。但是后来人却已少有明白它的来源和狮子本来密切关系了。

狮子来到中国，若照史志记载既在汉代，到的地方必然是长安或洛阳，陕洛一带总应当也还留下一些比较近真的图形，比外州郡一般辟邪更像真正的狮子。这种合理的假设，近年已有些实物出土加以证实。例如陕西博物馆保存的一件大型石狮，和陈列于中国历史博物馆的一个狮子，都可以作为例证。这两个石刻体格结构都和真正狮子极其相近，而胁间小小翅膀，就显得只是一种行动迅速奔走如飞的象征。这种表现方法，事实上在春秋战国以来青铜器的铸造和彩绘漆工艺装饰图案中，即已经习惯运用，并非起于汉代。

狮子本身既然是从海外来的，同时必然还有进贡的异国人民，汉代石刻虽有根据《王会图》、《职贡图》或《山海经》而作的图像，似多以意为之，有图案效果而少考古价值。例如武氏祠石刻作"穿胸国人著汉式衣冠而用二人扛贯其胸而行"可知。这类石刻中是未见有狮子和贡狮人形象的。沂南汉墓石刻有作胡人奇形怪状，押着奇禽异兽作行进的，却又近于汉代所谓犁靬幻人举行的百戏，是用人装扮弄假狮子和九苞凤凰的。因此汉代贡狮子的外国人应当是种什么样子？不得而知。从近年新出土文物试作些探索，重要的新材料，是江浙地区出土一个晋代烧造的越州青瓷水注（或镜台、烛台座子），作一胡人戴长筒阔边帽子，骑于一个蹲伏狮子背上。这个艺术品现藏于北京故宫博物院，曾彩印于故宫藏瓷图录中，事实上若联系前后材料分析，似应当叫作"醉拂菻弄狮子"，这个主题画且和西汉文人东方朔，及晋代名臣庾亮及当时著名的"文康舞"均有联系。反映于此后工艺各部门，前后约千八百年时间。唐代宫廷中大朝会应用的"五方狮子舞"，白居易新乐府中的《西凉伎》，宋明以来的弄狮子，无不从之而来。即仅以"醉拂菻弄狮子"直接表现于艺术品而言，也不下百十种不同式，反映于民间艺术各部门。后来称弄狮子的为"狮子郎"，似乎即还留下一点痕迹。但从历来以文人画、宫廷艺术为传统的艺术史看来，却极少有对于这个古代文化交流影响于广大人民极其普遍的问题有所叙述的。

画史称梁元帝萧绎，曾绘有《职贡图》，本于周代《王会图》传说而续作，叙齐梁时西域诸国来朝时种种。实物既不存，内容也难于详悉。近人论述传世唐阎立本绘《职贡图》时，便以为从画旁附录文字记载分析，或即根据当时萧绎所绘《职贡图》而成。这个假定实不能成立。因为判断一个画的时代，最可靠的无过于图画本身。判断一幅人物画的产生相对时代，比较可靠的又必然是从起居服用各方面来探讨问题。若从这个图卷中人物衣服冠巾看来，则无疑只是宋或以后人依据唐人画迹和出土陶俑附会而成，托名唐初阎立本或立德。不仅和萧绎无关，且和阎氏兄弟也无关。敦煌石窟有不少唐贞观时壁画，行香人中还留下有不少中原和西北诸族人民形象，衣著多画得十分具体，虽有些奇怪，总依旧近于写实。阎立本兄弟的《职贡图》中人物，应当和敦煌壁画反映极其相近。且大有可能，这些图画中一部分，本来即系取自《职贡图》。而传世《职贡图》中西北诸族人民巾裹,却近似宋金时不明当时情形的人傅会而成。立本兄弟父亲阎毗,是隋代有名艺术家,并且参与隋代舆服的制定。立本兄弟也称博识多闻,并参与唐初舆服的制定,那里会如此胡乱使用冠巾? 所以说这个《职贡图》既不可能和梁元帝有什么关系,也不会出于唐初名画家阎氏兄弟之手。

晋代以来虽即有"醉拂菻弄狮子",使狮子的原本神性失去作用,而赋以民间百戏杂伎娱乐开心的意义。但过不多久,到宗教迷信浓厚的南北朝,却又和其他固有传说并富于神灵象征的"龙",和国产的固有的猛兽"虎",一同成为佛力驯服的对象。经过斗争终成为佛前的俘获物。先是在稍前一时,魏晋之际南方作青铜"天王日月"镜子上,即常有分段有翅神像中,夹以若干狮虎不分的怪兽头颅出现,是否和佛经中的降魔经变有一定联系,有待进一步探讨。"降龙伏虎"由于较后成为十八罗汉主题之一,为世人所熟习,但北朝以来紧密和佛分不开的还是狮子。在北齐造像佛菩萨两旁,经常均可以发现一对狮子。有的位置又是在莲座前边,共同捧着一个博山香炉,成为后来"狮子滚球"的最早姿势。狮子滚球直接的影响,大致还是唐代小狮子狗同滚唐代圆形香炉(也叫香球)而起! 说详后述。在一定时期内,宗教宣教是要借重狮子来夸大佛法威力而增加世人敬信的。或借助于狮子雄猛达到"护法"目的,或作为佛说近于"狮子吼"警醒愚蒙的象征。总之,应用上的心理意识是错综的,而求达到宣传目的却是单一的,利用狮子对于人的威胁为佛降伏而反映于艺术中。《西游记》上说的孙猴子始终跳不出如来佛手掌,也是一种巧妙的宣传。

到唐代,佛旁狮子已由护法天王金刚代替,狮子为宗教服务却以另外一个姿态而出现。佛旁文殊普贤三尊形象完成后，文殊普贤必骑青狮白象（由于狮子王经故事的原因），狮子于是换了一种式样和地位，反映于以后宗教艺术中约一千三百年。狮子失去固有的雄猛、敏锐、果敢、决断种种形象和精神上特征，形象逐渐和叭儿狗合流，用醉拂菻弄假狮子作为范本，成为一个逗人开心的共同体，也是这个时期！为求达到所谓"妙相庄严"，事实上却自然和实物越来越远了。

但在其他附属应用工艺装饰图案中，唐代却大量应用真正狮子和部分想象中的狮子，作为反映到工艺图案各部门，取得艺术上空前广泛效果。由宫廷应用贵金属器物到民间儿童玩具，都可以发现狮子的雄健活泼形象。

前者例如近年出土的直径过一尺的大型鎏金盘子，用狮子作为主题浮雕，当时显明是成于宫廷作坊金工之手，而为封建主帝王特有的。后者属于唐代烧造成流行天下的邢州白瓷。内丘白瓷既流行全国，这种玩具也必然是一般人熟悉的。

北宋徐兢作的《宣和奉使高丽图经》中提到高丽青瓷狮子，得知瓷制狮子还影响到高丽艺术。

四川织锦工人，则用彩织创造了以狮子舞图案为主题的狮子锦，用狮子舞作主题，串枝花缠绕于其间，奏乐人缩得极小，围绕四旁，狮形大将二尺。连缀成三五丈大面积锦帐，悬挂于殿堂深院中，艺术效果显明是十分强烈的。这片锦缎是大约在肃宗时流传于日本，现在还保存得上好的。

唐代陶瓷工人新发明的三彩陶，用来作马和骆驼，世界早已知名，也有作立塑狮子，艺术上得到极高成就的。

又日本法隆寺还藏有一片天王狩狮子锦,作二骑士相对立,回身引弓射狮子,狮子举身猛扑骑士。照画面说,它或出于波斯式样。但《南史》已称有猎狮子锦,而这片锦纹正中作唐初习见菩提树式,团窠旁附连珠,也和其他几种近年西北出土唐锦相同。极可能实出于张彦远《历代名画记》中提起的唐初在四川做行台总管兼管督造的窦师纶出样,成都织锦工人作成的。这些锦样当时叫"陵阳公样",称为章彩奇丽,流行百年不废。晚唐大历时诏令中禁织的狮子、麒麟、天马、辟邪诸锦,必然就包括有这类图案的彩锦在内。

此外石碑边沿装饰图案中,正流行鸟兽穿花图案,有采用十二辰图样的,有一般性鸟兽穿花的,有太子玩莲的,也有作奔狮和文殊骑狮子的。拂菻骑狮子奏乐的,虽属附属装饰,同样作得十分生动活泼,壮丽华美。

汉六朝以来,狮子主要应用,即在陵墓前面用大型石刻作成仪卫一部分,产生堂皇庄严效果。唐代为了达到这个政治目的,也还继续采用,在顺陵乾陵前,都还有这种成对大石狮,作得极其威严庄重。这个制度且贯串了整个封建社会中。

狮子由写实转为象征,失去本来雄猛不可羁勒,转而为驯服坐骑,近似和叭儿狗的混合体,除了宗教画的影响,而宗教画的形成,大致又来源于民间习惯影响。正如同狮子舞锦缎虽出于唐代宫廷大乐舞的"五方狮子舞",这个大型舞蹈,照史志记载,是专为帝王而设的,诗人王维天宝时作"协律郎",即因作黄狮子舞而得罪,几乎死去。(分析原因,可能是于天宝十三载安史之乱,安禄山入长安时,陷身于敌伪,曾被迫为安禄山安排过这个大乐舞,否则不会有机会私自作黄狮子舞的。)但它的起源,却明显和晋代以来的"醉拂菻弄狮子"分不开。更和北朝《洛阳伽蓝记》所述当时宗教迷信利用五色狮子进行宣传有一定联系,所以到唐代不仅成宫廷大节会乐舞之一,同时还流行于一般社会,近似外国马戏性质,成为军营中和人民群众的季节性娱乐。诗人元稹白居易均有《西凉伎》描写形容。

元稹《西凉伎》描写凉州军营歌舞有:

……前头百戏竞撩乱,丸剑跳踯霜雪浮。狮子摇光毛彩竖,胡腾醉舞筋骨柔。……

白居易《西凉伎》,并注明是"刺封疆之臣也"而作。重要的是对于这种假狮子形象的叙述形容:

西凉伎,假面胡人假狮子。刻木为头丝作尾,金镀眼睛银帖齿。奋迅毛衣摆双耳,如从流沙来万里。紫髯深目两胡儿,鼓舞跳梁前致辞:应似凉州未陷日,安西都护进来时。……

李白《上云乐》歌词,且提到:

金天之西,白日所没。康老胡雏,生彼月窟。巉岩容仪,戌削风骨。碧玉炅炅双目瞳,黄金拳拳两鬓红。华盖垂下睫,嵩岳临上唇。不睹诡谲貌,岂知造化神。

大道是文康之严父，元气乃文康之老亲。

老胡感至德，东来进仙倡。五色师子，九苞凤凰……

诗中不仅有胡人进仙倡五色狮子、九苞凤凰等后汉人辞赋中叙述引申，还涉及和"醉拂菻"同时流行于晋南北朝，著名的大臣庾亮有关的舞蹈"文康舞"。末尾还牵涉到东方朔窥窗偷桃故事连在一起，这么说来不免言之话长，非本文所能尽。当俟另写专文讨论。但是可以知道不仅真狮子来自海外，舞假狮子也来自海外。更重要即照白居易形容，唐代舞假狮子的形象，已不像真，却接近唐代壁画中文殊菩萨身下那个坐骑。

又胡人弄狮子反映到唐代艺术品中，也有种种不同发展。有作成墨昆仑的，在绸缎中还比较近真，即波斯胡应有形象。在西北新发现瓷器中还不例外。在敦煌壁画中却开始作成"墨昆仑"模样，黑而矮小，即唐人小说中的"昆仑奴"、"黑波斯"，一般以为是真的黑非洲人，有搞语言学的专家却认为指的是过去新几内亚，现在马来西亚岛的本土少数民族，唐代或属锡兰，所以称狮子国，并以善于驯服狮子著称。又有作其他高鼻胡人形象的，例如敦煌画，石刻边沿，和近年西安新发现，现陈列于北京历史博物馆一小石刻，即各不相同。至于宋初画家作的线画木刻文殊骑狮子像，前边驯狮人，却又还是高鼻尖锥帽西域胡人，形象且和南朝砖刻上所见到的唯一传世文康舞胡人形象相近。也可知文殊坐骑狮子就是从拂菻弄的假狮子而来。因此不论是文殊坐骑前，或舞狮子形象，必有一（或二）狮子郎，事实上即"拂菻"简称，也即"墨昆仑"别称。

唐代金属工艺中的尖端，是扬州金工于八月五日或五月五日铸造的各种镜子，镜子上用对兽作主题的，计有对羊、对鹿、对犀及对狮子。这种近于特种生产工艺品，重复相同的出土因之较少。至于另外一种后人名为"海马"、"海兽"、"狻猊"、"辟邪"镜子的，多奔驰于满地葡萄间，或间穿插孔雀鸾凤等珍禽，蜂蝶等虫蛾类，则占有唐镜大部分。清代官修的《西清古鉴》中镜鉴，因本于史称张骞由西域带回葡萄事，误把这类镜子一例称作汉镜，致近人写美术史犹有沿袭错误，以为系汉代艺术，不知实唐代产品的。

宋代由于生产发展，都市生活也有了进一步发展，一面是拂菻弄狮子在建筑彩绘部门，有个一定位置，另一面玩真假狮子也更广泛成为瓦舍百戏和民间娱乐之一部门，因此在艺术上反映这个题材，也更加广泛，而且各具不同风格。但共同特征，即拂菻狗的形象已占重要位置，特别是南方狮子的造型，居多从叭儿狗启示，作得十分可笑，狮子应有的雄猛无比的形象已被完全歪曲，成一个逗人怜爱的形象。在舞狮子的图像中，那个狮子郎在官书上或乐舞记载上，虽还说额上系红抹额，如《营造法式》一书彩绘部门所反映种种，在《婴戏图》一类南宋画迹中，就成为儿郎子们的少年郎了，从此以后近十个世纪，舞狮子的都化成白面郎，再也不会如波斯形象。

一、辽代契丹建筑工人在庆州建造的白塔腰部主要浮雕装饰，即有作醉拂菻弄狮子形象，由于充满地方风格，日本学人却误以为系"高丽人牵狗"，一再著录种种图谱中，如孤立看来，即易附会为某某人牵狗。如联系分析，就可知错误得十分可笑！除了醉拂菻弄狮子，哪容许这种和宗教迷信不相干的事件成为宝塔上主题装饰浮雕？

二、北宋初高××作的线画板刻，也作有文殊骑狮子，旁有戴尖锥浑脱帽拂菻和一天女在旁。高××是著名画家，无遗墨传世，由此板刻不仅得知艺术风格实出于吴道生，而且由此得知，这个醉拂菻形象，基本上还和近年邓县出土南朝墓砖上唯一传世的文康舞高鼻尖帽胡人相同。可证明李白《上云乐》中叙述两者相互关系。

三、宋元流行小手镜，镜纹装饰图案，也有用醉拂菻弄狮子作为题材的。制作虽草率，而形象却和前者相近。

四、南宋苏汉臣绘《婴戏图》……

事实上这个主题画当时还应用到冠服制度中，例如宋舆服志腰带制度花纹二十多种，内中有"狮蛮"一种，就指的是拂菻弄狮子。是在带的排方上用"识文隐起"浅浮雕做成的。照规矩为×品官身上物。有残余带饰可证。宋政府每年有送臣僚袄子锦计七等，其中"翠毛狮子"一种，当时实物虽已不得而知，但从明代现存几种狮子锦看来，是多少还保留一点唐代写生神情的。

专述北宋社会生活的《东京梦华录》，叙述南宋××生活的《梦粱录》都提起瓦舍百戏的马戏棚子名狮象棚，观者常及数千人，象或用真物表演，至于狮子可能也和唐代一样是用人扮演的。

单独用唐式定型狮子而略有变化作为栏槛柱头装饰的，最著名的应数金大定时修造于燕京卢沟河上的卢沟桥狮子柱头。世俗相传这几百个狮子形象姿态没有一个相同的。从艺术精神上说，其实也可说完全相同。而且时代性鲜明，和以前的唐代，以后的明代，倒是差别显明。

日常特种工艺品装饰上应用的，却多采取汉玉的辟邪，不常见真狮子。这大约和宣和好古《博古图》、《古玉图》的编纂有一定关系。例如定州白瓷的平面浮雕装饰图案,用的就是子母辟邪如意云,或由云衍变的灵芝草。宋宫廷设有玉作,专门雕治犀角、玉翠、水晶、玛瑙等贵重材料作杯斝饮器或瓶壶类插花器,用辟邪作为柄耳部分装饰,常见于记载。因此明代政府抄权臣严嵩的家留下那个财物底册《天水冰山录》中记载的许多水晶器物,其中可能就有不少是宋代作品。现存于故宫这类工艺品,虽鉴定时多以为系明清两代,有的出于猜测,有的根据入库记录或乾隆题诗。乾隆喜附庸风雅,或任官吏贪污,再抄家将所得珍贵文物字画没收成为宫廷所有。或用做生祝寿名分,聚敛民间收藏,过目虽多,鉴定还是胡胡涂涂。有时还把商代玉器刻诗于上。所以宋明器物,不能因为有他的刻诗即认为清代制作。

元明两代对外交通扩大了范围,因此从晋代葛洪以来即传说犀角可以解毒,因此除在药物上应用外,用犀角作酒杯的风气也还继续。并且很出几个工艺名家。用犀角作杯不外两种形式,其一作横倒平放式,雕张骞泛槎故事,张骞乘于一段独木舟式的枯槎上,注酒入内,可以从船头一端吸饮,或称"酒船"。尤通就是其中一个名工,故宫博物馆还保有他的作品一件。另一是竖置式,阔处向上,尖端向下,有的必须搁置于另一个架子上,方能稳定。这种竖式犀角杯,装饰加工也有许多种,最常见的就是杯身上部和边沿刻高圆浮雕透雕子母辟邪,或照龙生九子俗传雕大小十龙,柄部也作龙形。这种犀角杯传世的还有千百件,大型的且有长及一尺的。

元明雕玉大小杯洗用辟邪作主要装饰或柄部的也极多。二寸以下作饭糁色的小玉佩,作为扇坠或腰间系佩,用辟邪作同样××也极多。

瓷铜器瓶壶耳柄足口沿采用的也不少。一般称为螭虎，事实上还是辟邪，是由狮子衍进的工艺图案。它的形象，虽然已经和世俗过年玩的狮子已大异其趣，而事实上来源还是一个，狮子。

狮子艺术还是在继续发展和应用。直到十九世纪末，满清封建王朝结束期，北京街市中这一时期的新式建筑，不问是私人住宅，还是商店铺子，当街一面屋顶，照例还蹲了两只傻呼呼的守门狗式的兽物。起始流行湘中商品绣，也经常见到用棕黄色为主调的公母狮子主题出现。多是由于北京动物园前身"三贝子花园"的开放，一般市民看到了狮子的结果。这些狮子应当说是比较写真的，但事实上应用的却只是一种自然主义手法，反映出延长了二千多年的封建社会外受帝国主义的侵略，内受几次重大农民革命的影响，政治上已摇摇欲坠，临于崩溃前夕，而艺术上也形成一种混乱，失去了固有民族艺术风格。

本篇初稿写于1965年。

古代镜子的艺术

中国金工用青铜铸造镜子，约在春秋战国时期。多数镜子的背面，都有精美的装饰图案，从造型特征和艺术表现看，可以分成两类，代表两种不同风格：一种镜身比较厚实，边沿平齐，用蟠螭纹作图案主题，用浅浮雕、高浮雕和透空雕等技法处理的，图案花纹和河南新郑、辉县，山西李峪村及最近安徽寿县各地出土青铜器部分装饰花纹相近。有一种透空虺纹镜子，数量虽然不多，做法自成一个系统，产生时代可能早一些。另一种镜身材料极薄，边缘上卷，图案花纹分两层处理，一般是在精细地纹上再加各种主题浅浮雕，地纹或作涡漩云纹、几何纹及丝绸中的罗锦纹。主题装饰有代表性的，计有山字形矩纹、连续矩纹、菱形纹、连续菱纹、方胜格子嵌水仙花纹，黼绣云藻龙凤纹、长尾兽（雉）纹，及反映当时细金工佩饰物各式花纹。这部分图案比前一部分有个基本不同处，是它和古代纺织物丝绸锦绣花纹发生密切联系，制作精美也达到了当时金铜工艺高峰，产生时代可能稍晚一些，先在淮河流域发现，通称"淮式镜"。建国后长沙战国楚墓中出土同类镜子格外多，才知道叫它作"楚式镜"比较正确。从现有材料分析，青铜镜子的发明，虽未必创自楚国，但是楚国铸镜工人，对于生产技术的进步提高和改进图案艺术的丰富多样化，无疑有过极大贡献。镜子埋藏在地下已经过二千三百余年，出土后还多保存得十分完整，镜面黑光如漆，可以照人。照西汉《淮南子》一书所说，是用"玄锡"作反光涂料，再用细毛呢摩擦的结果。后来磨镜药是用水银和锡粉作成的。经近人研究，"玄锡"就指这种水银混合剂。由此知道我国优秀冶金工人，战国时期就已经掌握了烧炼水银的新技术。这时期起始流行的鎏金技术，同样要利用水银才能完成。这些重要发现或发明，是中国冶金史和科学技术发明史一件重大事情，由于新的科学技术的应用，使得中国金工装饰艺术，因之更加显得华美和壮丽。当时特种加工镜子，还有涂朱绘彩的、用金银错镂镶嵌的、加玉背并镶嵌彩色琉璃的，都反映了这个伟大历史时期金铜工艺所达到的高度水平。

到汉代，青铜镜子应用范围日益广泛，图案花纹也不断丰富以新的内容，特别有代表性的如连续云藻纹镜，云藻多用双钩法处理，材料薄而卷边，还具楚式镜规格，大径在五寸以内，通常都认为是秦汉之际的制作。有的又在镜中作圆框或方框，加铸十二字铭文，"大富贵，宜酒食，乐无事，日有熹"是常见格式。或用"安乐未央"四字铭文，必横列一旁。

其次是种小型平边镜子，镜身稍微厚实，铜质泛黑，惟用"见日之光，长毋相忘"八字作铭文，每字之间再用二三种不同简单云样花式作成图案，字体方整犹如秦刻石。图案结构虽比较简单，铭文却提出一个问题，西汉初年社会，已起始用镜子作男女间爱情表记，生前相互赠送，作为纪念，死后埋入坟中，还有生死不忘意思。"破镜重圆"

的传说,就在这个时期产生,比后来传述乐昌公主故事早七八百年。又有大型日光镜,外缘加七言韵语,文如《长门赋》体裁,借形容镜子使用不时,作为爱情隔阂忧虑比喻。另有一种星云镜,用天文星象位置组成图案,或在中心镜纽部分作九曜七星,又把四围众星用云纹联系起来,形成一种云鸟图案,这都是西汉前期镜子。

第三种是中型或大型四神规矩镜,用青龙、白虎、朱雀、玄武分布四方作主要装饰,上下各有规矩形,外缘另加各种带式装饰,如重复齿状纹、水波云纹、连续云藻纹、连续云中乌鹊夔凤纹,主题组织和边缘装饰结合,共同形成一种活泼而壮丽的画面。正如汉代一般工艺图案相似,在发展中起始见出神仙方士思想的侵入。这种镜子或创始于武帝刘彻时的尚方官工,到王莽时代还普遍流行,是西汉中期到末叶官工镜子标准式样。有的在内外缘间还加铸年号、作者姓名和七言韵语,表示对于个人或家长平安幸福的愿望。最常见的是"尚方作竟真大巧,上有仙人不知老,渴饮玉泉饥食枣"和"新有善铜出丹阳,和以银锡清且明,巧工作之成文章,左龙右虎辟不祥"等语句。有些还说起购买的做生意凡事顺心能发大财。又有铭文说"铜以徐州为好,工以洛阳著名"。它的产生年代和图案铭刻反映的社会意识,因之也更加明确。

第四种是大型"长宜子孙"、"长宜高官"铭文镜,字体作长脚花式篆,分布四周,美丽如图画。图案简朴,过去人认为是西汉早期制作,近年来多定作西汉末东汉初期成品。此外还有由四神规矩发展而成的神人龙虎镜、分段神像镜、"位至三公"八凤镜、"天王日月"神像镜、凸起鼍龙镜、西王母车马人物镜,可代表汉末过渡到魏晋时代的产品。八凤镜用平剔法，简化对称图案如剪纸，边缘或作阴刻小朵如意云，富于民间艺术风味。神仙龙虎镜，有的平面浮雕龙虎和西汉白虎、朱雀瓦当浮雕风格相同，形象特别矫健壮美。一般多用浅浮雕，是西汉以来技法。较晚又用圆浮雕法把龙虎简化，除头部其他全身都不显明，产生年代多在桓帝祠老子以后，有署建安年号的。神仙龙虎镜加"胡虏殄灭四夷服，多贺国家得安宁"等七言诗的，创始于西汉，汉魏之际还有摹仿。又有一种高圆浮雕鼍龙镜，龙身高低不一，在构图和表现技法上是新发展。特别引人注意的是西王母东王公车马神像镜，铜质精美，西王母蓬发戴胜，仪态端庄，旁有玉女侍立，间有仙人六博及毛民羽人竖蜻蜓表演杂技。主题图案组织变化丰富，浮雕技法也各具巧思。有的运用斜雕法，刻四马并行，拉车奔驰，珠帘绣幰，飘忽上举，形成纵深体积效果，作得十分生动，在中国雕刻艺术史上是新成就，后来昭陵六骏石刻及宋明剔红漆雕法，都受它的影响。这种镜子浙江绍兴一带出现最多，为研究汉代西王母传说流行时代和越巫关系问题，提供了重要线索。

又根据近年出土记录，西汉以来还有鎏金、包金和漆背加彩画人物各种不同加工大型镜子产生。当时除尚方官工特别制作外，铸镜工艺在国内几个大商业城市，也已经成为一种专门手工业，长安、洛阳、西蜀、广陵都有专门名家，铸造各式镜子，罗列市上出售。许多镜子上的铭文，就把这些事情反映得清清楚楚。这些镜子当时不仅被当成高级美术商品流行全国，还远及西域各属及国外。近年在西北出土镜子，可根据它判断墓葬相对年代。在日本出土汉镜及汉式镜，又得以进一步证明中日两国间文化的交流，至晚在西汉就已开始，比《魏略》说的东汉晚期早过二百年。东汉末年到三国时期，还有一种铁制镶嵌金银花纹镜子，早见于曹操《上杂物疏》记载中。近年来这种镜子在国内也常有出土。镜纽扁平，图案花纹比较简质，和八凤镜风格相近，开启后来应用铁器错银技法。惟铁质入土容易氧化，完整的镜子保存不多。

晋、南北朝三百余年中，除神像龙虎镜、西王母镜，东晋时犹继续生产，此外还有"天王日月"铭文镜，边缘多用云凤纹处理，内缘铭文改成四言，如道士口诀律令。再晚一些又有分罫十二生肖四神镜、高浮雕四神镜、重轮双龙镜、簇六宝相花镜等等。后四种出现于六朝末陈、隋之际，唐代还流行。南北朝晚期镜子图案逐渐使用写生花鸟作主题后，在技法表现上也有了改进和提高，花鸟浮雕有层次起伏，棱角分明，充满了一种温柔细致情感。主要生产地已明确属于扬州，可说明这阶段南方生产的发展和美术工艺的成就。

唐代物质文化反映于造型艺术各部门，都显得色调鲜明，组织完美，整体健康而活泼，充满着青春气息。镜子艺术的成就，同样给人这种深刻印象。镜身大部分比较厚实（特别是葡萄鸟兽花草镜），合金比例，银锡成分增多，因此颜色净白如银。造型也有了新变化。突破传统圆形的束缚，创造出各种花式镜。大型镜子直径大过一尺二寸，小型镜子仅如一般银币大小。并且起始创造有柄手镜。至于图案组织，无论用的是普通常见花鸟蜂蝶，还是想象传说中的珍禽瑞兽或神话故事、社会生活，表现方法都十分富于风趣人情，具有高度真实感。唐代海外交通范围极广，当时对外来文化也采取一种兼容并收的态度来丰富新的艺术创造内容，在音乐、歌舞、绘画、纺织图案、服装各方面影响都相当显著。镜子图案的主题和表现技法，同样反映出这种趋势。例如满地葡萄鸟兽花草镜、麒麟狮子镜、醉拂菻击拍鼓弄狮子镜、骑士玩波罗球镜、黑昆仑舞镜、太子玩莲镜，都可以显著见出融合外来文化的痕迹。前一种图案组织复杂而精密，用高浮雕技术处理，综合壮丽与秀美成一体，在表现技法中格外突出。后几种多用浅浮雕法，细腻利落，以善于布置见长，结构疏密恰到好处。极小镜面也留出一定空间，使得花鸟蜂蝶都若各有生态，彼此呼应，整体完善而和谐。

唐代统治者宣扬道教，神仙思想因之流行，在唐镜的图案上也得到各种不同的反映。例如嫦娥奔月镜、真子飞霜镜、王子晋吹笙引凤镜、仙真乘龙镜、水火八卦镜、海上三神山镜，图案组织都打破了传统的对称法，作成各种不同的新式样。唐代佛教盛行，艺术各方面都受影响，镜子图案除飞天频伽外，还有根据《莲花太子经》制作的太子玩莲图案，用一些胖娃娃作主题，旋绕于花枝间。子孙繁衍瓜瓞绵绵是一般人所希望。因此这个主题画在丝绸锦绣中加以发展，就成为富贵宜男百子锦。织成幛子被单，千年来还为民众熟习爱好。汉代铸镜作带钩多在五月五日，唐人习惯照旧，传说还得在扬子江中心着手，显然和方士炼丹有瓜葛牵连。又八月五日是唐玄宗生日，定名叫"千秋节"（又称"千秋金鉴节"），照社会习惯，到这一天全国都铸造镜子，当作礼物送人，庆祝长寿。唐镜中比较精美的鸾衔长绶镜、飞龙镜和特别加工精美的金银平脱花鸟镜、螺钿花鸟镜，多完成于开元天宝二十余年间，部分且为适应节令而产生。唐代社会重视门阀，名家世族，儿女婚姻必求门当户对，但是青年男女却乐于突破封建社会的束缚来满足恋爱热情。当时人常把它当作佳话奇闻，转成小说、诗歌的主题。镜子图案对于这一个问题虽少直接表现，但吹笙引凤、仙人乘龙、仙女跨鸾，以及各式花鸟镜子中鸂鶒、鸳鸯、鹡鸰口衔同心结子相趁相逐形象及鱼水和谐、并蒂莲形象，却和诗歌形容恋爱幸福及爱情永不分离喻意相同。镜子铭文中，又常用北周庾子山五言诗及唐初人拟苏若兰织锦回文诗，借歌咏化妆镜中人影，对于女性美加以反复赞颂。

唐代特种加工镜子，计有金银平脱花鸟镜、螺钿花鸟镜、捶金银花鸟镜、彩漆绘嵌琉璃镜，这类具有高度艺术水平的镜子图案，有部分和一般镜子主题相同；有部分又因材料特性引起种种不同新变化，如像满地花螺钿镜子的成就，便是一个好例。这些镜子华美的装饰图案，在中国制镜工艺发展史上达到了一个新的高峰。

唐镜花样多，有代表性的可以归纳成四类：第一类宝相花图案，包括有写生大串枝、簇六规矩宝相、小簇草花、放射式宝相及交枝花五种。第二类珍禽奇兽花草图案，包括有小串枝花鸟、散装花鸟和对称花鸟等等；鸟兽虫鱼中有狮子、狻猊、天鹿、天马、鱼、龙、鹦鹉、鸳鸯、练鹊、孔雀、鸾凤、鹡鸰、蝴蝶、蜻蜓等等。第三类串枝葡萄鸟兽蜂蝶镜，包括方圆大小不同式样。第四类故事传说镜，包括各种人物故事，社会生活，如真子飞霜、嫦娥奔月、孔子问荣启期、俞伯牙钟子期、骑士打球射猎等等。特别重要部分是各种花鸟图案，可说总集当时工艺图案的大成。唐人已习惯采用生活中常见的花鸟蜂蝶作装饰图案，应用到镜子上时更加见得活泼生动（这是唐镜图案最值得我们学习的一点）。花鸟图案中如鸾衔绶带、雁衔威仪、鹊衔瑞草、俊鹘衔花各式样，又和唐代丝绸花纹关联密切。唐代官服彩绫，照制度应当是各按品级织成各种本色花鸟，妇女衣着则用染缬、刺绣、织锦及泥金绘画，表现彩色花鸟，使用图案和镜子花纹一脉相通，丝绸遗物不多，镜子图案却十分丰富，因此镜子图案为研究唐代丝绸提供了种种可靠材料。

唐镜在造型上的新成就，是创造了小型镜和各种花式镜，打破了旧格式，如银元大小贴金银花鸟镜，八棱、八弧、四方委角等花式镜等。

宋代镜子可分作两类：在我国青铜工艺史上应当占有一个特别位置的，是部分缠枝花草官工镜。造型特征是镜身转薄，除方圆二式外，还有亚字形、钟形、鼎形及其他许多新式样出现。装饰花纹也打破了传统习惯，作成各种不同格式。新起的写生缠枝花，用浅细浮雕法处理，属于雕刻中"识文隐起"的做法。图案组织多弱枝细叶相互盘绕，形成迎风浥露效果。特别优秀作品，产生时代多属北宋晚期。宋人叙丝绸刺绣时喜说"生色花"，有时指彩色写生折枝串枝，有时又用做"活色生香"的形容词，一般素描浮雕花朵都可使用。这种"生色花"反映于镜中图案时，作风特别细致，只像是在浅浮雕上见到轻微凸起和一些点线的综合，可是依然生气充沛，具有高度现实感和韵律节奏感。这一类官工镜子，精极不免流于纤细，致后来难以为继。另有一类具有深厚民间艺术作风的，用粗线条表现，双鱼和凤穿牡丹两式有代表性，元明以来犹在民间流行。

北宋在北方有契丹辽政权对峙，西北方面和西夏又连年用兵，因此铜禁极严，民间铸镜多刻上各州县检验铸造年月和地名，借此得知当时各县都有铸镜官匠。第二类镜子的创作，就完成于这种地方工匠手中，文献和实物可以相互证明。

青铜镜子的生产，虽早在二千三四百年前，一直使用下来，到近二百年才逐渐由新起的玻璃镜子代替。如以镜子工艺美术而言，发展到宋代特种官工镜,已可说近于曲终雅奏。劳动人民的丰富智慧和技巧以及无穷无尽的创造力,随同社会发展变化,重点开始转移到新的烧瓷、雕漆、织金锦、刻线等等其他工艺生产方面去了。青铜工艺虽然在若干部门还有不同程度的进展,例如宋代官制规定,还盛行金银加工的马鞍装具。最低品级官吏,都使用铁錾银鞍镫。铁兵器杂件也常错镂金银。宋宣和仿古铜器,在当时极受重视,制作精美的商周赝品,直到现代还能蒙蔽专家眼目。创造的也别有风格,不落俗套。南宋绍兴时姜娘子铸细锦地纹方炉,在青铜工艺品中还别具一格。不过制镜工艺事实上到南宋时已显明在衰落中,特别是在南方,已再不是工艺生产的重点。这时扬州等大都市的手工业多被战争破坏,原有旧镜多熔化改铸铜钱或供其他需要。一般家常镜子,重实用而不尚花纹。在湖州、饶州、临安闻名全国的"张家"、"马家"、"石家念二叔"等等店铺所作青铜镜子,通常多素背无花,只在镜背部分留下个出售店铺图记。一般情况且就铜原料生产地区,由政府设"铸鉴局"监督,和铸钱局情形相似,用斤两计算成本,三百十文一斤。镜工艺术水平低落是必然的。私人铸造虽然还不断创造新样子,却受当时道学思想影响,形态别扭,纹样失调,越来越枯燥无味。如有些用钟或鼎炉式样,铸上八卦和"明心见性"语句的,在造型艺术处理上不免越来越庸俗。女真族在北方建立的金政权和南宋政权对峙,生产破坏极大,官私铸镜,虽还采用北宋串枝花草镜规模,此外也创造了些新式样,但就总的趋势说来,工艺上还是在日益下落中,少发展,少进步。

本篇作于1956年。

镜子的故事(上)

历史博物馆在午门楼上有个新的全国出土文物展览,三千七百件文物中有许多种脸盆和镜子。把它们的时代、式样,和出土地区都弄清楚后,我们也可以得到许多知识。如联系它们应用时的社会背景和发展关系,这些日用东西,也可为我们解决一些过去没有明白的历史问题。并启发我们,中国古文化史或美术史的研究,有一条新路待人去走,就是把地下实物和历史文献结合,用发展和联系看问题的方法。若善于运用,会有些新的收获可以得到的。

我们不是常说起过,人类爱美心是随同社会生产发展而逐渐提高的,至晚在彩陶出现的时期,我们老祖先既然能够做得出那么好看的有花纹陶器,又会用各种玉石兽牙虾贝装饰头部和手臂,石头生产工具也除实用外要求精美和完整,对于他自己的身体和脸上,总不会让它肮脏不堪。但是怎么来解决这个问题?除相互照顾可能就是从水中照着影子来解决。没有陶器时在池水边照,有了陶器就用盆子照。这种推测如还有些可信,彩陶中钵子式器物,或许就是古人作盥洗用的东西,本有名字我们已不知道。到后来随着社会发展,到了青铜器时代，洗脸和照脸分成两种器物，用铜作的来代替了。中国人最初使用镜子，到目下为止，我们还缺少正确知识。虽俗说"轩辕造镜"，轩辕的时代科学家一时还难于肯定。过世不久的专家梁思永先生，在二十多年前发掘安阳殷商墓葬和文化遗址时，据说从青铜遗物中，已发现过镜子。这就是说，中国人能掌握青铜合金作种种工艺品时，一部分人生活用具中，也起始有了镜子。算时间，至少是三千二百年前的事情！可惜没有详细正式报告，思永先生已成古人了。

从古代文献叙述中，可以知道有史以后，古人照脸整容，的确是用一个敞口盆子，装满清水来解决的。这种铜器叫做"盘"或"鉴"，盘用于盥洗，鉴当作镜子使用。古器物照例刻有铭文，盘铭最古的，无过于传说成汤盘铭"苟日新，日日新，又日新"九个字。其次是武王盘铭"与其溺于人也，宁溺于渊"十个字。鉴铭最古的传说是周武王鉴"瞻尔前，顾尔后"六个字。都是语言警辟，可惜无实物作证。从文字措词比较，我们说这种盘子可能古到商周，铭文却是晚周或汉代读书人作的。最著名的重要实物无过周代的"虢季子白盘"和"散氏盘"，商周遗物中，虽常有虬龙纹和鱼鸟兽纹青铜盘出土，多和食器发生联系，可不大像宜于贮水化妆。这次西北区郏县出土一个东周龙纹盘，和华北区唐山出土一个燕国兽纹盘，就和食器同在一处。这类铜盘也有可能在祀事中或吃喝前后用来洗洗手，或诸侯会盟时贮血水和酒浆，参加者必染指盟誓。但和个人化妆关系究竟不多。鉴的器形从彩陶时代就已确定，商代瓦器中常有发现。这次郑州出土瓦器群，就有几件标准式样。是底微圆，肚微大，缩肩而敞口，和春秋战国以后的鉴很相近。但是这东西当时的用途，我们却取个保留态度。因为看样子，用于饮食比用于盥洗机会还多些。

成定型的青铜鉴，多在春秋战国之际才出现。目下国内最重要的实物，有如下几件：

一是现存上海博物院山西浑源出土的二大鉴，鉴口边沿铸有几支小虎攀援窥伺，雕刻得十分生动神气。另一件是河南汲县出土的水陆交战人物图鉴，重要处是它的图案设计，丰富了我们对于战国时人生活方面许多知识，剔空部分当时可能还填有金银彩绘。第三件是科学院新近在河南辉县发掘出土那一件，上面有精细刻镂花纹，包括两层楼房的建筑，和头戴鹖尾冠人物燕享奏乐射箭生活，鸟树狗马杂物形象，并且很像用熟铜捶薄方法作成的。第四件是大型彩绘陶鉴，也在辉县出土，花纹壮丽而谨严，可作战国彩绘陶的代表。另外还有一件传说辉县出土彩绘漆大鉴，原物已经残毁，不过从残余部分花纹，还可以看出它壮丽而秀美的构图，和同时代金银错图案极相近。其中除浑源大鉴，还像一个澡盆，辉县漆鉴，本来可能贮满清水时便于照脸，其余几件东西，居多还像酒食器。古代如果真的用鉴作化妆用具，求它切于实用，这种鉴可能是"漆"作的，讲究的就用错金银作边缘附件。证据是出土物中发现过许多这种错金银或青铜刻花圈形附件，小型的已知道是贮镜枱的奁具，口径大到一尺二寸以上的，至今还不能明白用途。照例说它是装东西的"容器"，是并不具体的。一切日用器物，决不会凭空产生的，和前后必有联系。它虽上无所承，而下却有所启，西汉初叔孙通著《汉礼器制度》称，"洗之所用，士用铁，大夫用铜，诸侯用白银，天子用黄金"。洛阳金村曾出土过战国小型桃式银洗。汉代瓢式银匜已有发现，纯金洗却未出过土。如照《贡禹奏议》

所说，则银和金也可作金银镶边的漆器解。极明显，到了汉代，士大夫通用鉴式另有发展，而且专用作盥洗工具了，通名就叫做"洗"，别名叫做"朱提堂狼洗"，西南朱提郡是主要生产地，格式也有了统一化趋势，花纹不是一双鲤鱼或一只大角羊，就是朱鹭和鹿豕，并加上"大富贵乐有鱼""长乐未央"等等吉利文字，是用阳纹铸到洗中心的。另有一种小型洗，多用细线阴刻满花云中鸿雁麋鹿熊罴或龙凤作主题，绕以活泼而流动的连续云气，用鎏金法作成的。显然是照叔孙通所说，汉代王侯贵族才能使用。在汉代工艺品中，这是一种新型的生产。还有一种中型缺边碗式洗，铜、陶、漆都发现过，多和贮羹汤醴酒的羽觞一道搁在平案上。晋代青釉陶瓷的生产，既代替了青铜的地位，洗即发展成两个式样：大小折衷于中型鎏金洗和平底碗之间，在边沿或留下一圈网纹装饰和几个小小兽面，或只有两道弦纹，中心留下两只平列小鱼浮雕，反映到南方缥青瓷生产的，随后就有印花越州窑、龙泉窑的中型洗。至于宋代均、官、汝、哥南北诸名瓷，却多把一切装饰去掉不用。北方定窑则在双鱼外又加有种种写生花鸟装饰。这种"洗"如依然有实用意义，大致只宜洗笔不再洗手了。还有一种容量和"朱提堂狼洗"相差不多，稍微改浅了一些，边沿摊平，一切装饰不用，只在边沿和中心部分作几道水纹，晋六朝以来，南北两大系的青瓷都用到，发展下来就成了后世的"脸盆"。例如这次华东区扬州农场出土的一个，就属于缥青瓷系；中南区广东出土的一个，就属于北方青瓷系。宋明以来标准式样，是故宫宋定式墨绘脸盆，是这次陈列的宋赵大翁墓壁画化装时用的脸盆，和在首都七个明代妃子墓中发现的那个黄金脸盆，和另一个比较小一些的嵌银龙凤花纹脸盆。这种式样一直使用下来，在不同地区，用不同材料，和种种繁简不同花纹装饰，直延续到明清二代，有景德镇青花脸盆，有彭城窑面盆，有宜兴挂釉加彩脸盆，有广式苏式白铜脸盆，随后才有"景泰蓝"和"铜胎画珐琅"的脸盆出现。现代搪瓷盆就由之衍进而来。

至于镜子呢，古人本来也叫作"鉴"。因名称意义容易混淆，现在有些人就把同一器物，战国时的叫"鉴"，汉代的叫"镜子"。这种区别并不妥当。因为战国时人文章中已常提起镜子。把战国的镜子叫作"鉴"，是根据叙述周代工官分职的专书《考工记》而来。书中在金工部门说，"金锡半，谓之鉴燧之齐"，译成现代语言，就是"作镜鉴的合金成分，是铜锡各半"。但照注解"鉴燧"指"阳燧"，是古人在日光下取火用的。此外还有"阴燧"，可对月取水。卫宏《汉官旧仪并补遗》也说过"皇帝八月酎……用鉴燧取水于月，以火燧取火于日"。三国时高堂隆却以为"阳燧取火于日，阴燧取水于月"。崔豹《古今注》并说明取火的方法，"照物则影见，向日则火生，以艾承之则火出"。说法虽不相同，可见这种古代聚光取火镜子，起源必定相当早，到汉代封建帝王还当成一种敬神仪式使用。我国古代科学发明极多，对于世界文化有极大贡献。早过万年前的石器时代，既然就会钻木取火，进入青铜时代，又会用"阳燧"取火，应当是可信的。不过在考古材料中，我们今天还不曾发现过青铜作的"阳燧"，发现的多是照脸用的各种镜子。铸镜成分各时代也不相同，早期镜子大约百分比是铜占七五锡铅占二五。镜子铸成必加工磨光，西汉淮南王刘安著的《淮南子》，就叙述过古人磨镜方法，是把"玄锡"敷到镜面上，再用细白毛织物摩擦拂拭，才能使用。"玄锡"就是水银。磨镜子古代早有专工，《海内士品》

一书中，记述汉末名士徐孺子，想去送他老师江夏黄公的丧葬时，没有路费，就带了一副磨镜子的家伙，沿路帮人磨镜糊口，终于完成愿心。"青铜时代"虽到战国就已结束，青铜镜子的工艺，却一直沿袭下来，一百余年前，才由新起的玻璃镜子代替。《红楼梦》小说写刘姥姥进大观园，吃醉了酒，胡胡涂涂撞进宝玉房中时，先走到一个"西洋穿衣镜"前面，看见自己的影子，笑迷迷的，还以为是"亲家"。这是许多人都熟习的故事。其实当时的城里人，也居多还使用铜镜。

过去一般读书人，认为镜子从秦代起始，是受小说《西京杂记》的影响。"高祖初入咸阳宫，有方镜，广四尺，高五尺九寸，表里通明。人来照之则倒见，以手扪心来，则见肠胃五脏，历然无碍。"旧社会老百姓上衙门打官司时，照例必用手扪心，高喊一声："请求青天大老爷秦镜高悬！"典故就出在这个小说里。意思是把那位县官当成"秦镜"，明察是非。镜子照见五脏，不会真有其事。但是战国已有方镜，这次长沙楚墓就有一面出土。大过五尺的方镜，汉代却当真有过。晋初著名文人陆机，给他的弟弟陆云书信中，就提起过"见镜子方五尺三寸，宽三尺，照人能现全影"。《西京杂记》多故神其说地方，不尽可信。陆机所见古代实物，是相当可靠的。也有洗澡用的大型铜澡盘，能容五石水，见曹操《上杂物疏》。郭缘生《述征记》还说，这个澡盘在长安逍遥宫门里，面径丈二。可知是秦汉宫廷旧物。

从出土实物和文献结合看来，镜子大致和盥洗的"鉴"同时，约在春秋战国之际才比较普遍应用。战国时著名思想家庄周和韩非，文章中都引用过镜子作比喻，可见是当时人已经熟习的东西。最著名的，是《战国策》上说到的邹忌照镜子故事。故事说，城北徐公有美名。邹忌打扮得整整齐齐去见齐王以前，问他的妻、妾和朋友，比城北徐公如何？三人都阿谀邹忌，说比城北徐公美。但是邹忌自己照照镜子看，却实在不如。不免嗒然丧气。因此去见齐王，陈说阿谀极误事。阿谀有种种不同原因，例如"爱"和"怕"和"有所请求"，都能够产生。官越大，阿谀的人越多，越容易蒙蔽真理，越加要警惕。齐王采纳了他的意见，改变作风，广开言路，因此称霸诸侯。故事虽流传极久，一般人对于镜子的认识，还是除"秦镜高悬"，另外还知道"破镜重圆"。这两个名词，一个表示明察秋毫，一个表示爱情复好。至于故事的详细内容、本源，即或是"读书人"，照例也不大明白了。

镜子在实用意义外附上神话，和汉代方士巫术信仰关系密切。后来有两个原因更增加了它的神秘性：一个是七世纪隋唐之际，王度作的《古镜记》，把几面镜子的发现和失去，说得神乎其神。另一个是从晋六朝以来，妇女就有佩镜子风气，唐代女子出嫁更必需佩镜子，到十九世纪，玻璃镜子普遍使用后，铜镜成了古董，照习惯，妇女出阁还当成辟邪器挂在胸前。把镜子年代混淆，另外还有一个原因，是宋代《宣和博古图》和清代《西清古鉴》，都把唐代的海兽葡萄镜，当成汉代作品。这事至今还有读书人相信。

近几十年研究镜子的人，从实物出土的地方注意，才修正了过去错误，充实了许多新知识。首先是淮河流域寿州一带发现了许多古镜，花纹风格都极特别，过去陕西河南不多见，因此叫它做"淮式镜"。至于产生的时代，还是沿袭旧称，认为秦代制作。其实寿州原属楚国，如果是"秦镜"，应当在咸阳长安一带大量出土才合理！直到近年长沙楚墓出土这种镜子又多又精美，才明白它的更正确的名称，应当叫做

"楚式镜"，是战国时楚国有代表性的一种精美高级工艺品。镜子的大量生产，或普遍作墓中殉葬物，也是楚国得风气之先，而后影响各地，汉代以后才遍及全国。我们这么说，是因为秦赵燕齐诸国墓葬中，也发现过镜子，但数量却极少。如不是不会用镜子，只有一种解释说得通，就是殉葬制度中不用镜子。但是到汉代，坟墓中用镜子殉葬，却已成普通习惯了。

战国镜子和别的铜器一样，花纹图案地方色彩十分鲜明。大体上可以分成两大类：例如午门楼上展出新出土的一面漆地堆花蟠虺方镜，上海博物馆展出的一面"虎纹镜"，和流出国外的"四灵鸳方镜"、"圆透雕蟠魑方镜"和同一纹样圆镜，其他图录中所见龙纹和蟠魑纹镜。除第二种具浑源铜器风格，后几种都和新郑器及一般战国时中原铜器花纹相通。这一类镜子，艺术作风虽不相同，制度却大致相同。胎质都比较厚实，平边，花纹浑朴而雄健，可代表北方系作风。至于出土地不明确那面"金银错骑士刺虎镜"，和相传洛阳金村出土一面"玉背镜"，和寿州、长沙出土的大量龙纹镜、山字镜、兽纹镜，制度就另是一种。胎质都极薄，边缘上卷，设计图案多活泼而秀美，不拘常格。特别是长沙出土的各式镜子，更可代表南方系艺术作风，具有显明的地方特征。花纹处理多沿袭商周青铜器而加以发展，分做两层，有精细而多变化的地纹，在地纹上再加浅平浮雕，浮雕又还可分"平刻"、"线描"和有阴阳面的"剔花"。在种种不同风格变化中，充分反映出设计上的自由、活泼、精致和完整。特别重要还是它的统一完整性。又因磨治加工过程格外认真不苟且，方达到了青铜工艺的最高成就。可说是青铜器末期，结合了最高冶金技术和最精雕刻设计艺术的集中表现。它的复杂多样的花纹,上承商周,下启秦汉,还综合战国纹饰特长,反映于各种圆式图案中,为后来研究古代花纹图案发展史的人,给予了极大便利。

例如"连续矩文",是商代铜器和白陶器中重要纹饰中一种花纹,本来出于一般竹蒲编织物,反映到铜陶纹饰中,和古代高级纺织物关系就格外密切。到战国末期,除部分铜鼎花纹还保持这种旧格式,一般车轴头上的图案花纹还使用到它,其他器物上已不常见。但是这种矩纹却继续用种种新鲜活泼风格,特别是结合精细地纹作成的方胜格子式变化,反映于长沙古镜装饰图案中,不仅丰富了中国圆式图案的种类,特别重要还是对于中国古代的黼绣纹,也间接提供了许多重要参考资料。古代谈刺绣,常引用《尚书》"山龙华虫,藻火粉米"等叙述。既少实物可见,历来解释总不透彻。汉代以后儒生制作多附会,越来越和历史本来面目不合。从别的器物花纹联系,虽有金银错器、漆器、彩绘陶器可以比较,却并不引起学人认真注意。近三十年燕下都新出土的各种大型砖瓦花纹,和辉县出土的漆棺花纹,因为和蒙古人民共和国诺音乌拉古坟一片丝织物花纹相似,特别是燕下都的砖瓦花纹,和金文中"黼"字极相近,才起始启示我们"两弓相背"的黼绣一种新印象。但由于长沙上千面镜子的发现,完全近于"纳绣"、"锁丝"的精细镜子地纹,和由龙凤综合发展而成的种种云藻主纹,更不啻为我们丰富了古代刺绣花纹以千百种具体式样。这些镜纹极显明和古代丝绸刺绣花纹关系是分不开的。并且从内容上还可以看出,有些本来就是从其他丝绣装饰转用而成。例如,一种用四分法处理的四叶放射式装饰,有些花朵和流苏坠饰,是受镜面限制,才折叠起来处理的。如果用于古代伞盖帐顶时，就会展开回复本来的流苏珠络形式。还有菱形图案的种种变化，孤立来看总难说明它的起源。如联系其他漆器、错金器比较，就可以明白原来和古代丝织物的花纹都基本相通（楚墓出土实物已为我们完全证明）。这些花纹还共同影响到汉代工艺各部门。诺音乌拉汉墓出土的一件大绣花毯子，边沿的纺织物图案，就和这次陈列的那面朱绘镜子菱形花纹完全相同。另外一片残余刺绣上几个牵马胡人披的绣衫上方胜格子纹，又和这次长沙出土一个战国时镂刻填彩青铜奁上的花纹相合。其他一些云纹绣，更是一般金银错图案。还有一种镜子，在对称连续方格菱纹中，嵌上花朵装饰，地纹格外精美的，也有可能在当时就已织成花锦，或用纳绣法钉上金珠花朵，反映到服饰上。西域发现的汉锦，唐代敦煌发现的方胜锦，显然就由之发展而出。洛阳出土大空心砖上的方胜花纹，沂南汉墓顶上藻井平棋格子花纹，也是由它发展的。至于羽状地纹上的连续长尾兽纹，写实形象生动而活泼，又达到图案上的圜转自然效果，构图设计，也启发了汉代漆盘中的基本熊纹布置方法……总之，楚式镜纹的丰富变化，实在是充分吸收融化商周优秀传统并加以发展的结果，和同时期工艺各部门的装饰图案，又发生密切联系，至于影响到汉代以后的装饰图案，更是多方面的。这是美术史或工艺史的研究工作者，都值得特别注意的一件事情。离开了这些实际比较材料，仅从文字出发，以书注书，有些问题是永远无从得到正确解答的。

近人常说汉代文学艺术，受楚文化影响极深。文学方面十分显著，因为西汉人的辞赋，多直接从楚辞发展而出。至于艺术方面，大家认识就不免模模糊糊。去年楚文物展览，和这次出土文物展览，从几面镜子花纹联系比较中，我们却得到了许多具体知识！汉代铜器在加工技术上，主要特征是由模印铸造改进而为手工线刻，花纹也因此由对称式云龙鸟兽和几何纹图案，发展变化为自由、现实、写生，不守一定成规的表现。阴刻花纹虽起源极早，商代以来，雕玉雕骨早已使用，但直接影响到汉代工艺的，也只有从楚文物中的漆器、木刻和青铜镜子等等技法处理上，见出它的本来面目和发展趋势。

楚国统治者在诸侯间尝自称"荆蛮"，近于自谦封地内并无文化可言。当时所说，大致指的只是封建制度中的旂章车辂，仪制排场，在会盟时不如齐晋诸侯的讲究。至于物质文化，实在并不落后于人。特别是善于融合传统，有色彩，有个性，充满创造精神和自由思想的工艺美术，春秋战国以来，楚国工人所达到的高度艺术水平，和中原诸国比较，是有过之无不及的。楚国爱国诗人屈原文学上的成就，和楚国万千劳动人民工艺上的成就，共同反映出楚文化的特征，是既富于色彩，又长于把奔放和精细感情巧妙结合起来，加以完整的表现。这虽然同时也是战国文学艺术的一般长处，是战国时期美学思想在文学艺术上的具体反映。但是从楚文化中，甚至于从一面小小青铜镜子中，我们却更容易看出鲜明的时代精神和民族风格。

镜子既然是古代人的日用品，为便于应用和保护，必需装在一个适用的盒子里或套子里。长沙出土文物中，另外一时还发现过许多种刻画精美的大小漆盒子。这种漆盒大型的多分层分格，里面装有镜子、小木梳篦和脂粉黛墨。这种漆器叫做"奁具"。古代社会女子教育"德容言功"四种要求中，整洁仪容占第二位，因此女子出嫁时，随身也少不了一个"奁具"。不过当时代表的是"艺术"，可不是"财富"。到后来，陪嫁依然少不了"妆奁"，但是意义已完全不同了。到现代，除了西南边疆兄弟民族，还使用这种基本上用红黑二色为主的旧式彩绘漆器，制作方法并影响到印度、缅甸、暹罗、越南的生产，其余地方已少见到这种制作了。

这次长沙出土文物中，除那个彩绘狩猎漆奁外，还有个镂刻方胜花纹青铜奁具，图案精美而复杂。如不是用金银错技术填嵌金银，就是用彩漆填嵌处理的。新时必然丹翠陆离，异常华美。这也是这次展览中一件重要艺术品。这个铜奁和长沙楚墓发现的人物彩画漆奁，人物车马漆奁，细刻云兽纹素漆奁，可算得是楚国工艺品中几件"杰作"，也可作古代"奁具"的代表。它们是因镜子而产生的。过去人谈古器物，常把许多种筒子式青铜器都叫做"奁"，但是这些器物用处显然不会相同。只有长沙楚墓出土这种青铜或彩绘漆"奁具"，里面大多数还有镜子梳篦和其他化妆用品，才可和史游《急就章》提起的"镜奁梳比各异工"相印证，知道是战国汉代以来化妆用的奁具标准格式。这种奁具到汉末还有漆地画金银花纹的，魏晋以来技术依然能够保存，从曹操《上杂物疏》和晋人著《东宫旧事》的记载可以知道。不过晋代一般人使用的漆奁，大都是素质无花，因晋代法令禁止普通漆器文画加工。法令还提起过，造漆器的人必需把店铺工匠姓名和年月写上。齐高帝也有令禁止一般杂漆器加绘金银花。这次华东区在杭州发掘的几件南宋时临安府生产的素漆器，式样还是汉晋旧格，文字可和晋令相印证，证明了直到宋代，一般民间漆器，还遵守这个五六百年前的法令。这件事情，也是用文献结合出土实物才知道的。

奁具的"筒子式"或"三套式"改进成饼子式或庶段"五撞"、"六撞"式，和花朵式的外形，是配合唐镜从唐代才起始的。上海博物馆保存有元代画马名家任月山的媳妇墓葬中出土的几件漆器，剔红盒可证明现存明代雕漆多本宋元旧法，另外一个素漆花式套奁，却是现存唐式漆奁极有价值的范本。奁具也有方的，和后世县官印盒差不多，材料有用木片拼合的，用夹纻法作胎的，居多用竹篾编成。最著名的遗物，是在朝鲜汉代古墓发现的一个，上面画了许多彩漆人物，还有商山四皓和武士纣士等的画像。这种东西到汉末又名"严具"。陆机书信中还提起看过曹操用的严具，是个六七寸高的方盒子，内有梳篦镊子杂物。

本篇作于1954年秋。

镜子的故事（下）

午门楼上展览除战国镜子外，另外还有很多精美汉唐镜子，其中有四面镜子，在镜子工艺和应用发展历史中，各占不同重要地位。

一　华东区浙江大学出土的西王母画像镜

照历史发展说来，中国的青铜器时代，结束于战国。这并不是说战国以后就没有青铜艺术。秦汉以来，铁工具已经成了主要生产工具，饮食日用器具或特别用具，漆器和釉陶的使用又日益普遍，再不是青铜器独占的局面。因此青铜器失去了过去的特别重要地位。这是社会发展的新趋势。但青铜器物在社会上却依然有它的广泛需要。使用范围并不缩小，还更加普遍了。我们从墓葬遗物中就容易看出。日用器物如辘轳灯、烛盘、熨斗、香炉、酒枪、带钩、弩机、熊虎镇、小刀、剪子，和小型车马明器中用的种种金铜什件，大件器物如鼎、豆、甗、壶、钟、釜、镞、酒镏、堂狼洗、车上什件、帐构杂件、度量衡器，大都还是用铜作的。而且有些还加工作得特别精致。不过除堂狼洗铸有鱼羊类花纹，带钩、弩机，和一部分用器，有用錾金银花新技术表现，辘轳灯和熊虎镇子仿像生物，可代表汉代立体雕刻，其余铜器多只用简单带纹装饰，有的还毫无装饰。但也有新的发展部分，就是用手工精细刻镂，代替了商周以来旧法的模铸，图案也由对称定型，变而为自由、活泼，和逼真生动。这种技术发展于战国，盛行于汉代。来源有可能是先从南方流行，才遍及国内各地（这次中南区衡阳工地汉墓出土一份细刻花纹铜器，和许多仿铜青釉刻花陶器，是最好的代表）。另外又发展了铜上镀金的工艺，古名"鎏续"，意思是把金汁倒到其他金属上面去，后世通名"鎏金"。其实是用汞类作媒触剂完成的。起始只用于战国末期的小件犀比带钩上，可知技术还相当困难。到汉代，因社会重视金银，才促进了技术发展，广泛应用到各种铜器上去。例如那种精细刻镂水云鸟兽花纹，面径六七寸大的铜洗，制作就格外讲究。这种新型工艺美术品，当时可能是和金银钿漆器食具配成一套使用的。在漆器中，新发展的金银钿器，必有带式装饰，精美的多用纯金银或错金银法作成，比较一般性的，也在铜上鎏金。这种附件既增加了夹纻漆器的坚固性，又增加了它的美术效果，汉代"钿器"是由此得名的。不过继承了青铜工艺模铸技法的固有长处，在花纹方面而加以新发展的，主要却是镜子。

现在人一提起镜子，不说"秦镜"，必说"汉镜"、"唐镜"。西汉早年的镜子，本和战国楚式镜或一般所谓"秦镜"不容易区别。前代镜样到西汉还流行，是过去人容易把它时代混淆通称"秦镜"或"汉镜"的原因。特别是内沿方框作十二字铭文，字体具秦刻石遗意，花纹如楚式镜中的云龙镜，过去人都认为是标准"秦镜"的，从铭文所表示的思想情感看来，大致还是西汉初期也流行的镜子。

显明标志出早期汉镜工艺造形特征的，约计有五方面：一、花纹中已无辅助地纹，二、镜面起始加上种种表示愿望的铭文（早期字体比一般秦刻石还古质，西汉末才用隶书），三、镜背穿带部分由桥梁式简化为骨朵式，四、边沿不再上卷，胎质比较厚实，五、除错金银镜外，还有了漆背金银平脱和贴金、鎏金镜子的产生。

具有前四种特征的汉镜，如把它和战国楚式镜比较，会觉得汉镜简朴有余而艺术不高。第五种近于新成就，如这次长沙出土柜中新补充的两面西汉末加金镜，一个系薄金片贴上，一个系鎏金，在技术上是重要的，但数量并不多，缺少一般代表性。有一点十分重要，即是出土地依然还在南方，可知加金技术经南方发展是有道理的。早期汉镜花纹图案的简化，和小型镜子出土比较多，显示出社会在发展中。上层艺术性要求不太高，而一般使用已日益普遍，这类镜子的产生，是由实用出发而来的。武帝以来，生产有了新的发展，社会政治日益变化，宗教巫术空气浓厚，装饰艺术用比较复杂形式反映到镜面上，和成定型的云中四神内方外圆的规矩镜，才用种种形式表现出来。东汉以来，神仙信仰加强，并且解除了巫蛊禁忌，故事传说日益普遍，神人仙真于是才上了镜面，镜子的使用，也由实用以外兼具有辟邪意味，和长生愿望了（这类镜子这次陈列是有很多具代表性的）。这还仅只就花纹图案一方面而言。

汉镜问题在铭文。大约而言，也可分作两大类，即三、四言和七言。从内容区别，有四种不同代表格式。第一类如：

一、"大富贵，乐无事，宜酒食，日有憙"十二字铭文。

二、"见日之光，长毋相忘。"八字铭文。

前一种，可说是标准汉人"功利思想"的反映。后一种，已可看出汉代人正式用镜子作男女彼此间赠答礼物的习惯。也有具政治性的，如"见日之光，天下大明"八字，近于当时阴阳术士的谶语，或在成哀之际出现的东西。

铭文最短的只四个字，种类极多，计有"家常富贵"、"长宜子孙"、"长宜高官"、"长毋相忘"、"位至三公"、"长乐未央"等等格式，虽同用四字铭文，却表现不同思想情感，反映于式样不同镜面上。"家常富贵"多小型镜，制作极简，近于民间用品。"长宜高官"、"长宜子孙"多大型，花纹虽同样简朴，制作却十分完整。"长乐未央"还具战国镜式花纹和形制，多小型，四小字平列在花纹一方，近于秦汉之际宫廷式样。"长毋相忘"有各种不同格式，可看出是一般中等社会通常用品，纹饰虽简单，铸模却精致，切于实用。

第二类七言铭文的，由骚赋文体出发，近于七言诗的前身，极常用的有：

三、"内清质以昭明，光辉象夫日月，心忽扬而愿忠，然壅塞而不泄。"

四、"新有善铜出丹阳，和以银锡清且明，巧工作之成文章，左龙右虎辟不祥。"

前一式文字安排有作一圈的，有分作两层的。从文体看可以明白它实远受屈宋骚赋影响，近接司马相如枚乘等文赋，可说是骚赋情感在镜铭上的反映。铭文内容含义，因此可说有政治也有爱情。除铭之外几乎无其他花纹，小型的铜质格外精美。后一式时代或稍晚些，一般多认为是王莽时官工镜。完全显明具政治性的，有"胡虏殄灭四夷服，天下人民多康宁"等语句，本来应当和汉武帝在中国边境的军事行动不可分。但是出土遗物时代都比较晚（用图案表现战事的还更晚，又不和铭文结合）。和二式同出现于西汉末王莽时代，现在一般还认为是王莽时官工造镜。有具年款的，一般多不刊年款。表示宗教情感和长生愿望铭文同在一处，最著名的是"尚方作竟真大巧，上有仙人不知老，渴饮玉泉饥食枣"，铭文中一面指明这种镜式最先必出于官工制作，一面更反映《史记·封禅书》、《汉书·郊祀志》所提起过的"神仙好楼居，食脯枣"等等方士传说在汉代的发展和影响。这种神仙思想，影响到中国文化是多方面的，例如对于中国建筑艺术，就因此发展了向上高升的崇楼杰阁结构。如汉人文献记载，武帝时宫中井幹楼，别风阙，都高达五十丈，鸿台高四十丈，金凤阙、蜚廉观各高二十五丈，渐台高二十丈，通天台还高及百丈，云雨多出其下。汉武帝在通天台上举行祀太乙仪式时，用太祝领导八岁童女三百人，各著彩绣衣服，在上面歌舞，壮伟动人景象可想而知。这种风气反映到东汉中等人家墓葬中，也不断发现有高及数尺三层叠起的灰陶和釉陶楼房，从结构上看，可能和用博山炉一样，还是让死者升天和"王乔"、"赤松子"不死意义。至于反映于社会一般装饰彩画上，是"青龙、白虎、朱雀、玄武"四神主题画地位的确定，和由"海上三山"神话传说而来的仙人云气、鸿雁麋鹿，气韵飘逸色彩绚丽的装饰花纹，应用到金银错、彩漆、丝绸和铜、陶、玉、木、石等等雕刻工艺中，都得到极高度的成就。特别是两件金银错兵器附件上的花纹，并且可作古代谈养生导引"熊经鸟申"五禽之戏的形象注释。他的产生早可到秦始皇，作为巡行的兵卫仪仗使用，晚到汉武帝，是文成五利手中所执的法物！在新的器物制作上，除完全写实的金铜熊、羊、辟邪，更有各种式样的透空雕花博山香炉的产生，珍贵的多用纯金银作成，最常见是青铜的。这种社会风习反映到镜鉴上，也作成图案设计的主题。不过镜面既受型范技术限制，又受圆形面积限制，更重要镜子是日用品，要求数量多，因此虽刻画得依然如"生龙活虎"，比较起来，究竟不能如其他工艺富于活泼生命。惟汉镜时代特征，却依然反映得十分清楚。

还有神仙思想主要是长生希望，铭文表示向天许愿长保双亲康宁的，多和"上有仙人不知老"等铭文在一道。向神仙求福本是宗教情感的表现，但这种孝子思想，却又和东汉儒学提倡孝道相关。

我们说"早期"，或"晚期"，也许措词用得不易完全符合历史本来。例如"家常富贵"小型镜，虽是汉代作品，六朝以后还继续铸造。因为它是好简朴的一般人民使用的简朴式样。铭文所有愿望也是普通小有产者的希望，时代性就不大十分显著。至于"见日之光，长毋相忘"小型和中型镜，虽代表的是中层社会个人情感，和私生活发生联系，到东汉就有了其他式样代替，六朝以后铭文所表示的情绪虽还相同，措词已大不相同了。"胡虏殄灭四夷服"，"上有仙人不知老"等铭文镜，反映的既是政治现实和宗教信仰，照理应出于武帝时代，事实上却多在东汉才出现。这些问题需要更具体更全面出土材料，才可得到正确解决。如用部分知识推测，是不可免有错误的。这也可以见出全国性文物发掘保存的重要性。因为用比较方法和归纳方法，就可以得到许多有用知识的。

汉镜的图案设计比铭文问题复杂。"见日之光"小型镜多重轮，铭在中圈部分，每字常用一花式图案隔离，中型的即无间隔花式。它的式样或者由"日重光月重轮"的祥瑞信仰而来。也有作内方外圆布置，内用四分法加流苏装饰，文字分别嵌于四方的。又有作星象式或乳钉旋绕，纽作十二重叠乳钉，普通都叫做"星云镜"，这是从兽纹衍进简化而成的。"长宜子孙"、"长宜高官"等大型镜，虽近于早期官工镜样，制作得十分完整，但除中心四叶装饰，有的一圈云纹外，竟只使用一些重复线条，虽然在设计时深具匠心，整体结构效果极大方，几个字的安排，并且还特别注意，保留晚周错金柳叶篆文格式的特长，经营位置，恰到好处。可是究竟素朴简单了一点。这种镜式到东汉还保留，只换上铭文作"位至三公"，希望具体了许多。花纹比较进一步的，是在连弧内作八凤或朱雀图案的镜式。构图设想，或本源于"日中星乌"记载，又或不过采用汉人熟习的祥瑞传说。有作八凤的，有作十二凤的，也有并外弧用到二十四凤的。一般叫做"夔凤镜"，本名或者还是"朱雀镜"。如系由取火阳燧发展而出，装饰花纹用三足乌，就更符合传说。这类镜子常作扁平纽。既无地纹，花作平雕，在技术上已近于后代"剔花"（即把空处剔除露出花纹）。又分阴剔和阳剔。若系阴剔，多余的阳纹线条，另外就形成四只蝙蝠式样，算得是镜纹设计的新成就。这种格式起于西汉，到东汉，再衍变就成为一种"兽面辟邪"镜式，或连弧部分加上方框，每一框中用"位至三公"四言铭文处理，就完全失去本来用意了。早期汉镜多较薄，到西汉末才胎质厚实，一般多不卷边，可证明主要是承继战国以来北方系的式样。凡边沿向外过度斜削，时代多比较晚些，属于另外一种格式。正和扁平纽一样，或者和生产地域的风格有关。生产地见于铭文的有"丹阳"和"西蜀"字样。又有"洛阳名工"的铭文。私人造镜著名的有"周仲造镜"、"驺氏镜"、"向氏镜"等等，用的还是官工镜格式。或者和《考工记》提起的世袭官工有关。

汉镜花纹图案由简而繁，起始于武帝时代，到西汉末成、哀之际和王莽时代才完成。但和战国镜纹却有基本不同处。显著特征是战国镜边缘多空白，汉代镜则由简单重轮法改进而用二五道重轮法，表现多种鸟兽云气花纹，和齿状带式装饰反复重叠，使之得到一种综合效果。在技术上正和漆器、空心砖等等图案设计一样，带式装饰有占镜面一半的，因此再难于区别边沿装饰和中心部分的主从关系。规矩镜花纹多浅刻，或兼喻"内方外圆"的儒家作人教育意义。但汉代博局，也用的是这种规矩花纹，有出土陶器可证明。绍兴镜子东王公像前的博局，也有用规矩纹装饰的。说明赌博也要守一定规矩！

政治现实和宗教情绪反映到镜纹上，本来应当和社会发展有密切关系，不可能孤立生长。花纹和铭文也应当有统一性。汉镜却常有些参差处。例如神仙思想的反映，照《史记·封禅书》、《汉书·郊祀志》的叙述，多在秦始皇汉武帝两个时代，特别是汉武帝时代，排场来得壮大，许多重要艺术成就，都在这个时期形成。最重要的如西王母传说，也应当在这时节产生，至迟到西汉末年已经流行。但镜纹镜铭和石刻画上的反映，却都晚到东汉桓帝祠老子前后。至于"上有仙人不知老"铭文的神仙或西王母形象正式反映到镜面时，却已经近于宗教在宫廷中时的庄严神秘感早已失去，只是把它当成一种民间信仰，一个普通流传的美丽神话，来和人间愿望结合加以表现了。是否是西王母神话的信仰，先只在官廷中秘密奉行，到东汉末巫蛊禁忌解放，才公开成为民间传说和社会风气，更因越巫诔张为幻，才特别流行于长江下游？情形不得而知。总之这类镜子出现的正确时代、区域，是值得深入研究，不仅可以解决本身问题，并且还能够用它来校定相传汉人几个小说的比较年代，推测早期道教或天师教形式的。

在先秦镜纹上表现人物，著名的只有两面镜子：一面是错金骑士刺虎镜，另一面是细花平刻仙真人物弹琴驯虎镜。第一面或用的是"卞庄刺虎"故事，和宗教无关连。次一面照后来发展看，可能是描写"安期生"、"王乔"、"赤松子"一类列仙生活。镜式都属于先秦式。其他神仙人物镜，却多在前后相距三四个世纪的汉末才出现。较早的神仙镜多中型，镜面神像或者是当时在群众中有了权威的"老子"或"岁星"。但汉代巫教盛行，信奉杂神的风气普遍，如刘章、项羽、伍子胥都曾被当作信仰对象过，甚至于还有把"鲍鱼"当作神来敬奉，称作"鲍君神"的。所以能上镜面的神，必然也相当多。这种神仙人物镜，图案设计表现方法可分成三种类型：第一类用圆圈围绕布置方式，中间或穿插有既歌且舞的伎乐表现。次一类作三层分段布置，主题神肩部多带有一对云气样的小小翅膀，表示他可以上天下地，来去自在。旁边或有侍从玉女站立，和云气中龙虎腾跃，边沿花纹装饰精美而复杂。中国带式装饰中由云纹而逐渐变为卷草，从镜边装饰可得到具体发展印象。铭文具方士祝愿口吻，且常迁就镜面位置，有语不成章处，可知本来必同样重要，经过复制，从应用出发，才成这样子。就花纹说，鸟兽和侍从羽人，虽还活泼生动，主题神有的却方而严峻，和反映于陶石上一般汉代人物画像的活泼飘逸不大相称。技术以半圆雕法为主，也有用点线勾勒的。时代多在东汉后期，可知和记载上桓帝祠老子关系密切。这种神像和早期佛教也可能有些联系，因为敦煌洞窟壁画中的"降魔变"构图设计，还像是由它影响而来。最重要是第三类，用西王母东王公作主题表现的神仙车马人物镜，其中穿插以绣纗珠络的驷马骈车，在中国镜子工艺美术上，自成一种风格。这种镜子虽近于汉镜尾声，却给人以"曲终雅奏"之感，重要性十分显著。完全是一种新型的艺术创造，即在有限平面圆圈上，作立体驷马奔车的表现，得到体积和行动的完美效果。表现方法有用连续点线处理的，有边沿作平刻，主题用高浮雕处理的。有在高浮雕技法中兼用斜雕方法处理的。点线法和高浮雕本属旧有，斜刻方法表现体积，使用到镜面上，却是一种崭新大胆的试验。正和川蜀汉墓雕砖法一样，直接影响到唐代著名石刻昭陵六骏，和宋明剔红漆器的刻法。镜面设计有的还保留四分法习惯，有的又完全打破旧例，尽车马成为主要部分，占据镜面极多。一般形象多是西王母和东王公各据一方，西王母袍服盛妆，袖手坐定，如有所等待，面前横一长几，旁有玉女侍立，东王公则身旁常搁一博局，齿筹分明，有的又作投壶设备，或者身前还有个羽人竖蜻蜓献技。孝女曹娥碑说到父亲曹盱能"弦歌鼓舞，婆娑乐神"。当时越巫举行敬神仪式时，或者也正是披羽衣作种种杂伎表演。青龙白虎各占一部分面积。马多举足昂首，作奋迅奔赴姿势，在车窗边间或还露出一个人头。照情形看来，镜中的表现，如不是周穆王西游会王母的传说，就是照《神异经》说到的西王母东王公相对博戏故事。

这种镜子特别重要处，还是它出现的区域性，十分显著。主要出土地限于江浙和山东一部分地方。如照山东嘉祥武梁石刻人神排列秩序看来,"西王母"实高据石刻最上层,代表天上。但汉代人风俗习惯,每个死人都必须向管领地下的"东王公"买地,东王公又俨然是阴间唯一大地主。同时汉代传说"泰山"也是管领地下的主神。这位东王公究竟是周穆王化身?汉武帝化身?王莽化身?两者又如何结合于汉末南方镜子上,当成图案的主题?在社会学上或工艺史上,都是一个待研究的问题。或出于"越巫"的造作,或属于早期"天师教"的信仰,又或不过只是因为生死契阔,天上人间难再相见,为铭文中"长毋相忘"四个字加以形象化的发展。死者乘车升天,也只是汉代传说嫦娥奔月故事,主题虽用的是宗教神话,表现的却只是普通人间情感。镜面也有作伍子胥和吴王夫差像的,和曹娥碑提的"迎伍君神"相合,可知是东汉末年南方人一般信仰。又也有作游骑射猎图的。最重要的成就,还是车马人神除雕刻得奕奕如生,还丰富了我们古代神话的形象,也提供了我们早期轿车许多种式样。一般铜质都比较差,但镜面雕刻实可说犀利壮美,结构谨严。这次午门楼上东头柜中展出的一面,就具有标准风格。这种镜子最精美的,多是一九三四年在绍兴古墓群出土,因此世界上多只知道有"绍兴镜"。其实它应当是汉末三国吴时的南方青铜工艺品代表,决不止是绍兴一地的生产。

二 晋墓中发现的两破瓦镜

在西汉早期镜子中,社会一般既有了"长毋相忘"等等表示情感的铭文,社会上层又有"长门献赋"的故事,民间又有"上山采蘼芜"

等乐府诗歌流传,可知"爱情"在汉代社会生活中,实有了个比较显著的地位。也因此加重了男女间离鸾别鹄的情操。或生前恋慕,用镜子表现情感,或死后纪念,用镜子殉葬,表示生死同心,都是必然的发展。死人复活的传说,如《孔雀东南飞》诗歌叙述,如干宝《搜神记》小说记载,也自然会在社会间流传,特别是社会分崩离析之际。所以照社会现实推测,"破镜重圆"希望或传说,和死人复活的故事相同,至迟应当在魏晋之际发生。文献上记载较早的,是旧传东方朔著《神异经》,就有"夫妇将别,各执半镜为信相约"故事。这次在西南区昭化出土二晋墓中,各有破瓦镜一片,拼合恰成一个整体,为我们证明了晋代以来,民间当真就有了这种风俗,传说,到陈隋之际,才有乐昌公主和陈德言"破镜重圆"故事产生。"破镜重圆"和死人复活一样,对古人说来,木只是生死者间一种无可奈何的希望。乐昌公主以才色著名,在兵事乱离中和丈夫相约,各执半镜,约作将来见面机会。国亡被掳后,进入当时炙手可热的越国公杨素府中。后来还因破镜前约,找着了丈夫陈德言,夫妇恢复同居。又因陈德言寄诗有"镜与人俱去,镜归人不归。无复姮娥影,空余明月辉",乐昌公主临去被迫作诗有"今日何迁次,新官对旧官。笑啼俱不敢,方验作人难"之句,载于《两京新记》、《本事诗》、《太平广记》和《古今诗话》中,当成"佳话"流传。后来教文学史的就把"破镜重圆"事当作起于陈隋,本来的出处倒忘记了。历史和文物的结合,可以为我们启发出许多新问题,并解决许多旧问题,这两面平平常常破瓦镜,就是一个好例。

汉魏以来铁器已普遍使用,因此也有了"铁镜"。并且还有"错金银铁镜"和"漆背贴金银花文铁镜"。曹操文集中《上杂物疏》曾提起过许多种。这次展览也有一方素铁镜子。收藏镜子一般用的是奁具，随身使用却放在镜囊中。"镜囊"通名"镜套"，是用锦缎或刺绣作成的。古代的不易保存，目下常见的多是明清两代以来遗物。明清铜镜在艺术上已不足言，但镜套却有绣得极精美的。镜子使用时或拿在手上，或挂在架子上，在汉代石刻中，我们已看见过它的式样。至于使用情形，全靠镜后纽部那个穿孔，贯上丝绳，手拿，或挂在一定架子上。挂镜子的器具名叫"镜架"或"镜台"，讲究贵重的多用玉石、玳瑁、象牙作成，一般只是竹木髹漆。镜台有用玉作的，是从《世说》温峤用玉镜台作聘礼记载知道。但镜台的样子，却不大引起人注意。传世晋代著名人物画家顾恺之作的《女史箴图》卷子中，保留有一幅古人临镜整容的精美画面。画中两人席地而坐，一个已收拾停当，手执镜子，正在左右顾盼。一个刚把长发打散，背后面却有个侍女理发，面前搁有镜台和脂粉奁具。镜台画作玳瑁纹，是长方形，附在镜架中部。并用文字解释画题，大意是"人人都知道化妆打扮身体，可不大明白更重要是注意品德"。是现存一卷最重要的中国古代教育连环画，在历史意义和美术价值上，都非常珍贵。原画于鸦片战争英军火焚圆明园时，就被英国军官抢走，辗转到了英国博物馆，现在还未归还中国。

曹操《上杂物疏》文件中，还提起过许多种汉代重要日常用具，我们又藉此知道汉镜中"错金"和"金银花"是两种不相同技术的生产。次一种如不是平脱法，就应当是捶薄金银片的加工技术。捶金薄片，商墓中即已发现过。春秋战国之际，河南新郑还发现过细刻龙纹金甲片，因已脱离附件，当时用处还不能具体明白。汉代用薄金片镶嵌漆器上，重要出土记录有蒙古诺音乌拉古坟出土和陕西宝鸡斗鸡台出土的。长沙这次出土一面鎏金镜,一面贴金镜,贴金镜边沿还另刻细致云纹,和本来的齿状纹不同。魏晋六朝以来金银细工有进一步发展,《东宫旧事》和《邺中记》就记载有许多种金银器物和镶嵌工艺美术品,齐梁诗文更常有形容叙述。但实物知识,我们却并不多。

至于一般青铜镜子花纹,魏晋以来先是半圆雕的中型高圆浮雕鼍龙镜突破旧规,随后是十二生肖鸟兽浮雕分畍作边缘装饰,中圈分布圆式宝相花镜纹占重要位置,直沿用到六朝末年,铭文也由七言改为五言和四言,使用庾子山诗句"玉匣聊开镜,轻灰暂拭尘。光如一片水,影照两边人"是最常见格式。四言最著名的,有"炼形神冶,莹质良工。如珠出匣,似月停空。当眉写翠,对脸傅红。绮窗绣幌,俱含影中"。过去传说是五代西蜀王建赠某妇人的,现在已明白这种镜子产生时代,实早到隋唐之际,这时期镜铭主要是对于女性美的赞颂,花鸟图案和文字体裁都秀美柔和,和使用对象性情要求相适应。有综合十二辰、八卦、小簇宝相花合成一体的,也有沿袭汉代四神镜方法,用狻猊、辟邪、狮子、麒麟作主题,用四分法布置的。大致是六朝末官工民工镜子通用格式,到初唐犹使用。镜铭虽再不提起"新有善铜出丹阳"的语句,工艺风格依然显出南方特征,铭文和南朝文字也有一致性。主要生产还是南方。《唐六典》即明载扬州贡物中有青铜镜。

三 唐代花式捶银花鸟纹镜

唐镜花式丰富多方,不是本文能够详尽。大体说来,有如下几种新的发展，从新的发现中可以证明。一、受现实主义影响，写生花鸟镜的流行，大卷枝花多丰满健康，小簇花多秀美活泼，并有各种鸟类穿插其间。二、融化外来文化，产生了新型的厚胎卷边满枝葡萄镜，葡萄间多用异兽、练鹊、蜻蜓、蝴蝶点缀其间。三、带故事性的人物上了镜面，计有俞伯牙钟子期故事，孔子问荣启期故事，玉兔捣药嫦娥奔月故事，王子晋弄玉乘鸾跨鹤故事，莲花太子故事（唐镜许多种和当时的道教有密切关系，只有这一式受佛教影响）。四、花鸟镜中常见而又精美的，有双鸾衔长绶镜，有鹦鹉鸳鸯镜，有小簇花蜂蝶争春镜，有贴金银捶花和金银平脱镜，有嵌螺甸镜。五、有八卦、万字等等家常镜。同时也起始有了带柄镜子，这是从圆扇得到启发产生的。方镜也发现得较多，大致是便于搁置到镜台上的原因。在造型艺术上的特征，主要即镜形打破了旧有圆形格式，作种种不同花式发展。又镜面有大过一尺，小仅如钱大的。六出花式是常用格式，小型镜制作多格外精美。怪兽葡萄狻猊狮子多作半圆浮雕，宝相卷枝和小簇花多作线浮雕。故事人物镜和双鸾对舞诸镜，在布置上都完全打破平均四分或圆形围绕习惯，作圆状屏风格式，或四方委角葵花式。共通优点是图案设计的现实性，给人一种生动活泼印象。花鸟多从写实出发，达到浮雕高度艺术水平。布置妥帖，是唐代一般艺术设计的特征，唐镜更充分反映这个特征，而且多样化。

这里要特别介绍的，是一面直径只两寸多些、花式金银加工的小小花鸟镜。因为在艺术上它代表了唐镜的新作风，在技术上又代表了唐镜的新成就。

唐代用金工艺计十四种，捶金镶嵌方法应当名叫"贴金"。是把薄质金银叶子贴到镜面捶成的。唐代纯金银器常有出土,且多比较材料,基本花纹已大体明白。一般镜子早期图案,还多用陈隋旧样,宝相花用"簇六"法或"聚八仙"法是通常格式。鸾衔绶带和鸂鶒、鸳鸯、练鹊、鹡鸰、戴胜、白头翁等等鸟雀和蜂蝶昆虫在花朵间飞息,才正确见出唐代装饰作风。这些花鸟图案在中型镜类已显得十分活泼生动。用贴金法和平脱法反映于大型和极小镜子中,更加精美、细致而完整。工艺成就和社会习俗有密切联系,所以这种金银加工技术的仝盛时期,必然和社会发展一致,应当在开元天宝之际数十年间。姚汝能述《安禄山事迹》,记玄宗和贵妃赠安禄山礼物中,就有许多种金银平脱器物,且有大件器物,正如小说中述玄宗嘱主工事的说"免为大眼孔胡儿所笑"而特作的。当时这种标准式样,已不易见到。但从其他出土金银器物中,和这一面小小贴银镜子中,却可体会到金银工艺美术,在唐代历史全盛时期的成就。

《唐六典》载用金十四种,这种名"贴金",旧式错金则属于"戗金"即"戕金"一格,至于在漆上嵌镶镂空金银花鸟的"平脱"法,基本上是和它有区别的。后人一般都叫做"金银平脱",实不大适合。金银平脱和其他加金用具,到肃宗时就一再用法律禁止,不许制造,因此唐墓出土器物虽极多,贴金和平脱镜并不多。在唐代数百年间,全部风格上的发展和变化,我们知识到如今还是不具体的。惟从现存资料如故宫收藏,及肃宗时就流传日本的几件重要镜子看来,却可知唐代标准特种官工镜的花纹和品质。还有镜子花纹和当时锦绣丝绸花纹有相通处,例如小簇花和绫锦刺绣纹样有联系,大卷枝写生却多反映于彩印染缬罗帛上,这是从比较上可以明白的。这些问题,过去少有人注意到,却值得注意,因为藉此也可以丰富充实我们对于唐代丝绣花纹的知识。特别重要还是可因此明白一个镜子的花纹,也不是孤立的,必然和其他许多方面有联系的。

我们并且还知道,到了这个时期,一般镜奁多从实用出发,已由"筒子"形式改进成为"扁饼"形式和"花式"样子,同时还使用相同花纹锦绣镜囊,前面已提起过。唐代因玄宗八月初五日(一作初三)生辰,由国家把这一天定名"千秋节",在这一天公私普遍铸造镜子送礼,传说最好的镜工必在扬子江心开炉泻铸。政府上下也多在这一天用镜子作祝贺礼物。唐代诗文中常提起这件事。一般"鸾衔绶带"镜,"回纹万字"镜,"真子飞霜"镜,"八卦水火"镜,大都是在节令中的产物或礼物。小型贴金银花鸟镜和金银脂粉盒子,有比一般银圆还小的,或者是官廷中和贵族社会亲戚妇女相互馈赠礼物,是便于平日随身携带的化妆用具。

这种金银加工小型花鸟镜,有花如豆粒,鸟如蚊虫,设计构图依然十分谨严周到,统一完整。到宋代,这点特别长处就失去了。唐宋五代西蜀、江南、吴越工艺都有高度发展,写生花鸟更多名家,西蜀、湖南、吴越且大量用金银器。惟青铜镜子工艺上的特征,实无所闻。

本篇作于1954年秋。

中国对于蚕的驯服和丝织物加工技术的进展

中华民族,在一个以五六十万年的长时期和自然斗争的进展中,有过许多特别重要的发现与发明,对于全世界人民都作出重要的贡献。养蚕织丝,可以说是其中最早也最重要,同时还是延长得最久的一种,同时还可说是近两千年的古代中国和世界文化交流具有大而普遍的一个证据。

关于古代中国人民如何驯服这种小小蠕虫造福人类的经过,有三种不同传说。第一个近于神话性的,是三国时有个吴人张俨作的《太古蚕马记》,说蚕的起源,是由于一个将军外出作战失了踪,家属悬下了重赏,凡能有人为把将军找回,就把唯一的女儿嫁给他。过不久,将军那匹平时心爱、作战又有功的坐骑,就把将军的尸首驮了回来。但找回将军的是一匹马,原约当然不能实现。可是这匹马却每次见到这个女孩,必用前蹄跌地,表示感情。因此,这家中人把马杀了,剥下了皮晒在园中地下,那女孩去园里时,用脚践踏马皮说:"看你还能不能显出本领?"于是一阵风起,那张摊在地下的马皮,把那个女孩卷起,随风而起,不知去向。到得她家中亲戚四处找寻,后来才发现挂在一株古老桑树上，成了个大蚕茧。故事虽说是"太古"的传说，就故事安排看来，这个民间故事虽并不古，却有点来历，因为荀子作的《蚕赋》最先也就提到。且影响到后来又比较普遍。蚕是叫"马头娘"，半世纪以前，南方乡下人还极熟习。第二是出于子不语怪和神的仁厚家说谎造作的传说，把一切重要发明都归于黄帝，却把养蚕织丝的贡献归作他的妃子嫘祖的功劳。原始的神怪性少了，虚伪性却增加。这种谎话经过约二千四五百年封建社会制的各朝帝王，封之为"青陵圣母"，都来加以利用。养蚕既属于妇功，为了欺骗人民，扩大巩固统治者的剥削，每年春天，皇后这个大地主婆还必装得特别虔诚慎重其事，来亲自在"蚕坛"敬奉蚕神，并亲自采采桑，喂喂蚕，作一回虚伪表演，因之增加了人民的迷信。第三是春秋战国一本古文字学书籍《尔雅》的一个关于蚕的记载，说蚕有许多种，用各种不同植物作食料，有桑蚕、柞蚕、萧蚕、艾蚕等等。记载虽极简略，倒要言不烦，极近科学真理。让我们明白，蚕的驯服，和五谷六畜的驯服过程相同。都是由野生经过长时期的、在各种不同条件下，由万千劳动人民，在不同实践中取得成功失败的许多经验，末后才总结下来，得知一种性格特别脆弱的，必需在特别谨慎细心的照料中，放在家里用桑树叶来培养，并且同时还得一面不断提高改变蚕的品种，另一面又还得把作为基本饲料的桑树由自然野生改为人工接枝，才能把产量和丝质在改进中不断提高，才能更进一步造福人类的。而比较性格强，耐得住风雨雪雾不同气候变化，消化力又十分强，能野放在柞树上生长，平时只要注意不受鸟雀过度损害，就可在结茧后得到收成的就是柞蚕。蚕的发现和驯服，有可能在原始社会制的后期，由于需要的是细心和耐烦的轻劳动,所以比采集果实和螺蚌、烧造陶器,更明确的这部门生产,属于妇女劳动的贡献,属于"妇功"。因为在奴隶社会的西周,用法律把农桑生产定为维持政权的主要经济结构时,男子每人每年贡谷二石,妇女每年必贡布帛二匹,幅宽二尺,长四丈。法令还规定,产品不够标准,不能上赠,也不许出卖。同时还有"珠玉锦绣不鬻于市"的法令。因此,到了重农的西周,丝织物的生产,在产量上,极明显比前一段奴隶社会制的商代,必有了一定的提高,但在加工技术上或艺术上,可不一定得到相应的进展。这和青铜器的生产艺术上的停滞,如有共通性。周王朝或照历史文献叙述,每到分封王族或有功于国家的大臣给以一定土地的占有权而赴任时,除照例得给一些针绣妇女工奴外,还得赏赐一份代表爵位尊严及帝王恩宠的丝织物加有纹绣的旗帜、衣服。有时还在就职以后,或剥削镇压人民有功,特别给以这种赏赐。青铜器铭刻中,就留下许多记载,提到当时具体得到加工丝绣的不同的名目。说明这一历史阶段的初期,丝织物生产,在质量上即有了提高,艺术加工,或限制在一定等级制度上,甚至于反而不及商代。

丝绸生产的进展,必成熟于原始社会中晚期,至今为止,除了良渚黑陶中发现一枚蚕茧还近于孤证。但稍晚一时,从商代出现的文字,属于农业的副食品的园圃等字,已极明确,而桑、蚕、丝等等文字,也均有发现,又有玉蚕出土。更重要实物,据参预安阳发掘次数最多、时间最久、经验特别丰富的郭宝钧先生说,安阳殷商王族墓上近棺部分,就出现过缝缀成方及二丈以上,加有颜色鲜明的彩绘丝织物覆盖在上面。此外还有族帜等遗痕在其他坟中发现过。近年则除在青铜器、衣著花纹和反映到同一时期的白陶、青铜器上的连续矩纹图案,明白了多属于早期的纺织物花纹。部分不规则的图案，却可能是和当时在平纹绢上的绘绣加工相关。又本于辩证法的"凡事有发展又联系"的原则，对于较后一时的丝织物花纹图案也取得了不少新启发和不少新认识。这时期的织机和织法，或许和近年在云南昆明滇池边晋宁石砦山出土的青铜贮贝器上所反映的奴隶群相围坐地下，用简单腰机进行生产情形或相近。这个图像的产生，和商代虽已隔约一千二百年，织机的应用，却必有其相通处。因为三百年的清初海南岛黎族送给清政府的礼物—仿木制纺织工具，直到近代西南苗族人民编三寸宽的腰带和衣边材料时，生产的方法都还相差不多。纹样也有共同性。

西周王朝虽仍属奴隶社会制，由于把农桑生产成为经济剥削巩固政权的基础，纺织物的生产指定属于妇功，每一成年妇女，每年捐税必上缴布帛二匹，每匹长四丈，宽二尺，不合规格的不能纳税，也不许当成商品应市。又在这个阶段，社会里衣著用颜色定等级，大奴隶主必衣红紫，等级较低的官吏为青碧……平民或奴隶只许衣本色。且有"珠玉锦绣不鬻于市"的法令，因此在一个较长时期，和其他工艺生产情况相同，处于停滞状态。因此丝织物的缫丝、染色、提花技术加工的改进和提高，必在春秋战国时期，丝绸锦绣成为商品之一，受商品要求刺激以后。

…………

本篇作于1973年。

谈锦
——矩纹锦的本源及其发展

中国织锦，是比较可靠的文献——《诗经》、《左传》、《国语》等称述，至少已有了约二千五六百年的历史。古代所谓贝锦、重锦、纯锦，虽为二千年来经史学人时常称引疏解，实物究竟应当是个什么样子，却少有人具体提出。即或比较后来一些记叙，由于近半世纪的出土实物日益增多，把文献和实物相互印证，工作上得到许多便利，有种种可能，过去学者通人如汉代郑玄释《三礼》，晋代郭璞注《尔雅》，唐代颜师古注《急就章》，及明清以来如顾炎武，赵翼等，孤立引书证书，即再博学多通，不易弄得清楚明白的问题，也可起始从文物互证得到许多新的认识，新的理解。例如对于《急就章》中涉及丝绸部分，前人以为属于色泽形容的，新的发现已明白大部分实为花纹形象。但从整个情形说来，这部门生产成就及其在发展中如彼如此原因，问题还可以说是一片空白，不仅仅是汉代的知识的不够多，即近五百年生产，也还是所知有限。既未在艺术史研究工作范围之内，也不曾在国内几个有条件大博物馆，成为一个专题研究课目，布置一点人力，来起始认真作些初步探索工作。因此文化史或艺术史涉及这部门艺术成就时，多缺少应有理解，只能空泛交代几句不着边际的说明，居多完全触不着本题。一面涉及百十万劳动人民，累代连续生产了大几千年，还留下实物以十万计的艺术品，我们对之还十分陌生，另一面是明清以来，少数文人画家，在笔墨艺术风格上，略有突破，直到如今，还在艺术上占用若干篇幅，作详尽分析，而在艺术出版物上，也一再重印，还在国内作各种不同规模的展出。从这一点上，让我们感觉到，若对于"民族优秀遗产"的"古为今用"要求落实时，发生困难是意中事。特别是关于丝织物这一部分在艺术上的伟大成就，所抱的轻视忽视态度，是不大合理的，有负于古人的。因不揣鄙陋，试从常识出发，作些探索工作。抛砖引玉，实有待国内专家学人共同努力。

唐有"双矩锦"、"盘绦绫"，和其他花纹一样，内容似还少人分析过。比较说来，这类丝绸花纹，实同源异流，同出于古代竹篾编织物，由之影响发展而成，且可代表较原始提花织物纹样。时期早可以到三千年前的商代，晚也必在春秋战国时期中即已成熟。古人所谓"纯锦"、"重锦"，或陈留出的"美锦"，这种矩纹锦即或不占主要地位，也必然有一定地位。

双矩锦得名虽出于唐代，敦煌唐代壁画服饰部门和边沿彩绘部门，均少有反映。恰说明唐代装饰艺术在丝绸上的要求，已将重点放在团窠图案一类以宝相、牡丹、地黄、交枝小簇花为主的植物纹样，和鸳鸯、鸾凤和其他鸟鹊含绶穿花等动物图案相互交错处理上，较古式的矩纹图案已不再占重要位置。但是它的继续生产还是事实。而且还在发展中，千年来依旧生产，且衍进变化成种种不同花式。在稍后的宋代及近三百年，在锦类生产中，还续有发展，作出百十个新花样。

矩纹锦在唐代，似只在张萱《捣练图》卷中一个骨牌凳垫子上绘出过，从比较得知它和青绿簟纹锦，金银锭式锦均属同一格。传世实物虽不多，惟《营造法式》彩绘部门，却还保留下好些种不同格式。明清仿宋锦实物，以康熙有代表性，大致还可找出卅种不同样子，可以证实它原来的式样和衍变的过程。由此明白它在提花彩锦中出现，可能比龟子锦还早些。锦纹基本既从竹篾编织物而出，至少商代已可能有这种花纹产生，而在春秋战国时期却逐渐成熟，发展成各种相似而不同的图案。尽管到目下为止，还未发现过这种锦缎，另外一时必将从新的发现实物中得到证实。因为一切事物不是孤立存在，而又必然和其他事物有一定联系，且在不断发展中的。我们无妨从"联系和发展"来作些初步探索：

一、商代白陶器上有相同连续矩纹图案。

二、同时或早些青铜器上也有相同矩纹图案（方鼎上反映特别具体）。

三、安阳出土一个白石雕刻人像，衣服上即使用这种矩纹图案，而且反映得十分清楚明白。

特别重要便是白石刻人像上的花纹，虽间接却具体。且不仅商代各物上存在种种相同花纹图案，此后也还未绝迹失踪，还继续反映到工艺品中，成为装饰图案一部门。

一、春秋战国中原地区各处出土青铜车轴头上还有这种连续矩纹，地子或作芝麻点，或作羽状卷云纹。时间比楚式镜子上反映当略早些。

二、楚式青铜镜子上，主要花纹图案之一种，且形成种种不同变格式样，底子或作整齐细致羽状卷云，或作不规则螺旋云纹。由于过去对于它的来源成因不明白，或称"山"字镜，或称"T"字镜，或称"矩形"镜，或称"规矩"镜，可极少注意到它和纺织物纹样的关系。并且它既和十二章的山字可能有一定联系，也和礼制玉中的"蒲纹"不可分割。

三、战国或秦汉之际大型空心砖边沿有这种连续矩纹。从类似砖上使用 ⚭⚭ 纹已确知为丝绸中的绫纹，则砖上连续矩纹，更必然是一种织物花纹。

四、战国玉璧上有这种连续矩纹，此外玉羽觞、玉具剑上之玉璲上，也使用过这种连续矩纹。这个一般可说是一种云纹的变格，事实上却更近于连续矩纹的缩小。（周代礼制玉说的蒲纹，如非指这类纹样，即应当是另外一种青苍玉大璧上所反映的一种直格纹和纵横交错的条纹。至于《三礼图》所绘在璧上作小簇写生蒲纹，则只是宋人以意为之，完全不符实际。因直到目下为止，出土周代大小玉璧千百件，还从无作《三礼图》上那种写生般蒲纹的。径尺苍璧以图中所见较多。）

五、长沙战国楚墓出土上彩绘俑，有些衣沿作这种连续矩纹。如结合史志上说的"衣作绣，锦为沿"的记载，则无疑这种花纹，事实上即当时一种锦纹。最具说服力也是这个俑上衣沿的反映，和商代那个白石刻人像花纹一样，是直接出现于衣服上的。

六、山西侯马近年出土大量铸铜用陶范，有几个约四寸长人形陶范，有著矩纹短短花衣的，也有著条子式三角日旋云纹花衣的。这个材料且进一步为我们说明，既有全身矩纹图案，又有间隔条子式花纹图案，白陶早已发现过这种条子式作 ⚭ 方折回旋云纹，彩陶则间隔条子也常有发现。白陶上矩纹且和人形泥范上衣著花纹完全一致。由此可知，当时生产这种花纹纺织物，至少已有几种不同方式，幅面较窄只堪作衣沿或腰带用的，或和目前还在西南苗族西北回族用粗毛编织的带子式材料技术相差不多，是属于原始腰机地机，用手指凭操作习惯理经提花，而有一种木石璋式刀具或牛肋骨作工具，代箝压线进行的。这虽是种原始提花机，而直到如今，却还在边远地区继续使用。十八世纪海南岛黎族使用的工具全份，还陈列于北京故宫博物院。运用这些工具进行织作方法，则在云南石砦山出土铜器上，还有极典型形象保存，陈列于北京历史博物馆。这还是一千九百年前时留下来的。（至于西藏式织氆氇工具，却已有了进一步改进。）同一时期也正是中原地区如陈留襄邑使用新式提花机织出"登高望四海""长生无极""韩仁"诸彩锦时！从这些发现为我们提供了一种新的假定，即由商代到东周，这种矩纹彩色提花纺织物至少有两种不同幅度：一种不过三五寸宽，楚俑所用衣边，是不用剪裁照原来幅度缀上的。商白石人像和侯马泥范人形所穿花衣材料，却是照古代二尺幅箝立式提花机作成的。

矩纹锦在汉代已少见，同式花纹反映到其他装饰图案也少见。说明了一个问题，即由于生产发展，织机改进，这类近似几何规矩图案已不能满足生活要求。因此汉代彩色花锦出土不下数十种，基本纹样多是云山中鸟兽奔驰为主题，打破了传统束缚，自出新意。图案来源不外从两个方面：即反映现实主义的游乐狩猎生活，反映于文字则产生《羽猎赋》、《土林赋》等叙述，其次反映浪漫主义的对于神仙方士长生不死的迷信情形，反映于文字，则有如《史记·封禅书》,《汉书·武帝纪》有关海上三山等叙述，及乐府诗关于博山炉形容。这两种思想影响到工艺装饰图案各部门，产生冠饰上的盾形金博山，和陶井栏青铜灯上的金博山形装饰。产生五鹿充墓出土的错金戈戟附件上的花纹，上作仙人驾鹿车在云中驰逐，各种鸟兽骇跃腾骧于山云间。产生朝鲜汉代古墓出土的同式错金银附件花纹，上作骑士射虎，及孔雀鸿雁麋鹿野豕于山云中奔走驰逐。影响到翠绿釉陶和栗黄釉陶鼎或尊盖部博山，产生千百种各具巧思的金铜博山炉。反映于丝织物，则成各种大同而小异的锦纹，而以较著名的"韩仁"锦和"登高明望四海"、"新神灵广"、"明光"诸锦最有代表性。事实上这种锦纹也可以说是立体博山炉的平面化，图案来源是共通的，都出于海上三神山的传说。这种锦纹的成熟，如据上面文字分析，早或在秦始皇，晚亦不会到武帝以后，因为"登高明望四海"必然和当时封建统治者大奴隶主妄想长生不死上泰山封禅有密切关系。锦上字体也具秦刻石风格。有些也可能早到战国中晚期，因为花纹作 ◎ 式云纹，正和战国楚式铜镜花纹及彩绘漆盾花纹有共通点。古代有关丝绸名目的"绚"和"绮"，可能和这个花纹有关。"长乐""明光"则系秦汉官殿名目。这种花纹锦缎，直到晋代还继续生产。《邺中记》所说"大登高"、"小登高"、"大明光""小明光"，及《南史》称"仙人鸟兽云气异样花纹"，和米芾所见晋永和时"仙人鸟兽云气织成锦"必然有密切联系。或简直就是同一织物。到北朝晚期或唐代初期，锦类才有进一步变化，龟子纹锦或属固有格式，连珠团花、对羊、对灵鹫、对天王狩猎、野猪头等图案，则有可能来自西藏，或更远一些地区。根据见多识广的张彦远记载，说窦师纶在成都作行台官时，出样制作的瑞锦，游龙翔凤诸花样。既称章彩奇丽，流行百年不废，可知花纹图案组织及和色方面成就，均必有过人处。从日本正仓院所藏唐代实物及敦煌唐代彩绘壁画种种壮丽丝织图案还可窥见大略。书端符《李卫公故物记》和《唐六曲》罗列了部分绫锦名目，并特别对于一近似织成锦式刻丝衣袍花纹加以赞美。陆龟蒙《古锦裙记》则记述所见特种锦裙，虽说或陈隋间物，其实以鸟衔花使用习惯而言，则大致成于唐初。

双矩纹绫锦见于《唐六典》诸道贡赋，盘绦绫锦则著录于较晚的大历禁织绫锦纹样诏令中，李德裕《会昌一品集》谏织繚绫奏议也提起过。唐代以来，人撮晕彩锦类，虽已达到和色极高艺术效果，惟在应用方面似以本色花绫和染缬比较广泛。红紫使用有一定限度，惟青碧色不受何等拘束。

彩锦类在历史各阶段中如玄宗开元初年和肃宗时，常因政治上原因，一再明令禁止。矩纹和盘绦在织法上比较简单，且切合新流行于上中层社会坐具垫子类需要，从而得到发展是意中事。但从谏织盘绦繚绫奏议中，可见比一般本色花绫还是华美难织，货币价值也必然较高。直到宋代，社会生产有进一步发展后，锦缎花纹也因提花技术有了提高，更重要是丝绸生产数量的扩大和品种的加大，彼此竞新立异，因此由比较简单的龟贝锦发展而成的八答晕锦，由团窠锦发展而成的大宝照锦，由一般花纹比较疏朗的素地串枝牡丹锦发展而成的满地金，或间金红地藏根满地花加金锦。灯笼式也由北宋成都起始织造金线莲花灯笼锦而发展成各种各样不同式样。梭子杏仁式樗蒲绫，也由唐代遂州所织，到宋代发展而成许多相似不同花纹，有对凤、游龙、聚宝盆、牡丹等等，就织法说则有罗、纱、缎，就材料说有织金，有间金，有装花，有本色花等等。从簟纹发展而出的矩纹锦，这时节由于应用面的扩大，也得到进展，从《蜀锦谱》和后来些《博物要览》所记宋代几十种绫锦名目中试加分析，即可知至少有×种和簟纹有关。或由之发展而成。即明代普遍流行，清代又在南京苏州大量织成的万字地大小折枝串枝花式，明人所谓"落花流水"锦，不下百种式样，也无一不是由之发展而来。这类宋锦实物虽保存已不多，但《营造法式》彩绘部门若干种花式，基本上即是锦缎式样，可以用来和现有明清同式锦缎互证，给我们对于它有深一步认识。

本篇作于20世纪60年代初期。

从文物中所见
古代服装材料和其他生活事物点点滴滴

人人都穿衣吃饭,关于古代这方面问题,我们知识却不大具体。尽管在奴隶社会阶段,统治阶级的剥削基础,就和粮食布帛聚敛分不开,先秦文献中还留下许多记载。不过孤立从文献求索,总不大好办,特别是关于发明与发现多不足信。文献不足征处,更不免茫然。因此历来专家学人,不外用两种态度对待:一是"信古",肯定旧传说,增饰新附会,把一切发明与发现都归功于个人,《古今注》、《路史》、《事物纪原》等因之产生。二是"疑古",觉得古代事难言,不加过问。影响到后来,于是人多乐意务虚,抽象谈社会结构。至于从务实出发,作探讨工作的便较少。经过近年考古工作者共同的努力,古代人从新石器时代或更早一些起始,如何使用木、石、骨、角工具,慢慢学会种植庄稼,驯养六畜,改善定居生活条件;同时又适应这个新的需要,发明陶器,来处理谷物成为熟食。谷物类生产品种是些什么也有了比较明确知识。而陶器则由烹煮食物进而为熔金铄石,冶炼出金铜铅银铁,生产工具因之又如何逐渐衍进。有关吃的问题,凡事从实际出发,慢慢的便理出点头绪来了。至于穿衣打扮事情,还是不大搞得清楚。

现在想就出土文物，初步试来作些常识性综合分析。至于进一步深入探索，抛砖引玉，实有待海内专家学人共同努力！

史传称伯余作衣，又说黄帝垂衣裳而天下治。至于养蚕，则推为黄帝妃子嫘祖所发明。这种种和其他一切发明，极少有人否认过。事实上它和别的生产发明相差不多，全是由于古代人民共同需要，和自然长期斗争，劳动经验逐渐积累得来，决不是某一人能凭空发明的！但是衣的定型制作出一定式样，在原始社会组织取得一定进展后，随同形成一种习惯，却是有可能的。

根据四川资阳人遗物中一根细长完整的骨针，我们可推想当时人就为了御寒和生产上的便利，已有了穿衣服的要求。因为针的发明是满足这种要求而出现的。如果这支骨针和其他遗物确在同一地层，那已经是过若干万年的事情了。当时穿的是兽皮还是植物纤维的布匹？我们还少知识。但是针孔相当细，决不会是皮革割成的小条子能通过的，因此捻取细纤维作线的技术，也必在有孔纺轮出现以前，即已掌握。而布的起源，实从编织鱼网得到进展，编网知识又系从蜘蛛结网得到启示，《淮南子》所说，倒还有点道理！早期的织机可能是"地机"，原物虽未发现，近年云南石砦山出土铜器上，却还留下些二千年前的式样，现代我国比较偏僻的生产落后区域，也还留下些活的标本，一般还是坐在地下织的。综、筘、梭子发明以前，提线必用手，压线则借重骨或石工具，编织较窄的腰带，牛肋骨已极得用。若织面阔及尺的布，即嫌压线不紧实。因此地下发现较长大薄刃石刀具，古代除了使用它来鞣治皮革，可能也和织机压线发生联系。后来由石到玉进而成璋或某一式圭，则已在实用外兼有象征性。但是海南岛一类地区，却在十八世纪，还用作织布工具！琮的应用出现较晚，一般大型青云琮，多长约八寸，外方内圆，分段刻划纹道。照史志所说，为妇女所主，为祭中溜之神物。如联系纺织周代以来即称为"妇功"，而琮的应用，近人以为和织机或有一定关系，推测或许还近理。这类大型玉琮多传为周代礼器，如和织机关系密切，则显然这是一种西周以来出现的坐式竖机了。因为地机卷轴是用不上的。从琮的出现，我们还可看出人类最早的垂腿而坐，和生产劳动关系十分密切。织布以外车磨铜器，雕琢玉器，为操作便利，大都有近似织机需要，即共同促进了古人生活习惯的改变，实和生产需要有一定关系。这自然只是一种推想，因为唯一证据，只有汉石刻几个机织形象，包括了曾母投梭、孟母教子和天孙织锦一些故事传说的图像在内。至于第二阶段坐具的进一步改变，和妇女专用鼓式墩子的产生，则显然是由战国熏香笼簧汉代熏笼衍进而来，而社会上得到认可成为一般起居习惯，已是唐宋时事了。笼簧多编竹而成，或有两式，应用虽始于战国，盛行于汉晋之际，留下较早的形象，却只有在北朝石刻上可发现，作成腰鼓式。唐代有个三彩女俑，坐的还是相同样子。到宋代则一般作墩子式了。直到明代，不问法花瓷或处州青瓷，或描金雕漆，墩子依旧必下部镂空，上面绘饰成一块绣帕四角下垂样子，还是照熏笼作成。

《尔雅》是中国二千三四百年前一部古文字学专书，内中有许多记载都十分重要。关于古代养蚕业的进展，也有较新较现实提法。称蚕有萧、艾、柞、桑等等不同品种，即反映一种社会发展的真实，说明养蚕知识的获得，是经过许多人用各种草木叶子在长期试验下，才明白山蚕宜在柞树上放养，家蚕必饲桑叶才会有较好收成的。从这一认识前提出发，结合文献，我们说穿衣当成一种社会制度，养蚕当成一种社会生产，大约是在由分散的部族社会到那个部落联盟的原始社会成熟期的黄帝时代才逐渐形成，同样的话却有了较深刻意义！至于当时人究竟如何穿衣，文献叙述多出于周代史官，必需把保留在较前或较后各种形象材料加以印证，才可望得到些比较近真落实的印象。

史称三皇五帝，历世绵邈，有关形象知识，目下我们只能从一千八百多年前一些汉代石刻得到点滴。结绳记事燧人取火的情形，虽近于汉人想象，武氏石刻把五帝却画得相当古朴，即同样出于想象，究竟比单纯文献有意思得多。因为那几个人的衣服式样，和近年出土三千年前殷商时代的还有个共通点，一般特征为齐膝长短，穿裤子（若照某些传记述说，则汉代人才穿裤子），为便于行动和劳作，说这种衣装和原始社会生活要求相适合，大致不会太错的。

商代还有如下一些材料可以比证参考：

一、两个雕玉人头像，重要在他们的头上装饰。男子戴平顶帽子，初看似乎有些令人相信不过，其实形象并不孤立存在，同时或稍后，这种帽子都有发现。女的重要是她的发式，藉此明白头上骨或玉笄的应用，商代至少已有二凤相对竖插，和一支横撇两式。双笄对插比较讲究。曹植诗"头上金雀钗"反映到《女史箴图》中的情形，还是商代用笄制度的沿袭。下垂蚕尾卷发，直到战国还有地方妇女习用。只可惜背后不知如何处理。这些精美雕玉正产生于历史上的纣王妲己时代。至于纣王形象，目前还只有日本学人过去在朝鲜发掘的汉墓里一个彩绘漆筐边沿上发现那一位。他正坐在一个有屏风的矮榻上，像旁还明署"纣王"二字，两手作推拒状，作成《史记》所称"智足以拒谏，辩足以饰非"的神气。神气虽还活泼，可是个标准汉代贵族样子。至于妲己的装束如需要复原，从那个雕玉女人头像，却可得到较多启发!

第二是这个白石雕刻的人形，头戴锦帽，身穿锦衣，是有点醉意朦胧样子。如不是个最高奴隶主，也应是个贵族。但亦可能只是随身奴仆，因为用珠玉饰狗马，在商代墓葬中即已发现，一个奴隶弄臣穿得花花绿绿，是不足为奇的。衣服肯定原仿锦绣而作，从联系和发展得知道。商代的铜簋、白陶壶，和较后一时的铜车轴头，镜背，空心砖边沿，都有相同装饰纹样出现。一个长沙出土的战国彩俑，衣边上且分明画上这种花纹，恰和文献中"锦为沿"相符。（真正的锦缎只早到唐宋，名字或应当叫矩纹锦。它的织法实源远流长。至于为什么较早的锦是这种连续矩纹，我们说，大致和编织竹簟有关，和宋代青绿簟纹锦同源异流。竹簟用连续矩纹或方胜格子，技术操作比较容易。）商代已能织出极薄的绸子，也能织出有花纹的锦缎，但较多人的身上，大致还是穿本色麻葛或粗毛布衣服。一般奴隶或俘虏身分的人，如像第三个手负桎梏的一位，穿的自然是件粗布衣。

两者身分地位尽管不同，衣服长短过膝，倒像是共通趋势。这一点相当重要，因为承认衣才齐膝或过膝原是一种传统制度，我们才不至于把春秋战国时出现的这种衣服，不求甚解一例归入"胡服"。

第四五都是雕玉，出土情形不太明确。给我们启发是他们头上巾子和西南苗彝族装束那么巧合。其实若从图案花纹去探索，用商代规矩图案和近代苗彝编织物图物比较，相同处我们发现将更多!这不足为奇，生产条件和工具决定了生产式样，也有时形成了美的意识，这是过去我们较少注意到，目前却明白了的。

西周是个讲究制度排场的时代，史称周公制礼作乐不会完全是空谈。一面是宗法社会的建立，确定等级制度排场有其必要性。另一面由于生产发展，丝、布、铜、漆日益加多集中到王室贵族中，有了个物质基础。因此周公尽管提倡节俭，要贵族子弟明白稼穑之艰难，可是打发诸侯封君就国，还是除沿例领取大片封地、占有大量农奴外，并且还可得到一些手工业奴隶，又可得到特赐一份华美衣服，车马旗帜，宗庙祀事礼乐铜器，以及作为压迫工具和象征权威的青铜兵器圭璋瑱璧诸玉物。统治者日益脱离生产劳动，成为"治人"的身分，衣服放大加长用壮观瞻，必然是在这个历史阶段中出现。相传虞书帝王冕服十二章的绣绘文饰，也应当成熟于此时。但是三千年来做皇帝的总还欢喜遵照古制打扮，直到袁世凯还要人做下一份衣样子，准备登基！事实上冕服最早的式样，目前为止，还只有从唐代列帝图和敦煌画留下那些形象，比较近古，宋人《三礼图》、明人《三才图会》即已多附会，去古日远，清代更难言了。但是从习惯说，戏衣上的龙袍，还应当说是一脉相承。真正的复原，几种新的战国人物形象，和西汉壁画，东汉石刻，以及周初铜、玉、漆、丝纹样，已为我们准备了些有利条件。经过一些探索比证，大致还是可望部分恢复本来的。

衣服等级的区别，一面可看出西周社会的拘板定型，另一面也必然影响到社会生产的停滞。破坏它得到新的进展，是春秋战国，随同土地所有制变化，与生产发展、商品大量交流而形成。

同样是在不断发展变化中，也看需要而有所不同，譬如作战穿的衣甲，到春秋时虽发展了犀甲、合甲、组甲许多不同材料不同制作，长短大致还是以能适应当时战争活动为主，不会太变。例如保护头颅的铜盔，商代的就和春秋战国时差不太多。但是兵器中的戈的形制和应用，却已有了较大变化。商代一般战士，戈大致有两式，长柄的单独使用，短柄的则一手执戈、一手执方盾，是通常格式。春秋以来则剑盾为一份，戈柄已和矛柄部分同长，有的或加个矛头成为专用勾啄刺三或两用兵器了。到战国时，好些戈戟并且已逐渐脱离实用价值，只从艺术出发来考虑它的造形美了。到汉代于是又一变来个返璞归真，一例简化成为一个"卜"字式。（至于我们从戏文中所常见的方天画戟，却是起始于唐代宗教画天王所使用的！）衣的形式改变，主要还是在某些上层人物。根据目下材料分析，我们知道儒家的宽衣博带好尚，本为好古法先王主张而来，同时人常多当成一种拘迂行为看待的。因此估计一般上中层分子，平时衣服必然还不至于过分拖拖沓沓。但部分坐朝论道不事生产的人物，即不完全同意儒家迂腐主张，还是不免已经有些拖拖沓沓。这从近年发现的材料，多了些证明。至于从事各种生产劳动的平民便装，一般还是长可齐膝为通例，从统治者看来，则为野人之服，舆台之服，区别日益显明。至于那些无事可作或一事不作的贵族，在一身装扮上格外用心，如何穿珠佩玉，文献记载虽多，形象反映给我们的知识还是不够落实。例如说，儒家"君子无故玉不去身"和"玉有七德"的说法，到战国时已相当成熟，上下一时把玉的抽象价值和人格品德结合起来，也因之把玉的具体价值提得高高的，影响刺激到当时雕玉工艺的高度进展。三门峡虢墓得到几份成组列的佩玉，虽已知道它们在人身上的大略位置，洛阳金村韩墓，还发现过一份用金丝纽绳贯串的成组精美佩玉，辉县和其他发掘，也得到好些当时小件成系佩玉，传世又还有千百件战国玉龙佩和其他雕玉可供参考，郭宝钧先生即根据出土情形作了些复原图。但是希望更具体些明白它们如何和那些加工特别精美镀金嵌珠的带钩，讲究无比的玉具剑，共同加在以五色斑斓华美耀目的文绣袍服上，结合一起形成一种惊人眩目的艺术效果，如《说苑》所叙襄成君给人的印象，我们还是不易想象的！知识不足处，实有待进一步发现，才能综合更多方向文物，一一加以复原。即此也可以肯定，过去几千年来学人感到束手的事情，到我们这个新的时代，由于条件不同，有必要时，终究还是可以从客观存在认识出发，一一把它弄个清楚明白！

和周初衣服制度有密切关系的历史人物，是封于山东鲁国的周公。周公的形象虽无当时遗物可证，但是汉代在儒学兴盛提倡厚葬的制度下，山东地方的石刻，却还留下三四种各不相同的周公样子，有一个在曲阜发现还是立体的。作为周公辅成王的历史主题而作成，胖胖的周公宽袍大袖，抱着个小婴孩，我们似乎可以用一个有保留的态度来看待这些材料。就是说形象未必可靠，部分服装还是可靠。因为凡事总必上有所承而下有所启，正如孔子所说"殷因于夏礼，周因于殷礼"，说能知其损益，就必有所损益。孔子所知道的我们虽难于尽知，但是目前还有不少春秋战国和西汉形象材料，新近发现，为我们提供了许多证据，也启发了不少问题，值得注意！

极有意思是近年山西侯马出土的一批陶范中几个人形，搞文物的看来，会觉得有些面熟，不仅衣服依旧长短齐膝，花纹也并不陌生，有一位头上戴的又简直和商代玉人及白玉雕像十分相似，一个短筒子平顶帽。商代白石像系腰是个大板带，这一位腰间系的是根丝绦带，带头还缀上两个小小圆绒球，作成个连环套扣住，得知这两种系法都是不必用带钩的。这个人的身分虽同样难于确定，不是"胡族"却一望而知。因此赵武灵王所易的"胡服"，必得另外找一种式样才合适了。至于这一式样和时代或许略晚见于洛阳金村遗物中的几个银铜人装束，我们可以说实"古已有之"，因为汉石刻大禹等已穿上，至少从汉代儒家眼光中，是决不会同意把胡服加在著名的大禹身上的。何况商代实物又还有陶玉相似形象可证。《史记》上所谓胡服，记载既不甚具体，我想还是从相关文物反映去寻觅，或许还比较有一点边。时间较早是保留到战国或西汉匈奴族青铜饰件上的各种胡人装束，时间稍晚是保留到东汉墓中一个石刻上作的胡族战事图像。前者多于蒙古一带地区出土，后者却显明作成高鼻深目样子，但是一作比较，于是我们不免感到混淆起来了。因为这些胡族人衣著长短，原来和商代几种形象倒十分相近，正和那些羊头削和盾上带铃弓形铜器和商代实物相近差不多。由此联系，我们似乎可以不妨且作那么一种假定：即以游牧为主的匈奴服制，本来和商代人的普通衣著相近，或曾受过中原人影响。到周代，社会受儒学渲染宽袍大袖数百年成社会上层习惯后，我们不免已有些数典忘祖。赵武灵王学回来的胡服骑射，重点本只重在"骑射"，至于胡服，则一面始终还流行于各行各业劳动人民习惯生活中，正所谓"礼失而求诸野"！这种推测也许不一定全对，惟根据材料分析，却似乎差不多远。

西周以来，上层分子寄食统治阶级衣服日趋宽博，大致是一种事实。但在共通趋势中也还是有分别。并且在同一地区，甚至于同一种人，也还会由于应用要求不同，形成较大差别，不能一概而论。相反又会有由于一时风气影响，而得到普遍发展的。前者如从大量战国楚俑和画像分析，至少即可知道衣服式样便有好几种，长短大小也不相同。后者如传称楚王宫中女子多细腰，事实上新的发现，楚国以外许多材料，表现舞女或其他妇女，也流行把腰肢扎得小小的习惯。特别是一种著百褶裙反映到细刻铜器上的妇女或男子，反而比反映到楚俑和漆画上的妇女束腰更细一些。这类铜器山东、山西、河南均有发现，它的来源虽有可能来自一个地方，不在上述各地，但当时善于目挑心招能歌善舞的燕赵佳丽，临淄美女，装束还是不会和它相去太远。以相传洛阳金村出土一份佩玉中两个小小玉雕舞女，作得格外出色。

如把这类材料排排队，就目下所知，大致信阳楚墓出土的东西比较稍早一些。联系文献解决问题，长沙楚墓出土的彩俑和漆画、帛画，以及河南山西山东发现薄铜器上细刻人形，材料却丰富重要得多。

信阳大墓发现了不少大型彩绘木俑，初出土时闻面目色泽还十分鲜明，如不即时摹绘，大致已失去固有色调多日了。重要还在那个漆瑟上的彩绘种种生活形象，有高据胡床近于施行巫术的，有独坐小榻大袖宽袍的统治者，有戴风兜帽的乐人，有短衣急缚的猎户。人物画得虽不怎么具体，却神气活泼，形象逼真。总的漆画上胡床的出现，和墓中三百件漆器中一个近似坐几状木器实物的发现，为我们前面说到过的垂腿而坐的事情，至晚在春秋战国时即已有可能出现，多提供了些证据，却比日下文献所说，胡床来自汉末，席地而坐改为据椅而坐，直到唐代中叶以后才实行，已早过五六百年或一千三百年不等。

长沙楚墓的发现，丰富了我们对于古代人生活形象知识更加多。首先是那个特别著名舞女漆奁的发现，上面一群女子，一例著上袖口衣脚均有白狐出锋长袍，腰肢都小小的，面貌虽并不十分清晰，还是能给人一个"小腰白齿"印象。宋玉《招魂》文中所歌咏的妇女形象,和这些女人必有些共通点。另外是许多彩绘木俑,试挑出两个有典型性的看看,男的是个标准楚人,浓眉而短,下巴尖尖的成三角形,胡子作仁丹式,共同表现出一种情感浓烈而坚持负气个性鲜明神气。近年发现楚俑多属同一类型,引起我们特别注意,因为这是屈原的同乡!如作屈原塑绘,这是第一手参考材料!女子重要处在颊边点胭脂成簇作三角形,可以和古小说《青史子》,及刘向《五经通义》引周人旧说相印证。照各书记载,这是和周代宫廷中女子记载月事日期的标志有关。胭脂应用即由之而来。比唐人的靥子,南朝人的约黄,汉代的寿阳点额,都早过千年或大几百年!衣分三式,都不太长,一种绕裾缠身而著的,显明较古,到汉代即已不复见。履底较高,和长沙出土实物可以印证。衣服边沿较宽,材料似乎也较厚,可证史传上常提起过"锦为缘饰"的方法。武士持剑盾则衣短而缚束腿部,才便于剽疾锐进,秦末项羽的八千子弟兵,大致就用的是这种装束。可惜的是一份木雕乐伎已朽坏,只留下个轮廓,难于用它和河南汲县辉县等处所得细刻铜器乐舞伎服装印证异同。另外在一片绢帛上还绘有一个女子,特别重要处在那个发髻,因为同时同式只在辉县出土的一个小铜妇女和时间可能稍晚一些骊山下得到的一个大型灰陶跪俑上见到,同是发髻向后梳的古代材料。近人说帛画上绘的是个巫女,或出于片面猜想。因为另外两个人形,均显明都是家常打扮。和信阳漆瑟上的反映,及另一楚帛书上四角绘的神像反映,情调毫无共通处。自古以来巫女在社会上即占有个特殊位置,西门豹投于河里的,和屈原《九歌》所涉及的,是不是还有点线索可寻?较晚材料应当是南方出土一些西王母伍子胥神像镜子上的舞女反映，比较近真，因为一面还和《三国志·陶谦传》及《曹娥碑》记载中提及的抚节弦歌婆娑乐神相合，一面且和《西王母传》、《上元夫人传》记叙玉女装束有关，至少可以说是一个越巫样子。用它来体会先秦九巫形象，终比凭空猜想有些根据。楚俑男女头上一个覆盖物多如羽觞样子，可惜经过摹绘，具体形象已难明白。惟文献上曾有"制如覆杯"记载，羽觞恰是当时唯一杯子，因此这个头上安排也特别重要。女子背垂长辫中部多梳双鬟，到西汉时出土俑也有用一鬟的。传世《女史箴图》有几个女子还梳同样发式，当时大致这已算是古装，晋代人是不会这么打扮自己的。这从一系列出土俑（如江苏南朝俑），和略后一时的砖刻（如邓县画砖），壁画（如敦煌画）、石刻（如《十七孝子棺》），绢素画（如《洛神赋图》、《北齐校书图》），可以明白北朝时"华化"，所仿正是两晋制度，不会比汉或更早！

战国时文物第三部分人物形象是洛阳金村韩墓出土的几个银铜小像，一个男子和一个梳双辫弄雀女孩，衣服都短短的，女孩衣服下沿似乎还有些襞褶。男女均如所谓"蒙古型"，脸型宽厚扁平，因此即以为是"胡人胡装"，值得进一步研究。短衣不一定是胡装，已如前节所述。稍后一些胡人多高鼻深目，发且褐黄，这从文献记载，及近年诺因乌拉与罗布淖尔实物的发现，与新近沂南汉墓石刻反映，三者结合印证，可以得到一点比较全面认识。相反的，倒是从商代起始，铜玉上反映均有"蒙古型"的脸孔出现，另一说即这个人的额饰，如著一小勒，有物下垂，非中原所固有。这也难说即是胡人。因为一切有个联系，不能孤立。近年四川出土大量汉俑，即有一式把额前加一勒子式织物，前作三角形的。这部分加工，事实上历来都成为装饰重点，不过随时有所变化罢了。例如北朝则作三五螺鬘，如《北齐校书图》中女侍所见，显明受了点佛教影响，由于东晋以来关于佛发传说，就常提到"向右萦回，色作绀青"等等。到唐代则流行诗人所歌咏的"常州透额罗"，形制处理则如敦煌画《乐廷瓌夫人行香图》，其家庭子女中有一位的装扮，极凑巧也是搁在额前么尖尖的，但来源却应说是"幂䍦"或"帷帽"一种衍进或简化。因为幂或帷帽本来的式样，还好好保留在一些唐代陶俑及唐人绘《蜀道图》几个骑马妇女头上，那是标准的式样，和文献记载完全相符合，后人作伪不来的。明代嘉万以来又流行"遮眉勒"，还是那么一道箍式，惟前端尖处多嵌了一粒真珠，明人绘画中都经常发现这么打扮。清初还在民间流行，清宫廷中的四妃子像和《耕织图》的南方农家妇女头上都可发现。戏装上叫它作"渔婆勒子"，其实近三百年还在各处流行。一直到二十世纪初年，我们的母亲或外祖母还在使用它，一般即叫做"勒子"，通常用玄青缎子掐两个薄薄牙子边，中心钉小翠玉花或珠子，到后又流行在两旁钉薄雕翠玉片半翅蝙蝠或蝴蝶。也有作五蝠则象征"五福齐来"。乡下人家则用银寿星居中。乡村小女孩子则用五色彩绸拼凑，加上各种象征幸福希望的彩绣，主题却不外鸳鸯牡丹，鱼水蝠鹿，讲究些也有作戏文中故事的。在这上面也可以说可看到百家争鸣和百花齐放，和胸前圆裙脚下凤头鞋，同是民间年青妇女装饰重点！话说回来，到目前为止，金村墓中那一位，应说是较早在额间进行艺术加工的一个先辈！女孩子腰间也系了根带子，还佩了个小工具，启发我们古代"童子佩觽"应有的位置。宋人不得其解，衣服既错，位置也弄错了。这种短衣打扮是否是当时奴婢的通常的装束？这一点可能性倒相当大。因为经常发现的战国时六寸左右跪像，手捧一个短短管筒，通名"烛奴"，装束多相近。近年山东出土一个人形灯台，手举二灯盘，服装也相似，这种器物适当名称还是"烛奴"。另外还有两个玉雕舞女，长袖细腰，妩媚秀发，特别重要是她的发式，十分具体。背后却拖了个长长辫子。

第四份材料是传世和近年出土的金银错器物上镶嵌主题画中反映出战国时人生活各方面情况。试用几件有代表性的器物作例来分析（如故宫藏品一战国青铜壶，一个成都百花潭错银壶，汲县山彪镇一水陆攻战纹铜鉴，和另一水陆大战鉴），上面即有采桑、弋鸿雁、习射、演乐、宴会、作战种种不同反映。弋鸿雁必用矰缴，才能收回目的物和箭镞，这里即见出古代矰缴的应用方法。如把它和长沙出土的两团丝线实物，和四川砖刻上那个把线团搁在架子上的制度结合起来注意，过去词人所赋"系弱丝射双鸿于青冥之上"的事件，千言万语难于注解的，一看便了然原来办法如此！又《三礼》谈射礼，诸侯必按等级尊卑，所用的弓矢箭靶大小远近均不相同。宋人《三礼图》虽绘制了些样子，可无佐证，这个壶上却留下个极早的式样，可证明《三礼图》虽多附会，所作箭靶基本式样倒还接近真实（敦煌唐壁画骑射图，却是个月饼形系在杆上）。似实用靶非礼仪用。有关音乐方面，历来对于钟磬处理多含胡其词，乐悬二字解释也难于令人满意。这里画面反映，却由此得知，当时钟磬在笋虡上悬挂方法，原来共有两式：一种是信阳出土编钟，用个兽面拴钉直接固定在方整木架上。另一种却是木架绊着丝绳，把钟磬钩悬在绳上。两端支持物多雕成凤鸟，象征清音和鸣，也和文献记载相合。乐人跪着击奏，但辉县铜盘细刻花纹却立奏，即此可知当时并无一定制度。有关战马，则守陴部队旌麾金鼓的形制和位置,可增长我们不少知识,补文献所不及。戈矛柄中部多附两道羽毛状事物,或可为《诗经》中"二矛乎重英",提出一点新解。一般人和部分战士都著长衣,下裳作百褶裙式,昔人对汉石刻武事进行人多常服以为或者只是演习,那这里将是更早一种演习了。但另外一部分却有断胫绝踵形象出现,可知并不儿戏!有的武士戴有檐小帽,和现代人球场上小白帽竟差不多。

错金银技术虽较早为吴越金工所擅长,楚人加以发展,到战国中期,似乎已为六国普遍应用到一些特种工艺品处理上。带钩方面用力最大,品种也极多。至于饮食用器,方面已极广,艺术成就也大。惟这里想谈到的,还是题材上给我们对于古代服饰方面提供的形象重要性。这些材料多在中原区发现,我们不妨假定说它是中原文化的反映,应当不会太错。

另外还有个错金银镜子,上作骑士刺虎图像,武士全副武装,头盔近耳处插两支鸟尾。传称鹖为猛禽,好斗,至死不败,因之用鹖尾作冠饰,象征武勇,由来已久。可是具体形象材料,除此以外,即只有北朝宁万寿孝子棺前线刻的两个神将头上分插鸟尾,十分显明。此外即少见。至于唐宋以后,则多使用在什么胡王头顶部分,如传世李公麟绘《番王礼佛图》中所见。这里新的发现却在耳旁分插,为我们搞京戏的谈雉尾应用历史时找到了最古根据。这个镜子上还发现个近似用皮革作成的"Ω"式马镫,应当是世界上最早的马镫形象了。至于马鞍,截至目前为止,我们只有一个四川出土汉代大型陶马上曾发现部分残余,别的还少见。战国时人起始骑马,镜子上留下个最早骑士模样。

第五份材料，是近年发现薄铜器细刻花纹上面各种人物生活的反映。河南辉县、山西、山东均有这种铜器出土。辉县残器上面有一种宫廷宗庙两层建筑前钟磬两列陈设形象，乐器位置极其重要。另一器物则在一角发现了个两端微昂的高案，上置两个酒罍，得知这是长条案最早的式样。山彪镇出土物则四轮马车是新发现。人物形象有个共通点是头上冠帽，前部多作二角突起，后部则曳一喜鹊尾巴，这种冠服部分亦见于信阳大墓漆瑟彩绘人物上。惟瑟上有作危冠高耸如一高脚豆式的，则在铜刻上始终未发现。屈原楚辞所谓"冠切云之崔嵬"，或即指的是这种式样？也说不定。

…………

这些只是从商到战国，前后约一千年间，从出土文物结合文献相印证，所得到的一些点点滴滴材料。我们想从这些零星发现中把握全面问题，当然是不可能的。即从这部分发现中所作的一些推测，也必然会有许多不尽合符原来情形。但这么由现实出发作的试探和综合联系，无疑为我们工作带来了些新的启发，据个人看来至少可归纳成三点：

一、谈这部门历史发展，照旧方法引书证书，恐不大容易把问题弄得真正清楚明白，若能试从文物形象出发，似乎可以得到不少新知识。或者为过去书中没说到过，或者可以丰富充实文献中已经说起的而能加以形象化。

二、谈服饰离不开花纹，古代丝绣不易保存，直接材料不够多，但是间接的比较材料却不少。近十年出土的大量铜器、彩绘漆、雕玉、金银错、彩琉璃，以及较后部分空心砖边沿纹样，已为我们提供了许多重要线索。凡事孤立不易清楚的，一经综合比较，问题就出来了。由于比较分析，由此我们得知道连续矩纹作为锦纹主题，商代即已起始，春秋战国在继续应用，现存宋明此一式锦纹，实源远流长。丝绣和其他部分工艺图案相互关系，金银错、彩绘漆，和当时刺绣纹样实大体相通，还影响到汉代。战国镜子部分装饰图案，更和同时所谓"绮"纹有密切联系，新的发现已为这一推测不断证实。

三、这里提起的多只是一些线索，一个起点，即从文物常识出发，注意到起居服用各方面问题，大多是一般文献上或提起过难于证实，或说来比较笼统，经过后人注疏附会辗转致误的。熟悉史部学的专家通人，如肯用一个新的现实研究态度，综合文物联系文献，来广泛进行新的比证爬梳工作，一定会得到前人所未有的发现，特别是物质文化史方面的知识，许多方面将是崭新的！

本篇作于1960年前后。

我国古代人怎么穿衣打扮

商朝人多穿齐膝短衣，扎着裤脚。衣着材料除麻、葛外，已有十分细致的绸子。奴隶主贵族的衣服上，多织绣花纹，连腰带、衣领和袖口，也有花纹。贵族男子常戴帽子，有一种平顶式帽，到春秋战国还流行；汉代的"平巾帻"，就是从它发展而来。妇女多梳顶心髻，横贯一支圆骨簪；有的还在头顶两旁斜插两支顶端带小鸟形的玉簪。大姑娘梳辫子，小孩子则梳两个小丫角儿。男女贵族身上都佩玉；玉被琢成各种小动物形象，最常见的一种为玉鱼。奴隶只能穿本色粗麻布或粗毛布衣服，光头无发，有的头上包巾子，缠得高高的，和现代西南苗族人一样。

到西周，统治阶级穿衣服，日益讲究宽大。周天子坐朝、敬天、办婚丧大事，衣服各不相同；由于迷信，出行还得按季节定方向，穿不同颜色的服装，配上相当颜色的车马。穿皮毛也分等级，不能随便。猎户打得的珍贵的狐、獭、貂、鼠都得全部上缴，私下不能使用，也不许出卖。一般平民，年老的在名分上虽可穿绸衣，其实何尝穿得起？也只能和奴隶一样穿粗麻布或粗毛布短衣，穷极的只好穿草编的牛衣即冬天盖到牛身上的草编蓑衣!

春秋战国时代,贵族的生活越加奢侈,穿的衣服更加华丽,佩的玉也比前越发精致。剑是这个时期的新兵器,贵族为了自卫并表示阔气,经常还得有一把镶金嵌玉的宝剑,挂在腰间皮带上。皮带头有用铜或骨、玉做成的带钩绊住,讲究的带钩必用银镶金嵌玉作成,而且式样很多。男子成年必戴冠。贵族的冠高高上耸,有的又和个倒覆的杯子相似(古代的杯子式样多是椭圆形)。年轻妇女梳辫子,梳法多种多样。有的妇女喜戴圈圈帽,而且还在颊边点一簇胭脂点(聚成三角形),眉毛被画得浓浓的。女孩梳两个大辫子,向两边分开;穿的衣长度齐膝,下沿折成荷叶边。贵族男子流行八字须,两角微微上翘。武士则喜留大毛胡子。舞人不论男女,衣袖都极长。打猎人由于经常在丛林草泽中活动,衣裤特别紧小。

历史上所说的"赵武灵王胡服骑射",所谓"胡服",究竟是什么样子?根据现存有关材料推断,"胡服"的特征约有四点:(一)衣长齐膝,袖子很小;(二)腰间束有附带钩的皮带,可松可紧;(三)头上戴一顶用毛毡或皮革作的尖尖帽,和个馄饨差不多(后来人把它叫"浑脱帽",到唐代还一度流行);(四)脚上穿着短统皮靴。因为这样装束,骑在马上作战特别方便。

秦汉大一统局面出现后,衣服的式样也比较统一起来。统治者戴的冠,前梁高耸,向后倾斜,中空如桥;梁分一梁、三梁、五梁几种,上面另加金玉装饰,表示爵位等级。凡是有官爵的人,无分男女,还得把一条丈多长的丝绦(按品级颜色各不相同),折迭起来挂在右腰边,名叫"组绶"。贵族男子这时已改佩环刀。普通男子头戴巾、帻。

巾子多用来包裹头发；帻则如平顶帽，上加个"人"字形帽梁（不加帽梁就叫"平巾帻"）。汉代妇女已不再点三角形胭脂，但却常用黛石画眉毛；髻子向后梳成银锭式，向上梳的多加假发。年轻姑娘依旧梳辫子，也有松松绾成一把，末后结成一小团，成个倒三角形的。这时期，衣服最贵的是白狐裘，春秋战国时就已价值千金。衣料最贵的是锦绣，上面有各种山云鸟兽花纹，比普通绸子贵二十倍。西北生产的细毛织物和西南生产的木棉布、细麻布，价格也和锦绣差不多，一匹要卖二两金子。当然，这些材料只有贵族用得起，一般劳动人民是连做梦也不敢想的。

魏晋以来，男子流行戴小冠，上下通行。"组绶"此时已名存实亡。玉佩制度也渐次失传。贵族身边的佩剑已改用木制，留个形式而已。红紫锦绣虽然依旧代表富贵，但统治阶级多欢喜穿浅素色衣服。帝王有时也戴白纱帽。一般官僚士大夫，多喜用白巾子裹头。在东晋贵族统治下的南方，普通衣料多用麻、葛，有的地方用"蕉布"、"竹子布"、"藤布"；高级的衣料是丝麻混合织物"紫丝布"和"花练"。在诸羌胡族贵族统治下的北方，统治者还是喜欢穿红着绿，先是短衣加披风，到北魏时改为宽袍大袖，惟帽子另作一纱笼套上，名叫"漆纱笼冠"。至于普通老百姓，不论南北，都是一样，始终穿短衣。——不过北方人穿上衣有翻领的，穿裤子有在膝下扎带子的。这种装束，直到唐代还通行于西北。特别是翻领上衣，几乎成了唐代长安妇女最时髦的服装式样。

唐朝的服色，以柘黄为最高贵，红紫为上，蓝绿较次，黑褐最低，白无地位。由于名臣马周的建议和阎立本的设计，唐朝恢复了帝王的冕服，并制定了官服制度。官服除用不同颜色分别等级外，还用各种鸟衔各种花的图案来表示不同的官阶。通常服装，则为黑纱幞头，圆领小袖衣，红皮带（带头有等级之分），乌皮六合靴。幞头后边两条带子变化很多，或下垂，或上举，或斜耸一旁，或交叉在后，起初为梭子式，继而又为腰圆式……从五代起，这两条翅子始平直分向两边，宋代在这个基础上加以改进，便成了纱帽的定型样式。不当权的地主阶级及所谓隐逸、野老，多穿合领宽边衣，一般称为"直裰"。平民或仆役多戴尖毡帽，穿麻练鞋，且多把衣服撩起一角扎在腰间。妇女骑马出行，必戴"帷帽"，帽形如斗笠，前垂一片网帘（中唐以后此帽即少用）。女子的衣裙早期瘦而长，裙系在胸上；发髻向上高耸，发间插些小梳子，多的到五、六把；面部化妆多在眉心贴个星点，眉旁各画一弯月牙。这时，中原一带的妇女喜着西域装，穿翻领小袖上衣，条纹裤，软锦蛮靴；有些妇女还喜梳蛮鬟椎髻，嘴唇涂上乌膏，着吐蕃装束。这时期，流行一种半袖短外褂，叫做"半臂"，清代的马褂和背心，都是由它发展而来。

赵匡胤"黄袍加身"，做了宋朝的开国皇帝，重定衣服制度，衣带的等级就有二十八种之多。黄袍成了帝王的专用品，其他任何人都不许穿，穿了就算犯罪。规定的官服，有各种不同花色。每遇大朝会或重要节日，王公大臣们必须按照各自的品级，穿上各种锦袍。皇帝身边的御林军，也分穿不同花纹的染织绣衣。宫廷内更加奢侈，衣服、椅披、椅垫，都绣满花纹，甚至缀上真珠。皇后的凤冠大大的，上面满是珠宝，并且还有用金银丝盘成整出王母献寿的故事的，等于把一台戏搬到了头上。贵族妇女的发髻和花冠，都以大为时髦，发上插的白角梳子有大到一尺二寸的。贵族妇女的便服时兴瘦长,一种罩在裙子外面类似现代小袖对襟褂子式的大衣甚流行。衣着的配色,打破了唐代以红紫、蓝绿为主色的习惯,采用了各种间色,粉紫、黝紫、葱白、银灰、沉香色等等,配合使用,色调显得十分鲜明;衣着的花纹,也由比较呆板的唐式图案改成了写生的折枝花样。男子官服仍是大袖宽袍,纱帽的两翅平直向两旁分开,这时已成定型。便服还是小袖圆领如唐式,但脚下多改穿丝鞋。退休在野的官僚,多穿"直裰"式衫子,戴方整高巾(又名"东坡巾"或"高士巾",明代还流行)。棉布已逐渐增多。南方还有黄草布,受人重视。公差、仆役,多戴曲翅幞头,衣还相当长,常撩起一角扎在腰带间。农民、手工业者、船夫,衣服越来越短,真正成了短衣汉了。

契丹、党项、女真族先后建立了辽、西夏、金政权,他们的生活习惯保留了浓厚的游牧民族的特色,在穿戴上和汉人不大相同。契丹、女真男子,一般多穿过膝小袖衣,长统靴子,佩豹皮弓囊。契丹人有的披发垂肩。女真人则多剃去顶发,留发一圈结成两个小辫子,下垂耳后。党项男子多穿团花锦袍,戴毡帽,腰间束唐式带子,上挂小刀、小火石等用物。女真妇女衣小袖左衽长衫,系一丝带,腰身小而下摆宽;戴尖顶锦帽,脑后垂两根带子。党项妇女多穿绣花翻领长袍。后来,由于辽、金统治者采用了宋代服制,所以契丹、女真族的装束和汉族的装束区别日益减少。绸缎也多是南方织的。

元朝的官服用龙蟒缎衣,等级的区别在龙爪的多少,爪分三、四、五不等,有法律规定,不许乱用。明清两代还依旧这样。在元代,便服还采用唐宋式样。一般人家居,衣多敞领露胸;出门则戴盔式折边帽或四楞帽，帽子用细藤编成。蒙古族男子多把顶发当额下垂一小绺，如个小桃子式，余发分编成两个大辫，绕成两个大环，垂在耳后。贵族妇女必戴姑姑冠；冠用青红绒锦作成，上缀珠玉，高约一尺，向前上耸，和个直颈鹅头相似。平民妇女或奴婢，多头梳顶心髻，身穿黑褐色粗布、绢合领左衽袍子。长江上游已大量种植棉花，织成棉布。

明代，皇帝穿龙袍。大臣穿绣有"蟒"、"斗牛"、"飞鱼"等花纹的袍服，各按品级，不得随便。一般官服多为本色云缎，前胸后背各缀一块彩绣"补子"（官品不同，"补子"的彩绣也不同）。有品级的大官腰带间垂一长长丝绦，下面悬个四寸长象牙牌，作为入宫凭证。冬天上朝，必戴皮毛暖耳。普通衣服式样还多继承宋、元遗制，变化不大。这时结衣还用带子，不用纽扣。男子头上戴的巾，有一种像一块瓦式，名"纯阳巾"，明太祖定名为"四方平定巾"（喻意天下平定），读书人多戴它；另有一种帽子，用六片材料拼成，取名"六合一统帽"（喻意全国统一），小商贩和市民多戴它。妇女平时在家，常戴遮眉勒条；冬天有事出门，则戴"昭君套"式的皮风帽。女子有穿长背心的，这种背心样式和兵士的罩甲相近，故又叫"比甲"或"马甲"。

清代的服装打扮，不同于明代。明朝的男子一律蓄发绾髻，衣著讲究宽大，大体衣宽四尺，袖宽二尺，穿大统袜、浅面鞋；而清代的男子，则剃发垂辫（剃去周围的头发，把顶发编成辫子垂在背后），箭衣马蹄袖，深鞋紧袜。清代官员服用石青玄青缎子、宁绸、纱，作外褂，前后开叉，胸、背各缀"补子"（比明代的"补子"小一些）一方（只有亲王、郡王才能用圆形），上绣各种禽兽花纹，文官绣鸟，武官绣兽，随品级各有不同：一品文官绣仙鹤，武官绣麒麟；二品文官绣锦鸡，武官绣狮子；三品文官绣孔雀，武官绣豹子；四品文官绣云雀，武官绣老虎；五品文官绣白鹇，武官绣熊……一般人戴的帽子有素冠、毡帽、便帽等几种。便帽即小帽，六瓣合缝，上缀一帽疙瘩，俗名西瓜皮帽。官员的礼帽分"暖帽"（冬天戴）、"凉帽"（夏天戴）两种，上面都有"顶子"，随着品级不同所戴的"顶子"颜色和质料也不同；一品官为红宝石顶，二品官为红珊瑚顶，三品官为亮蓝宝石顶，四品官为暗蓝宝石顶，五品官为亮白水晶顶……帽后都拖着一把孔雀翎，普通的无花纹，高级官僚的孔雀翎上才有"眼"，分一眼、二眼、三眼，眼多表示尊贵。只有亲王或对统治阶级特别有功勋的大臣才被赏戴三眼花翎。平民妇女服装，康熙、雍正时，时兴小袖、小云肩，还近明式；乾隆以后，袖口日宽，有的竟肥大到一尺多。衣服渐变宽变短。到晚清，城市妇女才不穿裙，但上衣的领子转高到一寸以上。男子服式，袖管、腰身日益窄小，所谓京样衫子，把一身裹得极紧，加上高领子、琵琶襟子、宽边大花坎肩，头戴瓜皮小帽，手拿一根京八寸小烟管，算是当时的时髦打扮。一般地主、商人和城市里有钱的市民，很多就是这样的装束。照规定，清代农民是许可穿绸纱绢缎的，可是事实上穿绫罗绸缎的仍然是那些地主官僚们、大商人们，至于受尽剥削、受尽压迫、终年辛勤难得一饱的短衣汉子们，能求勉强填满肚皮，不至赤身露体已经很不容易，哪里还能穿得上丝织品！

本篇1963年发表于中国青年出版社《中国历史常识》第5册，署名沈文。

古代人的穿衣打扮

古代人穿衣服事情，我们过去所知并不多，文献上虽留下许多记载，只因日子太久，引书证书，辗转附会，越来越不易清楚了。幸亏近年考古学家的努力，从地下挖出了大量古文物，可作参考比较，我们才得到新的认识。

由商到西周、春秋、战国，前后约一千年，大致可以分作三个历史阶段看它的演变。较早时期，除特殊人物在特种情形下的衣服式样，我们还不大明确，至于一般统治者和奴隶，衣长齐膝似乎是一种通例。由此得知，汉代石刻作的大禹像和几个历史上名王名臣像，倒还有些古意，非完全出于猜想。因为至少三千年前的商代人，就多是这个样子了。当时人已穿裤子，比后人说的也早过一千年。商代人衣服材料主要是皮革、丝、麻。由于纺织术的进展，丝、麻已占特别重要地位，奴隶主和贵族，平时常穿彩色丝绸衣服，还加上种种织绣花纹，用个宽宽的花带子束腰。奴隶或平民，则穿本色布衣或粗毛布衣。贵族男子头上已常戴帽子，是平顶筒子式，用丝绸作成，直流行到春秋战国不废。女人有把发上拢成髻，横贯一支骨簪的。也有用骨或玉作成双笄,顶端雕刻个寸来大小鸟形(鸳鸯或凤凰)两两相对,斜插头顶两侧,下垂卷发齐肩,颈项上挂一串杂色闪光玉石珠管串饰。历史上著名的美人妲己当时大致就应这么打扮。女子成年才加笄,所以称"及笄",表示可以成婚。小孩子已有头顶上梳两个小角儿习惯,较大的可能还是编辫发。平民或奴隶有裹巾子作羊角旋斜盘向上的,有包头以后再平搭折成一方角的,还有其他好些样式,都反映在玉、铜、陶人形俑上。样子多和现在西南居住的苗、瑶族情形差不多(这不是偶然巧合,事实上很多三千年前古代图案花纹还可从西南兄弟民族编织物上发现)。许多野生植物如槐花、栀子、橡斗已用来做染料,并且还种植了蓝草,能染出各种不同的青蓝色,种茜草和紫草专染红、紫诸色。

　　历史上称周公制礼,衣分等级和不同用场,就是其中一项看得十分重要的事情。衣服日益宽大,穿的人也日益增多,并且当成一种新的制度看待,等级分明大致是从西周开始。统治者当时除大量占有奴隶外,还向所有平民征税,成丁人口每年必贡布二匹和一定粮食,布匹织得不合规格的不许出卖也不能纳税,聚敛日多,才能穿上宽袍大袖的衣服坐而论道。帝王和大臣,为表示尊贵和威严,祭天礼地和婚丧大事,袍服必更加庄严且照需要分别不同颜色,有些文献还提起过,天子出行也得按时令定方向,穿上不同颜色衣服,备上相当颜色车马,一切都得相互配合。皮毛衣服也按等级穿,不能逾越制度。即或是猎户猎得的珍贵狐、獭、貂、鼠,也得全部贡献给统治者,私下不许随便使用或出卖。照周代制度,七十岁以上老百姓,可以穿丝绸和吃肉,但是能照制度得到好处的人事实不会多。至于一般百姓,自然还是只能穿本色麻布或粗毛布衣服,极贫困的就只好穿那种草编的"牛衣"了。

衣到西周以后变动虽大,有些方面却又不大。比如作战时武将头上戴的铜盔,从商到战国,就相差不多。甲的品种已加多了些,有犀甲、合甲、练甲,后来还发明了铁甲,最讲究贵重的是犀甲,用犀牛皮做成,上面用彩漆画出种种花纹。因为兼并战争越来越多,兵器也越来越精利,且有新兵器剑和弩机出现,甲不坚实就不抵用,"坚甲利兵"的话就由此而来。矛既十分锋利,盾也非常结实。

照周初制度,当时把全国分划成许许多多大小不等的邦国,每一个地方设一统治者,用三种特殊身份的人去担任:一是王族子弟,如召伯封于燕、周公父子封于鲁;二是有功于国家的大臣,如姜尚封于齐、熊绎封于楚;三是前代王朝子孙。这些人赴任时,除了照例可得许多奴隶,还可得一些美丽的玉器,一份精美讲究的青铜祭器和日用饮食器,以及一些专作压迫人民工具的青铜兵器,用壮观瞻的车马旗帜,另外就是那份代表阶级身份的华美文绣丝绸衣服。虽然事隔两千多年,好些东西近年都被挖出来了,有的还保存得十分完整。丝绸衣服容易腐朽,因之这方面知识也不够全面。但是由于稍晚一些已流行用陶、木作俑代替生人殉葬,又在其他材料中还保存不少形象资料,加以综合分析,比较真实情形,就慢慢的逐渐明白了。

衣服发展和社会制度有密切联系,也反映了生产发展,衣服日益讲究,数量又加多,是和社会生产发展相适应的。比如商代能穿丝绸衣服的,究竟还是少数,到西周情形便不同了,成王及周公个人,不一定比纣王穿着更奢侈,但是各地大小邦国封君,穿衣打扮却都有了种种不同排场。地方条件较好的，无疑更容易把衣服、帷帐、茵褥，做得格外华丽精美。到春秋战国时，政权下移，周王室已等于虚设，且穷得无以复加。然后五霸七雄，各自发展生产，冶铜铁，修水利，平时重商品流通，战时兼并弱小，掠夺财富，对大量技术工人的掠夺占有，更促进了工艺技巧的提高，他们彼此在各方面技术的竞争，反映到上层阶级的起居服用上，也格外显明。

服装最讲究的时代是春秋战国。不仅统治者本人常常一身华服，即从臣客卿也是穿珠履，腰佩金玉，出入高车驷马。因为儒家说玉有七种品德，都是做人不可少的，于是"君子无故玉不去身"的说法，影响到社会各方面，贵族不论男女，经常必佩带上几件美丽雕玉。剑是当时的新兵器，贵族为表示武勇，兼用自卫，又必佩带一把镶金嵌玉的玉具剑。当时还流行使用带钩，于是又用各种不同贵重材料，作成各种不同样子，有的用铁镶金嵌玉，有的用银镶玉嵌五彩玻璃珠，彼此争巧，日新月异。即或是打仗用的兵器，新出现的剑和发展中的戈矛，上面也多用细金银丝镶嵌成各种精美花纹和鸟兽形文字，盾牌也画上五彩云龙凤，并镶金镂银，男子头上戴的冠，更是件引人注目的东西，精细的用轻纱薄如蝉翼，华美的用金玉，有的还高高的如一个灯台。爱国诗人屈原，文章里就提起过这种奇服和高冠。鞋子用小鹿皮、丝绸或细草编成，底子有硬有软，贵重的还镶珠嵌玉在上面。

冬天穿皮衣极重白狐裘，又轻又暖，价重千金。女子中还有用白狐皮镶有袖口衣缘作出锋，显得十分美观。

社会风气且常随有权力人物爱好转移，如齐桓公好衣紫，国人有时就全身紫衣。楚王爱细腰，许多宫女因此饿死，其他邦国也彼此效法，女子腰部多扎得细细的。女人头上装扮花样更多变化。楚国流行梳辫子，多在中部作两个环，再把余发下垂。髻子也有好些种，有梳成喜鹊尾式，有作元宝式的。女人也戴帽子，和个椭圆杯子差不多。有的又垂发在耳旁，卷成如蝎子尾式。女孩子多梳双小辫，穿齐膝短衣，下缘作成裥褶。成年妇女已多戴金银戒指，并在脸颊旁点一簇三角形胭脂。照古文献记载，原都是周代宫廷一种制度，金银环表示有无怀孕，胭脂记载月经日期，可一望而知，大致到了战国已成一般装饰，本来作用就慢慢失去了。

衣服的材料越来越精细，名目也因之繁多，河南襄邑出的花锦、山东齐鲁出的冰纨、文绣、绮、缟等更是风行全国，有极好市场；和普通绢帛比价，已超过二十多倍。南方吴越出的细麻布，北方燕国生产的毡裘毛布，西域胡族作的细毛花罽异常精美，价值极高。楚国并且可能有了印花绸子生产，但最讲究的衣被材料，仍还是华美刺绣和织锦。

衣服有许多不同式样，有的虽大袖宽袍，还不至于过分拖沓。若干地区还流行水袖长衣，依旧还有下缘，长才齐膝，头戴平顶帽子，腰系丝带和商代人相差不多情形。

最通常的衣服是在楚墓中发现的三种式样，其中一种用缠绕方式穿上，再缚根宽宽腰带，式样较古。衣边多较宽，且用锦类作缘，和记载上说的"锦为缘"相合，大致因此才不至于使过薄的衣料妨碍行动。这种式样，汉代人还有应用。又一种袖大及膝，超过比例，穿起来显得格外庄严的，可能属于特定礼服类。奏乐人有戴风兜帽的，舞人已穿着长及数尺的袖子。打猎人衣裤多扎得紧紧的，才便于在丛林草泽中活动。中原区山西河南所得细刻花纹铜器上又常发现一种戴鸱角鹊尾冠着小袖长裙衣、下裳作成斜下襞褶式样的。河南洛阳还出土过一个玉佩，上面精雕二舞女袖子长长的，腰身扎得极细，头下垂齐肩，略略上卷，大致是当时的燕赵佳人典型式样。山西出土的陶范上则有穿齐膝花衣戴平顶帽，腰间系一丝绦，打个连环扣，带头还缀两个小绒球的，男女都穿。河南也发现这种装束大同小异的人形，且一般说是受"胡服"影响，事实上还值得进一步研究。历史上常说起赵武灵王胡服骑射影响到赵国当时军事组织和后来人生活都极大。主要影响还是"骑射"。轻骑锐进和短兵相接，才变更了传统用战车为主力的作战方法。至于"胡服"究竟是个什么样子，过去难说清楚。一说貂服即胡服，这不像是多数人能穿的，试从同时或稍后有关材料看，衣服主要特征，原来也是齐膝长短，却是古已有之。大致由于周代几百年来社会习惯，上层分子，已把穿长衣当成制度，只有奴隶或其他劳动人民才穿短衣，为便于实用，赵王创始改变衣服齐膝而止和骑射联系，史官一书，便成一件大事了。胡服当然还有些其他特征，腰间皮带用个钩子固定，头上多一顶尖尖的皮或毡帽子，因为和个馄饨一样，后来人叫做"浑脱帽"，不仅汉代胡人戴它，直到唐代的西域诸胡族也还欢喜戴它。中国妇女唐初喜著胡装，因此，这种帽子还以种种不同装饰而出现于初唐到开元天宝间，相传张萱画的武则天像，就戴上那么一个帽子。晚唐藩镇时代，裴度被刺也因戴上这种毡帽幸而不死。汉代石刻也发现这种帽形，近年我们还在西北挖出几顶汉代实物，证明确是胡服特点之一。

衣装有了进一步新的变化，新的统一规格，是由秦汉起始。从几点大处说来，王公贵族因为多取法刘邦平素所喜爱的一种把前梁高高耸起向后如一斜桥的冠式，于是成了标准官帽三梁、五梁作为等级区分。此外不论男女，有官爵的腰带边必须悬挂一条丈多长褶成两叠彩色不同的组绶。女子颊边那簇三角形胭脂已不再发现，梳辫子的也有改成一环的。许多方面都已成定型。照文献说因为限制商人，作经纪的穿鞋还必需左右不同色。可是一方面有种种规章制度，对商人、奴婢限制特别大，另一方面却由于生产发展影响，过不到四十年，商人抬头，不仅打破了一切限制，穿戴得和王公差不多，即其奴婢也穿起锦绣来了。情形自然显得较为复杂，说它时就不易从简单概括得到比较明确印象了。惟复杂中，还有些规律为我们掌握住了的，即汉代高级锦绣花纹，主要不过十来种，主题图案，不外从两个方面得来，一是神仙思想的反映，二是现实享乐行为的反映，因此总不外山云缭绕中奇禽异兽的奔驰，上织文字"登高明望四海"的，大致和秦始皇汉武帝登泰山封禅必有较多联系，"长乐明光"则代表宫殿名称，这些材料多发现于西北新疆、甘肃和东北、蒙古及朝鲜，并由此得知，当时长安织室或齐地三服官年费巨万数额大量生产供赏赐臣下，并大量外输的高级丝绸，多是这种样子。

这些都是过去千年读书人不容易明白的，由于近年大量实物和比较材料的不断出土，试用真实文物和文献相互结合加以综合分析，逐渐才明白的，更新的发现无疑将进一步充实丰富我们这方面知识，并改正部分推想的错误。

本篇作于1962年6月25日。

宋元时装

赵匡胤作皇帝后，不久就统一南中国，结束了五代十国数十年分割局面，建立了宋代政权。从长江上游的西蜀和下游的南唐吴越，得到物资特别多，仅锦缎彩帛就达几百万匹。为示威天下，装点排场，便把直接保卫他的官兵两万多人，组成一支特别仪仗队，某种官兵拿什么旗帜、武器和乐器，穿什么衣服都分别等级颜色花纹，用织绣染不同材料装扮起来，出行时就按照秩序排队，名叫"绣衣卤簿"，还绘了一个图，周必大加上详细说明，叫《绣衣卤簿图记》，这个队伍后来还增加到将近三万人。现在留存后人摹绘的中间一段，也近五千人，为研究宋代官服制度，保留下许多重要材料。宋代政府每年还照例要赠送亲王大臣锦缎袍料，计分七等不同花色，遇大朝会重要节日必穿上。宫廷皇后公主更加奢侈，穿的衣服常加真珠绣饰，椅披脚踏垫也用真珠绣，头上凤冠最讲究用金翠珠玉作成种种花样，比如"王母队"就作一大群仙女随同西王母赴蟠桃宴故事。等于把一台乐舞，搬到头顶，后面还加上几个镶珠嵌玉尺来长翅膀，下垂肩际，名"等肩冠"（最近在明代皇陵内也发现过这种冠）。一般贵族官僚妇女，穿着虽不如唐代华丽，却比较清雅潇洒，并且配色也十分大胆，已打破唐代青碧红蓝为主色用泥金银作对称花鸟主题画习惯，粉紫、黝紫、葱白、沉香、褐等色均先后上身。由于清明扫墓必着白色衣裙，因之又流行"孝装"，一身缟素。北宋初年，四川、江南多出彩绸，女子又能歌善舞，装束变化常得风气之先，从诗词中多有反映。部分还保留晚唐大袖长服习惯，同时已流行另外一种偏重瘦长，加上翻领小袖齐膝外衣的新装，作对襟式的加上两条窄窄的绣领。用翻领多作三角形，还和初唐胡服相近，袖口略小，如今看来，还苗条秀挺，相当美观。另外一种装束，尚加披帛，腰带间结一彩绶，各自作成种种不同连环结，其余下垂，或在正面，或在一侧，这种式样似从五代创始，直流行到南宋。装束变化之大主要在发髻，也可说是当时人对于美的要求重点，大致从三国时曹植《洛神赋》中说到的"云髻峨峨"得到启发，唐代宫廷女道士作仙女龙女装得到发展，五代女子的花冠云髻已日趋危巧，宋代再加以发展变化，因之头上真是百花竞放，无奇不有。极简单的是作玉兰花苞式，极复杂的就如《枫窗小牍》所说，赵大翁墓所见有飞鬓危巧尖新的、如鸟张翼的，以至一种重叠堆砌如一花塔加上紫罗盖头的，大致是仿照当时特种牡丹花"重楼子"作成。照史书记载，到后竟高及三尺，用白角梳也大及一尺二寸，高髻险装成一时风气，自然不免影响民间相习成风。后来政府才特别定下法律加以限制，不得超越尺寸。但是上行下效，法律亦无济于事。直到别种风气流行，才转移这种爱好。边疆区域，如敦煌一带，自五代以来多沿袭晚唐风气，使用六金钗制，在博大蓬鬓两侧，各斜插二花钗，略作横的发展，大约本于《诗经》"副笄六珈"一语而来，上接晋代"五兵佩"习惯，流行民间，直到近代。福建畲族妇女的头上三把刀银饰,还是它的嫡亲继承者。额黄靥子宋代中原妇女已不使用。西北盛装妇女还满脸贴上不以为烦。

至于演戏奏乐女人的服装,种类变化自然就更多了。从画中所见,宫中乐妓,作玉兰花苞式髻,穿小袖对襟长衫的可能属于一般宫婢,杂剧中人则多山花插头,充满民间味,如照范石湖元宵观灯诗所见,歌女中有戴个茸茸小貂帽子遮住眉额的一定相当好看。若画古代美人装束,多作成唐代仙女、龙女、天女样子,虽裙带飞扬轻举,依旧不免显得有些拖沓,除非乘云驾雾,否则可够不方便。这另外也反映一种现实,即宋人重实际精神(除了发髻外),穿衣知道如何用料经济,既便于行动也比前人美观。宋代流行极薄纱罗,真是轻如烟雾,如作成六朝人画的洛神打扮,还是不会太重的。但是当时的女道士,就不肯这么化妆,画采灵芝仙女且有作村女装束的。

当时最高级和尚,袈裟尚紫色,惟胸前一侧绊带用个小玉环,下缀一片金锦,名"拔遮那环"。宋元应用较广,影响到西藏大喇嘛,在明清古画里还保留这个制度。

契丹、女真、党项、羌族等同属中国东北、西北游牧民族,生活习惯上与中原显著不同。

西夏妇女多着唐式翻领胡服,斜领刺绣精美,统治者服饰也近似唐装,腰间束鞢𩰤带,挂上小刀、小囊、小火石诸事物,头上戴的还是变形浑脱帽,普通武士则有作突厥式剃顶的。

契丹、女真本来服装一般多小袖圆领,长才齐膝,着长统靴,佩豹皮弓囊,宜于马上作战射猎。契丹男子髡顶披发,女真则剃去顶发把余发结成双辫下垂耳旁。受汉化影响,有身份的才把发上拢,裹"兔鹘巾",如唐式幞头,却不甚讲究款式,惟间或在额前嵌一珠玉为装饰。妇女着小袖斜领左衽长衫,下脚齐踵,头戴金锦浑脱帽,后垂二锦带,下缀二珠。其腰带也是下垂齐衣,惟不作环。契丹和女真辽金政权均设有"南官"多兼用唐宋官服制度。契丹即起始用不同山水鸟兽刺绣花纹,分别官品,后来明清补服,就是承继旧制而来。金章宗定都燕京后,舆服制度更进一步采用宋式,区别就益少了。至于金代官制中用绸缎花朵大小定官位尊卑,最小的只许用无纹芝麻罗,明清却不沿用。但衣上用龙,元代即已有相当限制。分三、四、五爪不等,严格规定,载于典章。明代即巧立名目,叫"蟒"、"斗牛"等等,重作规定,似严实滥。

同时契丹或女真男子服装,因便于行动,也已为南人采用,例如当时力主抗金收复失地的岳飞、韩世忠等中兴四将,身边家将便服,除腰袱外,就几乎和金人无多大分别,平民穿的也相差无几,彼此影响原因虽不尽同,或为政治需要,或从生活实际出发,由此可知,民族文化的融合,多出于现实要求,即在民族矛盾十分剧烈时亦然(总的看来,这种齐膝小袖衣服,说它原属全中国各民族所固有,也说得过去,因为事实上从商代以来,即出现于各阶层人民中)。这时期劳动人民穿的多已更短些,主要原因是生产虽有进展,生活实益贫穷,大部分劳动成果都被统治者剥削了,农民和渔夫已起始有了真正"短衣汉子"出现。

社会上层衣服算是符合常规的,大致有如下三式:

(一)官服——大袖长袍还近晚唐,惟头上戴的已不相同,作平翅纱帽,有一定格式。

（二）便服——软翅幞头小袖圆领还用唐式，惟脚下已由乌皮六合靴改成更便利平时起居的练鞋。

（三）遗老黄冠之服——合领大袖宽袍，用深色材料缘边，遗老员外多戴高巾子，方方整整。相传由苏东坡创始，后人叫作"东坡巾"。明代老年士绅还常用它。有身份黄冠道士，则常用玉石牙角作成小小卷梁空心冠子，且用一支犀玉簪横贯约发，沿用到元明不废，普通道士椎髻而已。

男仆虽照制度必戴曲翅幞头，但普通人巾裹却无严格限制。女婢丫环，头上梳鬟或丫角又或束作银锭式，紧贴耳边，直流行到元代。

至于纺织物，除丝织物中多已加金，纱罗品种益多，花纹名目较繁。缎子织法似应属于新发明。锦的种类花色日益加多，图案配色格外复杂，达到历史高峰。主要生产还在西蜀。纱罗多出南方，罗缎名目有加"番"字的，可知织法不是中原本来所固有。锦名"阇婆"，更显明从印度传来。"白鹫"出于契丹，也为文献提到过。雨中出行已有穿油绸罩衣的。

这时期并且起始有棉织锦类，名叫"木锦"。至于"兜罗锦"、"黎单"等西南和外来织物也是花纹细致的纺织品，䌷子则是细麻织品。"点蜡幔"是西南蜡染。一般印花丝绸图案，已多采用写生折枝花，通名生色折枝，且由唐代小簇团窠改为满地杂花。惟北宋曾有法律严禁印花板片流行，只许供绣衣卤簿官兵专用，到南宋才解禁，得到普遍发展。临安市销售量极大的彩帛，部分即指印花丝绢。时髦的且如水墨画。北宋服饰加金已有十八种名目，用法律禁止无效。北宋时开封女人喜用花冠绣领，在大相国寺出售最精美的多是女尼姑手作，反映出宗教迷信的衰歇，庵中女尼姑已不能单纯依靠信徒施舍过日子，必须自食其力方能生存，和唐代相比已大不相同了。统治者虽耗费巨万金钱和人力，前后修建景灵宫、玉清昭应宫、绛霄宫等，提倡迷信，一般人还是日益实际，一时还流行过本色线绣，见于诗人陆游等笔记中。

高级丝织物中除锦外，还有"鹿胎"、"紧丝"、"绒背"和"透背"，四川是主要产地。这些材料，内容还不够明确。"鹿胎"或是一种多彩复色印花丝绸。"绒背"或指一种荣缎、绒纱，近似后来花绒。"透背"可能就是缂丝。这些推测还有待新的发现才能证明。捻金锦缎的流行增加了锦缎的华美，灯笼图案锦且影响到后来极久。"八答晕锦"富丽多彩已达锦类艺术高峰。一种用小梭挖织的缂丝，由对称满地花鸟图案，进而仿照名画花鸟，设计布色，成为赏玩艺术新品种。技术的流传，西北回族织工贡献较多。南方还有"黄草心布"，"鸡鸣布"、"楝子"和"红蕉布"，特别宜于暑中使用。由于造纸术有进一步提高，因此作战用衣甲，有用皮纸作成的，又用纸作帐子，也流行一时。

元代由蒙古人军事统治中国约一世纪之久。政府在全中国设了许多染织提举司，统制丝毛织物，并且用一种严酷官工匠制度督促生产，用捻金或缕金织成的锦缎"纳石失"和用毛织成的"绿贴可"，当时是两种有特别代表性的产品，丝绸印染已有九种不同名目，且有套染三四次的，毛织物毡罽类利用更多，《大元毡罽工物记》里还留下六十多种名目。为便于骑射，短袖齐肘的马褂起始流行。

元代南人官服虽尚多用唐式幞头圆领，常服已多习于合领敞露胸式。蒙古人则把顶发当额下垂小绺，或如一小桃式，余发总结分编成两大环，垂于耳边，即帝王也不例外。妇女贵族必头戴姑姑冠，高过一尺向前上耸，如一直颈鹅头，用青红绒锦做成，上饰珠玉，代表尊贵。衣领用纳石失金锦缘边，平民奴婢多椎髻上结，合领左衽小袖，比女真略显臃肿，贵族穿得红红绿绿，无官职平民就只许著褐色布绢，惟平民终究是个多数，因此褐色名目就有二十四种，元代至元年间，才正式征收棉花税，可知江南区比较大量种植草棉，棉布在国内行销日广，也大约是这个时期。

四楞藤帽为元代男子所通用，到明代就只某种工匠还使用了。另外一种折腰样盔帽，元代帝王有用银鼠皮作成的，当额或顶部常镶嵌价值极贵的珠宝。到明代差役的青红毡帽还采用这个样式，正和元代王公重视的"质孙宴"团衫，与明清之差役服式差不多，前一代华服到后一代成为贱服，在若干历史朝代中，几乎已成一种通例。

本篇 1986 年 5 月发表于商务印书馆发表香港分馆《龙凤艺术》一书中。

说"熊经"

《庄子·刻意》中说到：

> 吹呴呼吸，吐故纳新，熊经鸟申，为寿而已矣，此道引之士，养形之人，彭祖寿考者之所好也。

其中"熊经"即是一种健身方法，郭庆藩《集释》引司马彪注云："若熊之攀树而引气也。"而成玄英注亦云："如熊攀树而自悬。"看来乃是模仿熊的动作而创造的类似今日体操的健身方式。

在《庄子》的时代，大约健身法分为两大类，一类是"导"，即"导气令和"，《庄子》说"真人之息以踵，众人之息以喉"，前者就是流转周身的气的运转，人以意念使"气"周行全身经络，以达到"吐故纳新"，强身健体的效果，并根据自己内部器官的具体情况，采取"吹"、"呴"、"呼"、"吸"各种不同的运气方式，就如《云笈七签》卷五十六所分别的那样，只不过《云笈七签》分得更细更繁琐些。另一类是"引"，即"引体令柔"，包括"熊经"、"鸟伸"等各种形体锻炼在内的养生方法，正像《抱朴子·别旨》所说的"或伸屈，或俯仰，或行卧，或倚立，或踯躅，或徐步"，大约这种方法最初是古人受动物运动启发而创造的，所以多以动物名命名，就像《抱朴子·对俗》所说："知龟鹤之遐寿，故效其导引以增年。"

西汉以来，有关卫生保健的方法曾有过不少论著，但保存下来的却不多，按《汉书·艺文志》的记载，共有四大类，一是"神仙"、二是"房中"、三是"医药"、四是"导引"，各有分别。但是，"神仙"之法多属迷信，又极糜费，普通人难以做到，只有帝胄贵室可以仿行，所以汉武帝刘彻才会上方士的大当，甚至还把一个公主嫁给了方士，并封为"文成五利将军"，筑百丈高台，用三百个八岁的童男童女，穿上锦绣衣服通宵歌舞，结果神仙不来，只好把这个骗子杀了；"房中"本是一种在性交中讲求节欲保精的方法，如天师道之"合气"，但这也往往只有帝王家有兴趣施行，因为只有帝胄贵室才养了无数嫔妃宫女，所以久而久之便成了帝王纵欲之术，完全变了性质；"医药"当然对大多数人有用，但也有缺陷，一是名医秘方人所罕知，用的药也往往少数有钱人能办得起，尽管到唐代曾将孙思邈《千金方》刻石公开，宋代更将宫廷秘方全部公之于《圣济方》、《政和本草》，但无钱人仍未见得能照方抓药；二是即便照方抓药，仍是消极治病，不是事先预防，所以只有第四类"导引"是很积极的预防方式，而且"导引术"人人可以自学，"熊经"、"鸟伸"之类形体运动更是容易，就像小孩学体操一样。

旧时说"熊经"往往从《庄子》一下子说到华佗"五禽戏"，华佗云："古之仙者，为导引之事，熊颈鸱顾，引挽腰体，动诸关节，以求难老。"见于《三国志·华佗传》，但从《庄子》到华佗中间隔了数百年整整秦汉两代,"熊经"之类健身术难道在这数百年中竟湮没无闻,直至华佗才重新发掘么?这显然不可能,所以,我们以出土文物资料为主,参以文献记载,重新考证汉代"熊经"的流传,以补足这一段历史的空缺,并以实物图片来形象化地说明"熊经",以弥补文字资料无法详细表述的缺陷。当然,在出土文物中,马王堆三号汉墓的《导引图》当然是考证"熊经"的最重要资料,其中第四十一图正是"熊经"(图1)!不过,马王堆三号汉墓年代在西汉初年,比它稍晚的《淮南子·精神训》中仍有"熊经、鸟伸、凫浴、蝯躩、鸱视、虎顾"的记载,那么《导引图》能够继承战国以来的导引套路就很自然了。问题是,在此之后,"熊经"是不是仍然一直没有失传?在文物资料中是否有证据可以证明《庄子》到华佗是一脉相传?我们考证的结论是肯定的。

图2就是一九六四年河北保定出土西汉金银错管状车器上的六个"熊经"图形。第一个有如熊攀树刚刚起步,前肢如抱树干,后肢一足在地,一足抬起;第二个则后肢作弓箭步,前肢一伸向前,掌心向外,掌尖向上,一在身后,曲肘向上,这与今日各种武术的一个常见动作十分相似,而汉代各种文物中也常见熊的这一类似形象,如西汉朱绘漆盘中之熊(图3)、洛阳西汉空心砖墓彩绘门上部之熊(图4)、东汉错银车轴中之熊(图5)等;第三个则后肢交错而立,前肢一在身后,一曲在身前;第四个则作跨步,后肢一曲一直,分在两侧,前肢左曲右直,左肢曲肘向下,右肢直而向侧上,西汉青铜酒樽(图6)、洛阳空心砖墓彩绘(图7)中所见之熊亦有相似姿式;第五个则后肢一足在地,一足抬起,前肢右曲左直,若右肢抬起,左肢向下后方摆动,整个身体亦随之旋转;第六个则较复杂,后肢右肢向一侧蹬出,左肢则

外撇曲膝，前肢右曲肘翻掌，左曲肘掌心向后，山西西汉墓出土青铜酒尊腰部所见两个熊像与此也相仿（图8）。

汉代文物中所见"熊经"图像远不止此，零星的尚有许多，但成套的当以此为首，另武氏祠石刻《黄帝伐蚩尤图》中另有四熊（图9），其姿式亦可能是"熊经"中的，可惜残破且过于简略，仅存轮廓，只好一并附于此供参考。从这些资料中可以看出，首先，自战国人已有"熊经"方法以来，汉代一直延绵不衰；其次，"熊经"在汉代已远不止"攀树而引气"一种姿式，很可能已经完成了包括各种姿式在内的套路；再次，华佗创"五禽戏"，其中"熊"一部分，当是吸收了汉代"熊经"术的成果而光大之的，绝不是心血来潮的突然发现。东汉末崔寔《政论》说："夫熊经鸟伸虽延历之术，非伤寒之理。"《汉书·王吉传》更引王吉说："俯仰诎信（屈伸）以利形，进退步趋以实下。"可见西汉、东汉人并没有把"熊经"等方法遗忘，反而记得很牢，而且分析得也很清醒。

可是，汉魏之后，"导引"便被纳入道教系统，《道藏》"尽"字号有《彭祖导引图》。"临"字号又有托名彭祖的《摄生养性论》，显然均为伪托，《道藏》里还有许多讲"导引之术"的著作也都附会了很多神秘怪异的迷信思想，不过，也有不少古代"导引"的方法被完好地保存在这些杂芜的书中，像陶弘景《登真隐诀》卷中便辑有不少健身的方法，《云笈七签》卷三十二《杂修摄》引《导引经》也记有各种引挽之术，这些也许与"熊经鸟伸"都有密切的渊源关系，只是越到后来，它们的本来面目便越含混，以致人们渐渐忘记了它们的起源不过是人类对于动物的"摹仿"。

图1 马王堆出土帛书《导引图》
第41式"熊经"(摹本)

图3 西汉朱绘漆盘之熊(摹本)

图4 西汉洛阳空心砖墓彩绘门关　图5 东汉错银车轴上的
上部的"熊经"图案(摹本)　　　"熊经"图案(摹本)

图 2 西汉金银错管状车器上的熊经图案（河北保定 1964 出土〔摹本〕）

图 6　西汉青铜酒樽上的图案（摹本）

图 7　西汉洛阳空心砖墓彩绘（摹本）

图 8　山西右玉西汉墓出土之青铜酒樽腰部所见二熊（原为浮雕，线图难见效果）

图 9　四熊均取自武氏祠石刻《黄帝伐蚩尤图》部分（摹本）

　　本篇 1990 年 6 月曾发表于台北《中国文化》丛刊第 2 期，发表时配有 9 幅插图，署名沈从文。

龙凤艺术
——龙凤图案的应用和发展

民族艺术图案中，人民最熟习的，无过于龙凤图案。但专家学人中说到它时，最难搞清楚的，也无过于龙凤图案。因为龙的形象既由传说想象而成，反映到工艺美术造形设计中，又在不断发展变化，如仅仅抄几条孤立文献来印证，是不能解决问题的。记得年前在报刊上曾看过一篇小文章，谈起龙的形象，援引宋人罗愿《尔雅翼》关于龙的形容，以为怪诞不经，非生物所应有。其实这个材料的称引，即用来解释宋代人在绘画、雕刻、陶瓷、彩绘装饰、锦绣图案中反映的龙形，也就不够具体而全面。不仅无从给读者一种明确印象，即文章作者本人，也不能得到一个比较符合当时人想象作成的各种不同龙的形象。原来龙虽然是种想象中的动物，但在历史发展中，却不断为艺术家丰富以新的形象。即以《尔雅翼》作者时代而言，龙的样子也就是多种多样的。有传世陈容的画龙，多作风云变幻中腾攫而起的姿式。有磁州窑瓶子上墨绘和剔雕的龙，件头虽不大，同样作得还雄猛有力。但是它是宋式，和唐代明代风格都大不相同。最有代表性的，是山东曲阜孔子庙大成殿那几支盘云龙石柱，天安门前石华表的云龙，即从它脱胎而出,神情可不一样。至于敦煌宋代石窟洞顶藻井画龙,也还有种种不同造型,却比《营造法式》图样生动活泼。在锦绣艺术中最著名的,是宋徽宗赵佶所绘《雪江归棹图》前边那片包首刻丝龙,配色鲜明,造型美丽,可说是宋代龙形中一件珍品。但是如不用它和明清龙蟒袍服比较,还是得不着它的艺术特征的。宋代龙形必然受唐代的影响,可是最显著的却只有定窑瓷盘上的龙形,还近于唐代铜镜上的反映,别的材料已各作不同发展。上面说的不过是随手可举的例子。如就这个时代龙的艺术作全面分析,那就自然更加言之话长了。

历来龙凤并提,其实凤的问题也极复杂,由于数千年来用它作艺术装饰主题更加广泛而普遍,它的形象也在各个时代不同发展变化中。

凤的形象如孤立的只从《师旷禽经》一类汉人记载去求证,也难免以为怪诞虚无,顾此失彼。要明白它必需就历史上遗留下各种活泼生动的形象材料,加以比较,才会知道凤凰即或同样是一种想象中的灵禽,在艺术创造中却表现多方,有万千种美丽活泼式样存在。如从联系发展去注意,我们对于凤的知识,就可更加丰富具体,不至于人云亦云了。

在人民印象中,历来虽龙凤并称,从古以来,且和封建政治紧密结合,龙凤形象成为封建装饰艺术的主题,同时也近于权威象征。但事实上两者却在历史发展中似同而实异,终于分道扬镳,各有千秋。决定龙凤的地位,并影响到后来的发展,主要是两个故事:有关龙的是《史记》所记黄帝传说,鼎湖丹成乘龙升天,群臣攀龙髯也有随同升天的。关于凤的是萧史吹箫引凤,和弄玉一同跨凤上天故事。同是升天神话传说,前者和封建政治结合,后者却是个动人爱情故事,后来六朝人把"攀龙附凤"二词连用，作为一种依附事件的形容，因此故事本来不同意义也失去了，不免近于数典忘祖。其实二事应当分开的。

龙历来即代表一种权威或势力，中古以来的传说附会，更加强了它这一点。汉唐以来，由于方士和尚附会造作，龙的原始神性虽日减，新加的神性却日增。封王封侯，割据水府，称孤道寡，龙在封建社会制度上，因之占有一个特别地位。凤到这时却越来越少神性，可是另一面和诗文爱情形容相联系，因之在多数人民情感中，反而日益亲切。前者随时势推迁，封建结束，龙在历史上的尊严地位，也一下丧失无余。虽然在装饰艺术史中，龙还有个位置。现代造型艺术中，龙的图案也还在广泛使用。戏文中角色有身份的必穿龙袍，皇帝必坐龙床，国内外到北京参观，对建筑雕刻引起最大兴趣的，必然是明代遗留下来那座五彩琉璃作的九龙壁。木雕刻易留下深刻印象的，是故宫各殿中许多木刻云龙藻井。石刻中则殿前浮雕云龙升降的大陛阶，特别引人注目。春节中舞龙灯，也还是一个普遍流行热闹有趣节目。不过对于龙的迷信所形成的抽象尊严，早已经失去意义了。至于凤呢，却在人民情感中还是十分深厚而普遍。新的时代将依然在许多方面成为装饰艺术的主题，作各种不同反映。人民已不怕龙，却依旧欢喜凤。

龙凤在古代艺术上的形象，和文字中的形容，相互结合来注意，比单纯称引文献来分析有无，还可明白更早一些时候古人对于二物想象的情感基础。甲骨文字上的龙凤，还无固定形式，但是基本上却已经可以看出龙是个因时屈伸的灵虫，凤是个华美长尾的灵禽。双龙起拱即成天上雨后出现的虹，可知龙在三千年前即有能致雨的传说或假想，并象征神秘。但龙又像是可以征服豢养的，所以古有"豢龙氏"，黄帝后来还骑龙上天。在铜玉骨石古器物上图案反映作各种不同形象发展，过去统以为属于龙凤的，近来已有人怀疑。但龙凤装饰图案，在古器物中占主要地位，则事无可疑。关于龙的问题拟另作文章探讨。现在且看看凤凰这种想象灵禽身世和发展。

在一片商代透雕白玉上，作成如一灵鹫大鹏样子，爪下还攫住一个人头，这是凤，且不是偶然的创作，因为相同式样的雕刻还不少。气魄雄健，似和文字本来还相合，却缺少战国以来对于凤凰的秀美观念。但在同时一件青铜器花纹上的典型反映，却是顶有高冠，曳着长尾，尾上还有眼形花纹，样子已和后来孔雀相差不多。因此得知后来传说中的凤凰和平柔美形象，在此也有了一点基础。

古记称"有凤来仪"、"凤凰于飞"，让我们知道，这种理想的灵禽，被人民和当时贵族统治者当成吉祥幸福的象征，和爱情的比喻，也是来源已久，早可到三千年前，至迟也有二千七八百年。它的本来似属于鹫鹰和孔雀的混成物，但早在三千年前即被人加以理想化，附以种种神秘性。西周是个比较务实的时代，凤的性质因之不如龙怪诞。稍后一点的孔子，有"凤鸟不至，河不出图"之叹，可见有关凤凰神奇传说，还是早已存在的。凤是一种不世出的大鸟，一身包含了种种德性，一出现和天命时代都关系密切。凤凰既然那么稀有少见，历来人民却又如何在艺术上加以种种表现，越到后来越作得生动逼真，而且成为爱情的象征，是有个历史发展过程，并非凭空而来的。我们值得把它分成几个不同阶段（或类型）来分析一下。

一、是从甲骨文上刻有各种凤字，到《易经》上"有凤来仪"时代，也即是在文字上还无定形，而在佩玉上如大鹫，在铜器花纹上如孔雀时代。值得注意是这时妇人发簪上,也已经使用了凤凰。可知一面是祯祥,一面又起始和男女爱情有了一定联系。

二、是《诗经》上有"凤凰于飞"、孔子有"凤鸟不至"、楚辞有"鸾鸟凤凰,日已远兮"、故事中有"吹箫引凤"传说成熟时期。也即是真凤凰证明已少有人见到,而在造型艺术中,却产生了金村式秀美无匹的雕玉佩饰,和长沙漆器凤纹图案,以及金银错器、青铜镜子上各种秀美活泼云凤图案时期。

三、由传世伪托《师旷禽经》对于凤凰的描写,重新把凤凰当成国家祥瑞之一来看待,附会政治,并影响到宫廷艺术,见于帝王年代则有"天凤"、"五凤"、"凤凰",见于造型艺术,先成为五瑞之一,又转化为朱雀,代表了南方,和青龙、白虎、玄武象征四方四神。在建筑上则有朱雀阙,瓦当上出现朱雀瓦。即一般大型建筑也都高据屋顶,作展翅欲飞的金雀姿式(后来的铜雀台也是由此而成),而在艺术各部门中,又都有一定地位时期。

四、在人民诗歌中,已经和鸳鸯、鸂鶒、练雀等相似地位,同为爱情象征。反映到青铜镜子艺术上更十分具体。但在封建宫廷艺术中,另一面又和龙重新结合,成为上层统治权威象征,特别是女性后妃象征。此外在博具中的双陆、樗蒲,都得到充分使用。因之"龙凤呈祥"主题图案,也成熟于这个时期。然而在一般艺术图案中,它却并不比鸳鸯、鸂鶒等水鸟更接近人民,讨人欢喜。

五、因牡丹成为花中之王,在艺术上和牡丹作新的结合,由唐代的云凤转成"凤穿牡丹"、"丹凤朝阳",反映到工艺图案各部门,因此逐渐独占春风,象征光明、幸福、爱情和好等等,形象上也越来越作得格外秀美华丽，同时又成为人民吉祥图案中主题画时期。

我们说一切事物都在发展中不断变化，凤凰图案其实也并不例外。多数人民所熟习的凤凰，图案的形象，和它应用的范围，以至于给人情感上的影响及概念，原来也这么在不断发展变化中。

例如凤为鸟中之王说法虽古到二千年前，牡丹为花中之王的提法，却起于唐宋之际，只是千多年前事情。至于把两者结合起来，成为"凤穿牡丹"的主题画，反映到工艺美术各部门，成为人民所熟习的事情，照目下材料分析，实成熟于千年间的宋代。虽然"龙凤呈祥"的图案，也大约是从这时期起始在宫廷艺术中大大流行，还继续发展。"凤穿牡丹"图案，却逐渐成为人民十分亲切喜爱的画面。这也还有另外一个现实原因，即《牡丹谱》、《洛阳牡丹记》等著述的流行，和实物栽培的普遍，增加了人民对于牡丹名色的知识。想象中的凤凰，因之在人民艺术家手中，作成种种美丽动人姿式，共同反映于艺术创造中。

元明清三个朝代中，龙始终代表一种神性，又成为九五之尊的象征，因此不能随便亵渎。服装艺术上随便用龙是违法受禁止的。虽然"龙舟竞渡"的风俗习惯在长江以南凡有河流处即通行，为广大人民娱乐节目之一。而逢年过节舞龙灯的风俗，且具有全国性。但是在另外一方面，即从晋六朝以来，佛教宣传江湖河海各有龙神，天上还有天龙八部，凡是龙王均能行雨，因此到唐宋以来，特封江湖河海诸龙为王为侯，这种龙神名衔直到十九世纪还不断加封。南方各地任何小小县城，必有个龙王庙，每逢天旱，封建统治者无可奈何，就装作虔敬，去庙中祈雨行香，把应负责任推到龙王身上，并增加人民对于龙的敬畏之忱，也即增加封建神权政治。因此龙不能随便使用。直到五十年前，迷信还深入人心。至于凤凰和牡丹结合后，却和人民情感日加深厚，尽管在封建制度上，凤凰还和王侯女性关系密切，皇后公主必戴凤冠，用凤数多少定品级等次。在宫廷艺术中，又还依旧是龙凤并用，可是有一点大不相同处，乱用龙的图案易犯罪，乡村平民女的鞋帮或围裙上都可以凭你想象绣凤双飞或凤穿牡丹，谁也不能管。至于赠给情人的手帕和抱兜，为表示爱情幸福，绣凤穿花更加常见。至于民间俚曲唱本，并且开口离不了凤凰，"鱼水和谐"、"鸳鸯戏荷"、"彩凤双飞"同属民间刺绣主题，深入人心。凤的图案已不是宫廷所独用，早成为人民共同艺术主题了。换句现代话说，即凤接近人民，人民因之丰富了凤的形象和内容。凤给广大人民以生活幸福的感兴和希望。从表面看，因此一来，凤的抽象地位，不免日益下降，再不能和龙并提。事实上凤和人民感情上打成一片，特别是在民间妇女刺绣中简直是赋以无限丰富的艺术生命，使之不朽，使之永生。

但是我们也得承认另外一种事实，即在近千百年来封建上层艺术成就中，丝绸锦绣袍服、瓷、漆和嵌镶工艺、金银加工等，凡百诸精细造型艺术图案，龙的图案也有其一定成就，而且占有主要地位，凤只是次要地位。不过从艺术形象言即或同用于百花穿插，龙穿花总近于勉强凑合，凤穿花却作得分外自然。论成就，还是凤穿花值得学习。最有代表性的是明代宣德以来和清代初期，在五色笺纸上用泥金银法描绘的云凤或穿花凤，创造了无数高度精美活泼的艺术品，给人以一种深刻难忘印象。和西南地区民间刺绣的万千种凤穿牡丹同放一处，可用得上两句话概括形容："异曲同工，各有千秋。"

俗说凤凰不死，死后又还会再生。这传说极有意思。凡是深深活在人民情感中的东西，它的历史虽久，当然还会从更新的时代，和千万人民艺术创造热情重新结合，得到不朽和永生。

（我这个简短分析小文，有一个弱点，即称道文献不多，而援引实物作证又感图片难得完备，说服力不强。只能说是一个概括说明。工艺图案龙凤问题多，值得专家分一点心来注意。我这里只近于抛砖引玉，如能从每一部门——建筑彩绘、石刻、陶瓷、丝绣，都有介绍这个装饰图案发展的专文写出来。国际友人问到龙凤问题时，我们的回答，也就可望肯定明确，不至于含糊笼统了。）

本篇作于1958年6月八大处长安寺。

鱼的艺术
——鱼的图案在人民生活中的应用及发展

中国海岸线长，江河湖泊多，鱼类品种格外丰富。因此人民采用鱼形作艺术装饰图案，历史也相当悠久。近年中国科学院考古所，在陕西西安半坡村，约公元前四五十世纪的村落遗址中，就发现一个陶盆，黑彩绘活泼生动鱼形。河南安阳，公元前十三世纪的商代墓葬中出土青铜盘形器物，也常用鱼形图案作主要装饰。这个时期和稍后的西周墓葬中，还大量发现过二三寸长薄片小玉鱼，雕刻得简要而生动，尾部锋利如刀，当时或作割切工具使用，佩带在贵族衣带间。公元前六世纪的春秋时代，流行编成组列的佩玉，还有一部分雕成鱼形，部分发展而成为弯曲龙形。照理说，鱼龙变化传说也应当产生于这个时期。公元前二世纪，秦汉之际青铜镜子，镜背中心部分，常有十余字铭文，作吉祥幸福话语，末后必有两个小鱼并列，因为鱼余同音，象征"富贵有余"的幸福愿望。公元前二世纪的汉代，这种风俗更加普遍，人们使用的青铜面盆，多铸造于西南朱提堂狼郡，内部主要装饰，就多作两只美丽活泼的大鱼。此外女子缝纫用的青铜熨斗，照明的灯台，喝酒用的椭圆形羽觞，上面也常使用这种图案。当时陕西河南一带贵族墓葬，正流行使用一种长约一公尺的大型空心砖堆砌墓室，砖上有种种花纹，双鱼纹也常发现。丝绸上起始用鱼形图案。私人用小印章也有作小鱼形的。可见美术上的应用，已日益普遍。主题象征意义是"有余"。中国是个广大农业地区的国家，希望生产有余正是人之常情。战国时文学家庄周，曾写过一篇抒情小品文，赞美过鱼在水中的快乐。公元后二三世纪间，又有一首南方民歌，更细致素朴描写到水池中荷花下的鱼的游戏：

江南可采莲，莲叶何田田。
鱼戏莲叶东，鱼戏莲叶西。
鱼戏莲叶南，鱼戏莲叶北。

从此以后，"如鱼得水"转成了夫妇爱情和好的形容。但普遍反映于一般造型艺术上，却晚到十世纪左右才出现。

公元七世纪后的唐代，鱼形的应用，转到两个方面，十分特殊。一个是当时镀金铜锁钥，必雕铸成鱼形，叫作"鱼钥"。是当时一种普遍制度，大至王宫城门，小及首饰箱箧，无不使用。用意是鱼目日夜不闭，可以防止盗窃。其次是政府和地方官吏之间，常用一种三寸长铜质鱼形物，作为彼此联系凭证，上铸文字分成两半，一存政府，一由官吏本人收藏，调动人事时就合符为证。官吏出入宫廷门证，也作鱼形，通称"鱼符"。中等以上官吏，多腰佩"鱼袋"，这种鱼袋向例由政府赏赐，得到的算是一种荣宠，通称"紫金鱼袋"，真正东西我们还少见到。宋代尚保存这个制度。可是从宋画宋俑服饰上，还少发现使用鱼袋形象。又唐代已盛行国家考试制度，有一定文学水平的平民可望通过考试转成政府官吏。汉代以来风俗相传，黄河中部有大悬瀑，名叫"龙门"，鱼类能跳跃上去的，就可变龙。所以当时人能见得名流李膺的，以为是登龙门。唐代考试多由达官贵族操纵，人民获中机会并不多，因此人民也借用它来作比喻，考试及格的和鱼上升龙门一样。"鲤鱼跳龙门"于是成为一般幸运象征，和追求幸运的形容。因此成为一般艺术主题，民间刺绣也起始用它作主题。公元十世纪的宋代，考试制度有进一步发展，图案应用因此更加广泛。

这个时期，在中国浙江龙泉烧造的世界著名的翠绿色瓷器，小件盘碟类，还多沿袭汉代习惯，中心加二小鱼作装饰。江西景德镇的影青瓷，和北方的定州白瓷，和一般民间瓷，鱼的图案应用更加多了些，意义因此也略有不同。在盘碗中的，多当成纯艺术表现。若用到瓷枕上，或上面加些莲荷，实沿袭"采莲辞"本意，喻夫妇枕上爱情"如鱼得水"。又有在青铜镜子上浮雕双鱼腾跃的，用意相同。现实主义的绘画，正扩大题材范围，还出了几个画鱼名家，如刘寀等，作品表现鱼在水中悠游自得的乐趣，千年来还活泼如生，丰富了中国绘画的内容。后来八大、恽南田，直到近代白石老人，还一脉相承，以此名家。在高级丝织物部门，纺织工人又创造了鱼形图案的"鱼藻锦"，金代还作为官诰包首。宋代重视元宵灯节，过年灯节时，全国儿童照风俗都玩龙灯和彩色鱼形灯。文献中也有了人工培养观赏红鱼的记载。杭州已因养金鱼而著名。

元代有部《饮膳正要》书籍，部分记载各种可吃的鱼，还有很好的插图，没有提到金鱼，可知当时统治者虽好吃，而且有许多怪吃法，但是还不到吃金鱼程度。

公元十五世纪的明代，绸缎中的鱼锦图案有了发展。国家织造局专织一种飞鱼形衣料，作不成形龙样，有一定品级才许穿，名"飞鱼服"。到十六七世纪的明代晚期，杭州玉泉观鱼，已成西湖十景之一。北京金鱼池则已成宫廷养金鱼处。江西景德镇烧瓷工人，嘉靖万历时发明的五彩瓷，起始用红鱼作主题图案。当时宫廷需要大件瓷器中，大鱼缸种类增多，因此政府在江西特设"龙缸窑"，专烧龙纹大鱼缸。反映宫廷培养金鱼已成习惯，鱼的品种也日益增多。但是这时期的鱼缸留下虽多，造型艺术中，十分奇特美观的金鱼形象留下的可并不多。北京郊区发掘出的几具绘有五彩红鱼大罐，鱼的样子还和朱鲤差不多。另外也发现一种各种褐釉陶制上作开光花鸟浮刻大鱼缸，根据比较材料，得知烧造地或出于江南，后来人虽用来作鱼缸，出土物里面却多坐了个大和尚，是由大鱼缸转为和尚坐化所利用。这类特制大缸不同处是上面还常有个大盖。缸上也有作鳜鱼浮雕图案的。

十七世纪中清代初期，江西景德镇烧造的彩釉和白胎彩绘瓷，都达到了中国陶瓷史艺术高峰，鱼形图案应用到瓷器上，也得到了极高成就，精美无匹。用鳜鱼的较多，是取"富贵有余"意思。或用三或用五，多谐三余五余。灯笼旁流苏，也有作双鱼形的。并且产生了许多造型完美加工精致的鱼缸。在故宫陶瓷馆陈列的仿木釉纹的鱼缸，是一件有代表性的艺术品。此外已有用玻璃缸养金鱼的，代表新事物，成为当时贵族人家室内装饰品。至于鱼形应用到刺绣椅披和袍服上，多是双鱼作八字形斜置，如磬形，取"吉庆有余"意思。用鲢鱼形的则叫"连年有余"。也有雕成小玉佩件的。

至于玩赏性的金鱼，品种的改进与增多，应和明代南方中产阶级的兴起及一般工艺品的发展有一定关系。明文震亨的《长物志》卷四说："朱鱼独盛吴中，以色如辰州朱砂故名。此种最宜盆蓄，有红而带黄色者，仅可点缀陂池。"记述品种变态，当时即有种种不同名称："初尚纯红、纯白，继尚金盔，金鞍，锦被，及印头红，裹头红，连腮红，首尾红，鹤顶红，继又尚墨眼、雪眼、朱眼、紫眼、玛瑙眼、琥珀眼、金管、银管，时尚极以为贵。又有堆金砌玉，落花流水，莲台八瓣，隔断红尘，玉带围梅花，月波浪纹，七星纹种种变态，难以尽述。然亦随意定名，无定式也。""蓝鱼翠，白如雪，迫而视之肠胃俱见，即朱鱼别种，亦贵甚。"述鱼尾则有："自二尾以至九尾，皆有之。第美钟于尾，身材未必佳。盖鱼身必宏纤合度，骨肉停匀，花色鲜明，方入格。"

到十九世纪以来，培养金鱼的风气，已遍及各地。道光瓷器和刺绣中女人衣上的挽袖、衣边，多作龙睛扇尾金鱼。这时节出了个画金鱼的画家，名叫"虚谷"，是个和尚，画了一生金鱼。清代货币除铜钱外用金银，实物沉重，不便携带，民间银号、钱庄流行信用银票和钱票，因此盛行一种贮藏银票杂物的"褡裢"，佩在腰带上。为竞奇争异，上面多作各种不同刺绣花纹，金鱼图案因此也成为主题之一，用各种不同绣法加以表现，产生许多有趣小品，同时皇室贵族妇女衣裙边沿刺绣，和平民妇女小孩围裙鞋面，都常用金鱼作装饰图案。民间剪纸原属于刺绣底样，就产生过许多不同的美丽形象。当时在苏州织造"绮霞馆"打样的提花漳绒，用金鱼图案织成的，花纹布置，格外显得华美而有生趣。

这些装饰图案的流行，反映另外一种事实，即金鱼的培养，从十九世纪以来，已逐渐成全中国习惯。由于南北气候不同，养鱼方法也不尽相同；南方气候比较热，必水多些金鱼才能过夏，因此盛行大鱼缸。这种鱼缸一般多搁在人家庭院中，缸上照规矩还得搁一座小小石假山，上面种一些特别品种花药，千年矮或虎耳草，和翠色蒙茸的霉苔，十分美观。一面可作缸中金鱼的荫蔽，一面可供赏玩。一座有值百十两银子的。缸中水里还搁个灯笼式空花"鱼过笼"，明龙泉窑烧造较多，景德镇则烧作米色哥窑式。北方地寒，瓷缸多较小，和玻璃缸常搁于客厅中窗前条案间，作为室内装饰品一部分。十八世纪著名小说《红楼梦》，就描写过这种鱼缸。室外多用扁平木桶和陶缸，冬天必收藏于温室里，免得冻坏。

养金鱼既成社会习惯，因之也影响到现代一般工艺品的题材。北京著名的景泰蓝，就有用金鱼作装饰图案的。此外玉、石、骨、牙、竹、木雕刻中，民间艺术家更创作了多种多样的美丽形象。而最值得赞美的，还是金鱼本身品种的千变万化，给人一种愉快难忘印象。公园中蓄养金鱼地区，照例是每天游人集中地方。庙会中出卖金鱼的摊子，经常招引广大的妇女和小孩不忍离开。

还有北京市小街窄巷间，每天我们都有机会可以发现卖金鱼的担子，卖鱼的通常是个年过七十和气亲人的老头子，小孩一见这种担子，必围着不肯走开，卖鱼的老头子和装在小玻璃缸中游动的小金鱼，使得小朋友眼睛发光。三者又常常共同综合形成一幅动人的画稿，至于使它转成艺术，却还有待艺术家的彩笔！

本篇1958年11月曾以《鱼的艺术和它在人民生活中的应用和发展》为题，发表于《装饰》第2期，署名沈从文。

从文物来谈谈古人的胡子问题

《红旗》十七期上，有篇王力先生作的《逻辑和语言》文章，分量相当重。我不懂逻辑和语言学，这方面得失少发言权。惟在末尾有一段涉及胡子历史及古人对于胡子的美学观问题，和我们搞文物所有常识不尽符合。特提出些不同意见商讨一下，说得对时，或可供作者重写引例时参考，若说错了，也请王先生不吝指教，得到彼此切磋之益。

那段文章主要计三点，照引如下：

一、汉族男子在古代是留胡子的，并不是谁喜欢胡子才留胡子，而是身为男子必须留胡子。

二、古乐府《陌上桑》说："行者见罗敷，下担捋髭须。"可见当时每一个担着担子走路的男子都是有胡子的。

三、胡子长得好算是美男子的特点之一，所以《汉书》称汉高祖"美须髯"。

王先生说的"古代"界限不明白，不知究竟指夏、商、周……哪一朝代，男子必须留胡子？有没有可靠文献和其他材料足证？

其次，只因为乐府诗那两句形容，即以为古代每一个担着担子走路的男子都是有胡子的,这种推理是不是能够成立?还是另外尚有可靠证据,才说得那么肯定?

其三,即对于"美须髯"三字的解释,照一般习惯,似乎只能作"长得好一部胡子"的赞美,和汉魏时"美男子"特点联系并不多。是否另外还有文献和别的可作证明?

文中以下还说:"到了后代,中年以后才留胡子。"照文气说,后代自然应当是晋南北朝、唐、宋、元、明、清了,是不是真的这样?还是有文献或实物可作证明?

私意第一点概括提法实无根据,第二点推想更少说服力,第三点对于文字解说也不大妥当。行文不够谨严,则易滋误会,引例不合逻辑,则似是而非,和事实更大有出入,实值商讨。

关于古人胡子问题,类书讲到不少,本文不拟作较多称引,因为单纯引书并不能解决具体问题。如今只想试从文物方面来注意,介绍些有关材料,或许可以说明下述四事:一、古代男子并不一定必需留胡子。二、胡子在某一历史时期,由于社会风气或美学观影响,的确逐渐被重视起来了,大体是什么式样?又有什么不同发展?文献不足证处,我们还可以从别的方面取得些知识。中古某一时期又忽然不重视,也有社会原因。三、美须髯在某些时期多和英武有关,是可以肯定的,可并不一定算美男子。有较长时期且恰恰相反,某些人胡子多身份地位反而比较低下。可是挑担子的却又决不是每人都留胡子。四、晋唐以来胡子式样有了新的变化,不过中年人或老年人,即或是名臣大官,也并不一定留它。这风气直继续到晚清。

首先可从商代遗留下的一些文物加以分析。故宫有几件雕玉人头,湖南新出土一个铜鼎上有几个人头,另外传世还有几件铜刀、铜戈、铜钺上均有人的头形反映,又有几个陶制奴隶俑,在河南安阳被发掘出来,就告诉我们殷商时期关于胡子情况,似乎还无什么一定必需规矩。同是统治者,有下巴光光的,也有嘴边留下大把胡子的。而且还可以用两个材料证明胡子和个人身份地位关系不大,因为安阳出土一个白石雕刻着花衣戴花帽的贵族,和另外一个手带桎梏的陶制奴隶,同样下巴都是光光的。(如果材料时代无可怀疑,我们倒可用作一种假说,这时期人留胡子倒还不甚多。)

春秋战国形象材料新出土更多了些。较重要的有:一、山西侯马发现那两个人形陶范,就衣着看,显明是有一定身份的男子,还并不见留胡子的痕迹。二、河南信阳长台关楚墓出土一个彩绘漆瑟,上面绘有些乐舞、狩猎和贵族人物形象,也不见有胡须模样。三、近二十年湖南长沙大量出土战国楚墓彩绘木俑,男性中不论文武打扮,却多数都留有一点儿胡须,上边作两撇小小"仁丹胡子"式,或者说"威廉"式,尖端微微上翘,下巴有的则留一小撮,有的却没有保留什么。同一形象不下百十种,可知和当时某一地区社会爱好流行风气,必有一定关系,并不是偶然事情(如艺术家用来作屈原塑像参考,就不会犯历史性错误)。但其中也还有好些年纪大但并不留胡子的。另外故宫又还有个传世补充材料足资参考,即根据《列女传》而作的《列女仁智图》卷上有一系列春秋时历史著名人物形象,其中好几位都留着同样仁丹式八字胡须,亦有年逾不惑并不留胡子的。这画卷传为东晋顾恺之稿。若从胡子式样联系衣冠制度分析,原稿或可早到西汉,即根据当时的四堵屏风画稿本而来(也许还更早些,因为胡子式样不尽同汉代）。另外又还有一个河南洛阳新出两汉壁画，绘的也是春秋故事，作二桃杀三士场面，这应当算是目下出土最古的壁画。由此得知当时表现历史人物形象的一点规律，如绘古代武士田开疆、古冶子时，多作须髯怒张形象，用以表示英武。武梁祠石刻也沿此例。此外反映到东汉末绍兴神像镜上的英雄伍子胥，和山东沂南汉墓石刻上的勇士孟贲，以及较后人作的《七十二贤图》中的子路，情形大都相同。如作其他文臣名士，则一般只留两撇小胡子，或分张，或下垂，总之是有保留有选择的留那么一点儿。其余不问是反映到长沙车马人物漆奁上，还是辽宁辽阳营城子汉墓壁画上，和朝鲜出土那个彩绘漆竹筐边缘孝子传故事上，都相差不太远。同时也依旧有丝毫不留的。即此可知，关于古代由商到汉，胡子去留实大有伸缩余地，有些自觉自愿意味，并不受法律或一定社会习惯限制。实在看不出王先生所说男子必须留胡子情形。

至于汉魏之际时代风气，则有更丰富的石刻、壁画、漆画、泥塑及小铜铸像可供参考。很具体反映出许多劳动人民形象，如打猎、捕鱼、耕地、熬盐、舂碓、取水、奏乐以及好些在厨房执行切鱼烧肉的大司务，极少见有留胡子的。除非挑担子的是另一种特定人物，很难说当时每个挑担子的却人人必留胡子！那时的确也有些留胡子的，例如：守门的卫士、侍仆以及荷戈前驱的伍伯，即多的是一大把胡子，而统治者上中层本人，倒少有这种现象。即有也较多作乐府诗另外两句有名叙述"为人洁白皙，鬑鬑颇有须"，不多不少那么一撮儿样子。可证王先生的第三点也不能成立，因为根据这些材料，即从常识判断，也可知当时封建统治者绝不会自己甘居中下游，反而让他的看门人和马前卒上风独占作美男子!

其实还有个社会风气形成的相反趋势继续发展颇值得注意,即魏晋以来有一段长长时期,胡子殊不受重视。原因多端,详细分析引申不是本文目的。大致可说的是它和年青皇族贵戚及宦官得宠专权必有一定关系。文献中如《后汉书·宦者传》,《汉书·佞幸传》、《外戚传》和干宝《晋纪总论》,《晋书·五行志》,《抱朴子》,《世说新语》,《颜氏家训·勉学篇》,以及乐府诗歌,都为我们记载下好些重要可靠说明材料。到这时期美须髯不仅不能成为上层社会美的对象,而且相反已经成为歌舞喜剧中的笑料了。《文康舞》的主要角色,就是一个醉意朦胧大胡子。此外还有个弄狮子的醉拂秣,并且还是个大胡子洋人!我们能说这是美男子特征吗?不能说的。

其实即在汉初,张良的貌如妇人,和陈平的美如冠玉,在史传记载中,虽并不见得特别称赞,也就看不出有何讥讽。到三国时,诸葛亮为缓和关羽不平,曾有意说过某某"不如髯之超群绝伦"。然而《典略》却说,黑山黄巾诸帅,自相号字,饶须者则自称"羝根"。史传记载曹操见匈奴使者,自愧形质平凡,不足以服远人,特请崔琰代充,本人即在一旁捉刀侍卫。当时用意固然以为是崔琰长得魁伟,且有一部好胡子,具有气派,必可博得匈奴使者尊敬。但是结果却并不成功。因为即使脸颊本来多毛的匈奴使者被曹操派人探问进见印象时,便依旧是称赞身旁捉刀人为英挺不凡,并不承认崔琰品貌如何出众!魏晋以来胡子有人特别爱重是有记录的,如《晋书》称张华多姿,制好帛绳缠须;又《南史》说崔文伸尝献齐高帝缠须绳一枚给;都可证明当时对于胡子有种种保护措施,但和美男子关系还是不多。事实正相反,魏晋之际社会日趋病态，所以"何郎敷粉，荀令熏香"，以男子而具妇女柔媚姿态竟为一时美的标准。史传叙述到这一点时，尽管具有深刻讥讽，可是这种对于男性的病态审美观，在社会中却继续发生显明影响，直到南北朝末期。这从《世说》记载潘安上街，妇女掷果满车，左思入市，群妪大掷石头故事及其他叙述可知。总之，这个时代实在不大利于胡子多的人！南朝诗人谢灵运，生前有一部好胡子，死后捐施于南海祇洹寺，装到维摩诘塑像上，和尚虽加以爱护，到唐代却为安乐公主斗百草剪去作玩物，还可说是人已死去，只好废物利用，不算招难。然而五胡十六国方面，北方诸胡族矛盾斗争激烈时，历史上不是明明记载过某一时期，见鼻梁高胡子多的人，即不问情由，咔嚓一刀！

到北魏拓跋氏统一北方后，照理胡子应受特别重视了，然而不然。试看看反映到大量石刻、泥塑和壁画上的人物形象，就大多数嘴边总是光光的，可知身属北方胡族，即到中年，也居多并不曾留胡子。传世《北齐校书图》作魏收等人画像，也有好几位没有胡子，画中胡子最多还是那位马夫。

至于上髭由分张翘举而顺势下垂，奠定了后来三五绺须基础，同时也还有到老不留胡子的，文献不足证处，文物还是可以帮忙，有材料可印证。除汉洛阳画像砖部分反映，新出土有用重要材料应数近年河南邓县南朝齐梁时画像砖墓墓门那两位手拥仪剑，身着裲当铠，外罩大袍的高级武官形象。其次即敦煌二二〇窟唐贞观时壁画维摩变下部那个听法群众帝王行从图一群大臣形象。这个壁画十分写实，有可能还是根据阎立本兄弟手笔所绘太宗与宏文馆十八学士等形象而来，最重要即其中有几位大臣，人已早过中年，却并不留胡子。有几位即或相貌英挺，胡子却也老老实实向下而垂。总之，除太宗天生虬髯为既定事实，画尉迟敬德作毛胡子以示英武外，始终还看不出胡子多是美男子特点之一的情形。一般毛胡子倒多依旧表现到身份较低的人物身上，如韩幹《双马图》那个马夫，《萧翼赚兰亭图》那个烹茶火头工，陕西咸阳底张湾壁画那个手执拍板的司乐长，同样在脸上都长得是好一片郁郁青青！

那么是不是到中唐以后，社会真有了些变迁，如王先生所说人到中年必留胡子？事实上还是不尽然。手边很有些历代名臣画像，因为时代可能较晚，不甚可靠，不拟引用。宋人绘的《香山九老图》，却有好些七八十岁的名贤，下巴还光光的。此外《洛阳耆英绘图》和《西园雅集图》，都是以当时人绘当时事，应当相当可靠了，还是可见有好些年过四十不留胡子的，正和后来人为顾亭林、黄黎洲、蒲留仙写真差不多。

就这个小小问题，从实际出发，试作些常识性探索，个人觉得也很有意义。至少就可以给我们得到以下几点认识：

一、胡子问题虽平常小事，无当大道，难称学术，但是学术的专家通人，行文偶尔涉及到它的历史时，若不作点切实的调查研究，就不可能有个比较全面具体的认识。如只从想当然出发，引申时就难于中肯，而且易致错误。

二、从文物研究古代的梳装打扮、起居服用、生产劳作和车马舟舆的制度衍进，及其应用种种，实在可以帮助我们启发新知，校订古籍，得到许多有益有用的东西，值得当前有心学人给予一点应有的注意。古代事情文献不足征处太多，如能把这个综合文物和文献的研究工作方法，提到应有认识程度，来鼓励一些学习文史、有一定文献知识的年青少壮，打破惯例，面对近十年出土文物和传世文物，分别问题，大胆认真摸个十年八年，中国文化史研究方面有许多空白点或不大衔接处，一定会可望到许多新发现和充实。希望新的学术研究有新的进展，首先在研究方法上必需有点进展，且有人肯不怕困难，克服困难，来作作闯将先锋！

三、从小见大，由于中国历史太长，任何一个问题，孤立用文献求证，有很多地方都不易明白透彻。有些问题或者还完全是空白点，有些又或经后来注疏家曲解附会，造成一种似是而非印象，有待纠正澄清，特别是事事物物的发展性，我们想弄清楚它求个水落石出，势必需把视野放开阔些，搁在一个比较扎实广博的物质基础上，结合文物和文献来进行，才会有比较可靠的新的结论，要谈它，要画它，要形容说明它，才可望符合历史本来面目！

至于这种用文物和文献互相结合印证的研究方法，是不是走得通？利中是否还有弊？我想从结果或可知道。以个人言，思想水平既低，古书读得极少，文物问题也只不过是懂得一点皮毛，搞研究工作，成就自然有限。即谈谈胡子问题，总还是不免会错，有待改正。但是如国内文史专家学人，肯来破除传统研究文史方法，注意注意这以百万计的文物，我个人总深深相信，一定会把中国文化研究带到一个崭新方向上去，得到不易设想的新的丰收！

附 记

　　两月前见南方报上消息，有很多艺术专家，曾热烈讨论到作历史画是否需要较多历史背景知识，这些知识是否重要，例如具体明白服饰家伙等等制度。可惜不曾得见全部记录。我对艺术是个外行，因此不大懂得，如果一个艺术家，不比较用个实事求是的态度来学学历史题材中的应有知识，如何可以完成任务的情形。我只照搞文物的一般想法，如果鉴定一幅重要故事画，不论是壁画还是传世卷册，不从穿的、戴的、坐的、吃的、用的、打仗时手中拿的、出门时骑的、乘的……全面具体去比较求索，即不可能知道它的内容和相对年代。鉴定工作要求比较全面，还得要这些知识。至于新时代作历史画塑去教育人民，如只凭一点感兴来动手，如何能掌握得住应有历史气氛？看惯了京戏，和饱受明清版刻和近代连环画薰陶的观众，虽极容易感到满意，艺术家本人，是不是也即因此同样感到满意？我个人总是那么想，搞历史题材的画塑，以至于搞历史戏的道具设计同志，如把工作提高到应有的严肃，最好是先能从现实主义出发，比较深刻明白题材中必需明白的事事物物，在这个基础上再来点浪漫主义，加入些个人兴会想象，两结合恰到好处，成绩一定会更加出色些。到目前为止，我们一般历史画塑实在还并未过关，这和艺术家对于这个工作基本态度有关，也和我们搞文物工作的摸问题不够细致深入，提参考资料不够全面有关。

因为照条件，本来可以比《七十二贤图》、《五百名贤图》、《水浒叶子》、《晚笑堂画传》等大大跃进一步，事实上还不易突破。于是画曹操还不知不觉会受郝寿臣扮相影响，作项羽却戴曲翅幞头着宋元衣甲如王灵官，不免落后于时代要求。今后让我们共同作更好些协力合作，来过这一关吧！

本篇作于 1961 年 9 月 15 日北京。

谈辇舆

《史记·夏本纪》称"禹行四载",四种交通工具中有"山行乘樏",注解恐难得详尽。特别是这种古代交通工具本形及其以后发展,用以书注书方法,不免顾此失彼,读者既得不到原来形象具体知识,更难得到在历史发展中,这一奴隶社会残余转入封建社会制以后种种知识。试从形象出发,结合史志记载,相互印证,看是不是可得到些新的常识。

金文中常见"辇"字,反映奴隶制社会,奴隶主虐待奴隶现实,用人当牲口使用四人拉车的情形。殷商发掘是否有遗物出土?不得而知。《史记》提"山行乘樏",集注会注必有解释,不是本人所能深究。惟就"山行"二字而言,可以推测得知,必是"抬举"而不是"推挽"。(古有舆人之诵,得知周代还在使用,但是否即"樏"?个人为无知。)汉石刻千百种,似无形象可征。四十五六年前,记得曾展出个五代周文矩《大禹治水图》,有不少人夫开山运石,是不是同时也有樏的形象,已难记忆。至于清代那个一丈多高大青玉雕的《大禹治水图》,时间差距过远,不可望发现有用证据。

直到近年，云南昆明附近石砦山发现的大量青铜器群，在一个铜鼓边缘装饰图像中，却有个西南夷酋长出行图，给了我们不少新启发。这个酋长是稳稳当当半躺式坐在个四人肩扛的家伙里的。人人耳著大环，头缠长巾，前后亲信随从，均腰围虎皮，表现得十分明确具体。不仅证实了二千多年前古代"欅"的式样和坐法，还同时证明了此后千余年唐人樊绰著《蛮书》里提起的南诏酋长随身亲信官必身披"波罗皮"的事实。因为《蛮书》就说"波罗即老虎"。这个图像的出现，即可证明"山行乘欅"的制度，还可说明《蛮书》所称南诏土官必腰围虎皮，西汉以来就是这样，延长千年还未大变。（并且因此明白明以来犀毗漆中"斑犀"又称波罗漆的由来，技术实传自云南，首先或多用鞍鞯，和赵璘《因话录》记载，说犀毗出于南诏鞍鞯叙述相同。）

汉石刻多成于东汉，且集中于山东或徐州一带地区，交通发达，没有"欅"的应用形象，事极自然。但为时稍后，就有发现，反映在《女史箴图》卷中。文章出于西晋著名文人陆机（即《文赋》作者），文章辞约而意深，不愧为好文章，画则历来以为成于东晋顾恺之手笔。就画言画，产生有可能还较早一些些，因为内中"人莫不知修容"一段中，有个梳头宫女，发髻后曳一长鬐，完全是汉代制度，和近年出土壁画多相同，而地面席前搁置一漆奁，汉末似名叫"银参带严具"，见于曹操《上杂物疏》，在严可均辑《三国文》中，当时即作为贵重事物，所以缴还政府的。东晋则受法令禁止，已不使用。所以原作可能还早几十年。出于陆机同时的画家之手。这个卷子或是重摹，时代又较晚于顾好几个世纪，疑出自隋人。因为：一、题字和隋代字体极相近。末题顾姓名，当时似还无这个习惯。二、奁具上柿蒂画得不大对，显明已不懂制度。这当另作商讨。

更重要还是这个画卷里有个八人抬的似床非床，似榻非榻，上加纱罩帐子的一个坐具，内坐一人似乎还在从容读书的样子，晋代名称应叫"八杠舆"或"平肩舆"。又还另有个砖刻形象，除上作罩棚，不是纱帐，其他大同小异。记得《晋书》或《南史》曾提作"平肩舆"，而侍从鼓吹必著"荷叶帽"，这个砖刻上即前有鼓吹，后有仆从，果然帽子多像个倒覆荷叶，可知流行时代，宜在公元二三世纪间。如不文图互证，认识是难具体的。

到唐代，则发展成为"腰舆"或"步辇"。唐代名画家阎立本、立德，具家学渊源，画艺多于其父隋名画家阎毗。传世《列帝图》即出其手，内中梁武帝也坐了个有脚的平榻状东西，旁附双杠，似由四人抬扛，和前者相似而不大同。特征在用手提，齐腰而止，照史志称呼，宜名"腰舆"。当时大致只限于宫廷中短距离使用，出行是不抵事的。

阎立本既承家学，唐初由虞世基等制定官服制度仪卫规则时，阎氏弟兄即参与绘图。如用《列帝图》和敦煌唐初贞观时壁画《维摩说法图》下列帝王大臣听经形象相比证，可知《列帝图》所绘必有所本，非驾空而成。特别是关于"腰舆"的应用形象，必有一定真实性。因为凡事不孤立存在，这个"腰舆"实上有所承而下有所启，同时又还可能有别的相同存在的。

传世名画还有《步辇图》，绘李世民从容坐在"腰舆"上接见吐蕃使者形象。前有一著青绿执小笏赞礼官，腰系"帛鱼"，后即吐蕃使者，拱手而立。步辇前后有宫女四至八人，穿紧身小衣，波斯式金锦卷口裤（和洋服裤极近），软底锦鞠靴（即后人所谓小蛮靴），披长帛，腕着蛇形金钏,《拈花图》似乎也有过（这种蛇形金钏似外来物,实物只明万历七妃子墓中曾出土过）。李世民著黄色常服,黑纱幞头,相当文静,须角虽上翘,却与后来诗文形容虬髯可挂角弓（似应为如角弓）不大合,无背景,显明近于刚从宫中出来,半道相遇而停下来接见的。似不符合应有排场。好像是时代较晚什么人,把阎作《职贡图》不一定是吐蕃使者中一人,配上隋炀帝一类人物"夜游图"凑合而成。因此是否成于阎之手笔实可疑。但这问题不是本文拟商讨的。只就"步辇"而言,得知是用丝绳一端系在杠上,一端挂在肩头,手扶杠杆行进的,应用情形是相当明确的。惟宫女衣著上身似有点不三不四,在唐代为仅见,近于孤立存在,值得研究。

（史称黄巢入长安时坐在肩舆上。将不外以上几种式样。个人认为参考前三式似乎妥当些。至于《列帝图》、《步辇图》中所见,似近于宫廷中物,应用到黄巢入长安场面,实不大合适。目下陈列画面则似参取最早一式,即石砦山式。但如参第三式或较接近真实。）

再晚些,即传为晚唐画家周昉在所作的《宫中图》卷里所见的一个方轿式形象,却像是为封建帝王小公主一类带游戏性的东西,也可说是"凤辇"的雏形,因为杠头前端刻了个凤头（记得宋摹唐人绘《阿房宫图》中一个游船,也画作凤形）。

照史传记载,这时已开始出现"担子",计分两种用途：一为在宫中朝见时,特赐年老大臣,作为一种特别恩宠待遇。正如清代"赐紫禁城骑马"差不多。一为出远门代替了骑马旧习惯,改用人力代马。两种"担子"究竟有什么区别,我们却近于无知。宫里应用只有《宫中图》小型凤辇可得大略印象,上远路则无图像足征。直到五代人绘画

里，还是只有《游骑图》传世！（赵岩绘《游骑图》）

记得故宫八年前名画展览时，曾有一大幅金碧山水，原本即近于逸笔草草（金碧山水还无此一格），绢素又十分破碎，且尺幅极大而景物极细，故宫专家定为"唐"，却照例并不说明什么是唐，特征何在。其实证明非唐，倒有二特征值得注意：其一，其中过桥、入庙，到处有不少成形的二人抬轿子出现。其二，即画中人物衣冠别致，非唐非宋，多戴一种高筒尖帽，为任何图像所少见，违反了凡事不孤立规律。是否较后一时高丽画？大有可能。不过对于字画时代鉴定，有的是专家"权威"，我从来少发言权，只是从制度上提提而已，疑是五代十国滨海偏霸所属作品，也还少证据。但肯定不会是唐代中原画家手笔，则从大量出现轿子可知。

因为直到北宋，燕云十六州割去后，马匹显然已相当缺乏，全靠川蜀，茶马司锦坊织锦和茶叶等换取川西北山马备军用、官用。北宋官制定鞍镫制度时，还分二十（十八？）来种，最高级为"金银闹装鞍"，官价要二百多两银子才备办，即最小的县令，"铁制银衔镫鞍具"，也还得十二两银子。史志还提到县令许可用八到十二仆从，戴曲翅幞头（一称卷脚幞头），还得知内中有个仆从，照例专扛一张有靠背可折合的交椅，把它套在颈子上上路的。留下两个画面可以作证：一个在《清明上河图》中，在开封市人众往来中，有那么一位知县和仆从出城。另一个在天籁阁藏宋人画册中，有幅题作《春游晚归图》的，明明白白也是县官"走马上任"的情景，才独自骑马，而用上八到十二个随从抬抬扛扛前后相随，正和史志叙述相合。（无知收藏家或商人，随意题个"春游晚归"，有知的"专家"，也即省事原样展出，就只这个画册里至少就有三幅名称和内容不符合，还少有人提到！）

宋代官制品官出行必骑马，但妇女出行，特别是清明扫墓，坐"小轿"已成习惯。《东京梦华录》上就记载得极详细，还说清明出城扫墓，归来必在轿前插雪柳。《上河图》就反映得清清楚楚。这像还只是统治阶级中层使用的。开始还有更简便些，切合山行的式样，即传世郭熙名画《西湖柳艇》大轴画幅里所反映的当时西湖游客所乘"四川滑竿"式的工具。传世横卷中还有个颜晖绘的《钟馗出游图》也坐了那么个东西，印于波斯顿藏中国名画中，或张大千辈伪作。（这个简便式样，直到我在双溪乡下默写这个小文时，住处附近的区医院，还经常可看到由较远山村来诊病的老人，由二亲人抬扛而来。）

宫廷中，似乎也还依旧使用装备较完美的轿子，最有代表性，最传世萧照所绘《中兴桢应图》卷中的反映，已开启后来明清两代轿子基本式样。

这就是《史记》所称"山行乘樏"由奴隶社会延长到封建社会末期的历史发展。也反映长期封建社会阶级压迫的一个方面。历史本来是不断发展前进的，但经常也会在某一方面、某一地区、某种事物中，不仅会保留些封建制度残余，甚至于还反映奴隶社会制度人不当人的残余。所以尽管商代以来，制车工艺，即已达到相当高水平，唐代因为国家养马到了四十五万匹，一般妇女出行也骑马，而全国还设有驿站官邸，因公出京上京的，都可照当时等级制度得有使用相应马匹和住处权利。但是到了近六百年的明清两朝，反而做武将的，也有出门不会骑马，只坐到四人或八人抬的"官轿"里的事情！使明清政权的贪污腐败，极端无能，终于崩溃，被人革命打倒，这个当然不是主要的，但即就这一件小事说来，也可以明白"一叶落而知天下秋"的趋势、发展，是终于积累如此如彼的种种，促进了封建皇权的倾覆，在势是无可避免的。

附　篮舆、板舆

或问："晋南北朝史志记载可能还有个什么简便的玩意你忘了，试想想看！"

当然忘掉的还不少，一个人即绝顶聪敏，无一本书，无一个实物图，无一个形象图，这么过考，也怕难及格的。何况我这么一个公认为笨拙的人。严格地要求，是肯定不过硬的，那就得包涵包涵了。

三四十年前读《陶潜传》里，似曾提到过他上庐山应庐山高会时，由于山路高，年岁老，要子侄们用篮舆或板舆抬上山去。究竟应当是什么样子，似乎没见过。但到北宋李公麟绘了个《庐山会图》，记得却像个四方平板小筐筐，是子侄挑上去的，离地不及二尺，倒也方便省事。此外还有个署名《靖节轶事》的小画册，笔道细如明代尤求，也署名李公麟，好像也有那么两人有一个扁担各挑一头的办法，在行进中。稿似相当旧，但是那个篮舆似乎不会早于宋代，而且显明不像是从实用物画出的。

本篇作于1971年夏五七干校。

谈车乘

《穆天子传》称周穆王驾八骏马会西王母于瑶池之上。有无八马车出土或形象出现？世传八骏图时代多较晚。这个文件，似出于晋束皙整理太康二年汲郡出土竹简搞出来的。所以汉石刻及壁画均无反映。即到南北朝，画面上也未见到。唐代只李世民墓前"昭陵六骏"，虽反映的是他本人作战坐骑实物形象，且各有名称。装备的"五鞘孔制"且为唐代鞍具制度，见于史志。但多少或受了点八骏传说及名目影响。

个人所见，似乎还是元明人所作《八骏图》。是否由赵松雪创始，已难记忆。

传世五代人绘《汉武帝见西王母图》（或《会上元夫人图》？）并无车乘表现，只背景作瑶池水波。

《诗》称"六辔沃若"，又古文有"驾朽索而御六马"，可见古代必有"六马车"。有没有形象可证，或遗物出土？照诗文称引应当有。遗物似未闻发现，图像也未在汉石刻有反映。

汉代郡守似有"五马"之称，石刻和砖刻宜有反映，也没有见过。或者另有解释，不得而知。

《司马相如传》似有"不乘高车驷马,不归故乡"语。应作何解?有无形象可证?是不是司马相如文传,难于记忆。"高车"或指"高轮"或"高盖",即车中那个高高的伞盖。蜀中近年出土汉浮雕砖即可证明。传世或出土铜鎏金水仙花式的"盖弓帽",就是在伞盖末端,有整份出土物,数目难记忆,不过据此可知,这种高伞盖,是可撑可收的。如复原,或能个六分近似。但河南浚县卫墓出土驷车复原实物,得知西周还没有用伞盖,虽曲辕在中,旁各二马,但直衡和套马颈部之轭,彼此相互关系,如何才能达到"控纵自如"情形,模型所见,似还不大具体。报告或已有具体叙述,不妨查查。汉末两晋间还有些四马车形象,反映到绍兴出土铜镜子上,主题却是"西王母会东王公"所乘车。车作轿子式,两旁有窗,四马奔驰,后垂长长丝绸车帘,似由后面上车。汉石刻也有同式车子,只独马。记得曹操借故把三国时著名文士杨修杀害后,曾写了个信给杨修父亲汉太尉杨彪,送了些礼物,又用他的妻子名义,给杨修母亲一些礼物,内中有一辆车子,似名叫"通明绣幰四望七香车"。名称过长,不大容易记得清楚,可能有些遗漏。照时代估计,应当和镜子上形象相近,大致只是独马。它的特点是轿子式,后面拖曳长长绣幰,还影响到隋唐贵族妇女用小黄牛驾的"金犊车"或"油碧车"。镜子上四马,或因西王母的身分,本意或许用八骏马,受画面限制,只用四马表现。另外,还有同时或晚些传为顾恺之画的《洛神赋图》所乘四马车,车后斜插二火焰边长旗,即史传所称"王者乘九斿之车",马前两旁还各有执弹弓任保卫责任的"附马",真正名副其实的"附马"。照画中男女人物衣冠制度说来,至早是北朝人手笔,比顾可能晚二百年或更多。因为给画中洛神着齐梁时装,男子臣仆着北朝装,此画出现事实上还可能更晚些。时代必在隋唐间,才会这么办。极可能,是隋代画家作的。因为赋中"蛟龙挟毂,鲸鱼为卫",鱼龙形象和敦煌隋壁画反映极相近。而执弹弓附马,也是隋唐制度。记得说的是王公贵族出行时,用来驱逐拦道行人,也即镇压人民意。(后来"弹压"二字,可能即由此而出。是否这样,得问问编字典专家!)

这个"王者九斿之车",虽不一定出于东晋顾恺之手,但是用到晋代大事件上,还是可以参考。比如说,我们如绘"淝水之战",谢玄十二万人如何击溃了苻坚数十万人马情形,史传记载,还曾提及当时苻坚作皇帝的车驾御辂也丢失了,用这个车作参考,似比用别的合适一些。比较后些,宋初作《绣衣卤簿图》和清《卤簿图》或《南巡图》御辂都更壮观些,但不如前者时代较接近。

此前一定还有不少四马车图像,只是限于见闻,难提意见。

"执辔如组,两骖如舞",《诗经》中所提,是否和三马车有关?

说起《诗经》,我真惭愧,也可说"读过还背诵过",也可说"毫无知识"。因为六十年以前,记得在私塾上学时,每天温书,内中《诗经》最容易背,内容可比《论语》深得多。如"关关雎鸠",老秀才塾师,也讲不出所以然。好奇心强,问得多些时,就得自己搬凳子,到孔夫子牌位前,伏在凳上,被狠狠揍二十板,事后还得向牌位作个揖,搬凳子自归原位。因此一提《诗经》,就联想到这种封建教育。加之时间过了半世纪多,就多模模糊糊了。好像还有个"两骖雁行",若只重在解释字义,查查《十三经注疏》省事,如所说恰指的是三马车,图像似无反映。或许是由于我孤陋寡闻,提不出形象证据。还依稀记得《左传》上或别的提到个故事,说某马必蹶,或和三马车有关?至于两马驾的"骈车",那倒比较容易明确。不仅用马,还有用"鹿"用"牛"的,倒像是读书人闻所未闻。照应用说,这种两马骈车,是最容易控御的。所以孔子谈教育中的六艺之一的"御",那驾车技术的训练,虽不明指马数,有可能只指一马。不过后来说的骖乘,似即指车旁的卫士骑从而言,如汉代四川蜀中画像砖,骈车旁二骑从,《洛神赋图》中二挟弹弓骑从而言。这种专门知识,恐得问"专家"!因为记得历史博物馆曾陈列过不少马数不等的模型车,向"专家"请教,不会错。我说的可能是"专家"不注意的小问题,是常识,是客观现实。

本篇写于1971年夏五七干校。

扇子史话

扇子，在我国有非常古老的历史。出于招风取凉、驱赶虫蚊、掸拂灰尘、引火加热种种需要，人们发明了扇子。

从考古资料方面推测，扇子的应用至少不晚于新石器时代陶器出现之后，如古籍中提到过"舜作五明扇"。但有关图像和实物的发现却较晚。目前所见较早的扇子形象是东周、战国铜器上刻画的两件长柄大扇，以及江陵天星观楚墓出土的木柄羽扇残件。从使用方面看，由奴隶仆从执掌，为主人障风蔽日，象征权威的成分多于实际应用。

战国晚期到两汉，一种半规型"便面"成为扇子的主流。其中以江陵马山楚墓出土、朱黑两色漆篾编成的最为精美。便面一律用细竹篾制成，上至帝王神仙，下及奴仆烤肉、灶户熬盐，无例外地都使用它。

魏晋南北朝时期，"麈尾"、"麈尾扇"、"羽扇"及"比翼扇"相继出现。"羽扇"前期本由鸟类半翅制成，后来用八羽、十羽并列，且加了长木柄。"麈"是领队的大鹿，魏晋以来尚清谈，手执麈尾有"领袖群伦"含义。"麈尾扇"传由梁简文帝萧纲创始，近于麈尾的简化，固定式样似在纨扇上加鹿尾毛两小撮。"比翼扇"又出于麈尾扇,上端改成鸟羽,为帝子天神、仙真玉女升天下凡翅膀的象征。

隋唐时"麈尾"虽定型,但使用范围缩小。"纨扇"起而代之,广为流行。"纨扇"亦即"团扇",主要以竹木为骨架,制成种种形状,并用薄质丝绸糊成;历来传说出于西汉成帝朝(公元前32—前7)。南北朝时,纨扇扇面较大,唐代早期还多作腰圆形,近乎"麈尾"之转化。唐开元、天宝以来才多"圆如满月"式样。纨扇深得闺阁喜爱,古代诗词中多有反映,如"团扇、团扇,美人并来遮面","银烛秋光冷画屏,轻罗小扇扑流萤","团扇复团扇,奉君清暑殿。秋风入庭树,从此不相见"。藉团扇刻画出少女种种情态或愁思,可见扇子的功能已大为扩展。

宋元时期纨扇尽管还占主要地位,且更多样化,但同时也出现另一新品种"折叠扇",即折扇;一般认为是北宋初从日本、高丽传入的。南宋时生产已有相当规模。但扇面有画的传世实物连同图像反映、画录记载,两宋总计不到十件,元代更少。这种情况也许因当时多用山柿油涂于纸面做成"油纸扇",不宜绘画,只供一般市民使用;或与当时风习有关,虽也有素纸"折叠扇",但只充当执事仆从手中物,还不曾为文人雅士所赏玩,因而尚未成为书画家染翰挥毫的对象。元代山西永乐宫壁画,保留了大量元人生活情景,"折叠扇"仍只出现于小市民手中。

到了明代,折扇开始普遍流行,先起宫廷,后及社会。明永乐年间,成都所仿日本"倭扇",年产约两万把。早期扇骨较少,后来才用细骨。扇面有加金箔者,特别精美的由皇帝赏给嫔妃或亲信大臣,较次的按节令分赐其他臣僚。近年各地明代藩王墓中均有贴金折扇及洒金折扇出土。浑金扇面还有用针拨画山石人物的，极似倭扇格式。也有加画龙、凤的，可能只限于帝后使用。至于骚人墨客等风雅之士，讲究扇面书画，使之更近于工艺品。当时的川蜀及苏州都是折扇的主要产地。折扇无疑已成为明代扇子的主流，影响到清代，前后约三个世纪之久。

歌舞百戏用扇子当道具，也是由来已久。唐宋"歌扇"已成为诗文中习用名辞，杂剧艺人不分男女腰间必插一扇；元杂剧中扇子已成为必不可少的道具，习惯上女角多用小画扇，大臣儒士帮闲多用中型扇，武臣大面黑头等则用白竹骨大扇，有长及二尺的。演员借助扇子表现角色的不同身份和心理状态，妙用无穷。剧目和文学作品中也有以扇为主题的，如"桃花扇"、"孙悟空三借芭蕉扇"、"晴雯撕扇"等，可见其影响之大。

折扇外骨的加工，明代已得到极大发展。象牙雕刻，螺钿镶嵌，及用玳瑁薄片粘贴，无所不有。但物极必反，不加雕饰的素骨竹片扇也曾流行一时，甚至一柄值几两银子。清代还特别重用洞庭君山出的湘妃竹，斑点有许多不同名称，若作完整秀美"凤眼"形状，有值银数十两的。至于进贡折扇，通常四柄放一扇匣内，似以苏浙生产的占首位。

清代宫廷尚官扇，包含各种不同式样。雍正四妃像中，即或执折扇，或执宫扇。宫扇一般式样多为上宽下略窄，扇柄多用羊脂玉、翡翠、象牙等珍贵材料加工而成，扇面还有用象牙劈成细丝编成网孔状的，这实在只是帝王的珍玩，已无任何实用意义。

至于农人，则一律是蒲葵扇，《雍正耕织图》中，他本人自扮的老农也不例外。高级官僚流行雕翎扇，贵重的有值纹银百两的，到辛亥革命后才随同封建王朝覆没而退出历史舞台。后来京剧名角余叔岩、马连良扮诸葛亮时手中挥摇的雕翎扇，大约从北京的前门外挂货铺花四五元就可买到。

本篇曾发表于《人民画报》1987年第8期，署名沈从文。

明代的灯市和灯

我住处离灯市口只一站路，平时去西城或过文联大楼，经常得在灯市口西头下车或换车。每当岁暮年末时，总不由不联想到这地方三四百年前元宵节日灯市的盛况。不过四百年来，许多事都已物换星移，即再善于联想，也不易体会得出当时情景，特别是《帝京景物略》和《日下旧闻》，都谈起过灯市种种热闹处，《宛署杂记》中民风土俗部门，也简略提及元宵游灯市事情：

每年正月初十起至十六日止，结灯者各持所有，货于东安门外迤北大街，名曰"灯市"。灯之名不一，价有至千金者。是时四方商贾辐辏，技艺毕陈，珠石奇巧，罗绮毕具，一切夷夏古今异物毕至。观者冠盖相属，男妇交错。近市楼屋，赁价一时腾踊，非有力者率不可得。十四日曰"试灯"，十五日"正灯"，十六日"罢灯"。

记载虽然简略，实简而扼要，依旧可以得出一个轮廓，可以知道如下一些事情：一、这里新年灯市实由正月初十起到十六止，一共七天，主要当是中西百货毕呈的商业贸易，正式观灯只三天，由十四到十六。当时灯市在八面槽一带，游人齐集游玩，看人看物，不仅观灯，还来买灯。灯的品种极多，供各阶层需要，作得特别精巧的，价值上千两银子一架。市面十分闹热，各种摊贩和专卖高级工艺美术品古物文玩珠宝首饰的，古今中外应有尽有。为了观灯趁热闹，有钱有势的人家，还出大价钱把附近一带人家楼房出大价钱预先租赁下来，不是强有力的还得不到。

另外"走百病"条还说起这些日子正阳、崇文、宣武三门都不关闭，通宵任人往来。"放烟火"条且说起烟火名目到百种，最奢侈讲究的是那些皇亲国戚贵族家，有集百巧为一架，分四门次第传放，通宵不尽，一赏达数百两银子。关于正阳门的晚闭早开，民国十年以后，记得还有这个规矩。但据宣统时人作的《京华百二竹枝词注》，却得知直到清末，还是上灯即闭，所以当闭门时，行人车马奔竞，十分忙乱（还和唐人小说《李娃传》故事里提到的当时长安制度相近）。宣统时才破例开放，不再关闭。大致是便于乘火车的上下。辛亥后瓮城拆除，另改二便门进出，不知何时又有关闭。《宛署杂记》成于万历二十二年，这个叙述至少反映了四百年前后北京年节灯市景象一部分。

胡应麟《甲乙剩言》，还说到当时所见一种巧作灯，全用鸡蛋壳作成的。

> 余尝于灯市见一卵壳灯，皆以卵壳为之，为灯、为盖、为带、为坠，凡计数千百枚，每壳必开四门，每门必有槏、拱、

窗、槛，金碧辉耀，可谓巧绝。然脆薄无用，不异雕冰画脂耳。悬价甚高，有中官以三百金易去。

这种好看不合用的玩具灯，能出钱买去的自然多是封建帝王身边有权有钱的太监。明代政治上的腐败和权臣官僚贪赃纳贿，在近古历史上是格外显得突出的。政府的大权，又多掌握在一些太监手中，例如西山一带许多庙宇建筑，当时就多是用来作为四季游息变相别墅的。正如王廷相在他作的《西山行》七言歌诗中所写的：

西山三百七十寺，正德年中内臣作，华缘海会走都人，碧构珠林照城郭。忆昔武王倦机务，金马门前有权竖。卖官何止金为堂，通贿能令鬼上树。六边将帅多奴贱，未挂兵符先见面，文官琐细不值钱，镇守监枪动千万。熏灭气焰侔天子，嘘之者生啐即死。眼前变故如翻掌，有贿方能保无事。……人间富贵尔所有，不虑生前虑生后，高坟大井拟王侯，假藉佛官垂不朽。凿山九仞平和席，殿阁翚飞照云日，已请至尊亲赐额，更为诸僧求护敕。……土木横起西山妖，忍见苍生日憔悴。

所以一个太监花三百银子买一件鸡蛋壳作的巧作灯，应当是极其平常事。当时元宵灯彩，虽集中在灯市口一带，事实上这个节日是普遍全城，由宫廷到四城的。主要灯彩自然在宫廷里。明代人薛蕙，作的《元夕篇》，关于宫廷情况有这么叙述：

元宵明月满蓬莱，春色先从上苑来，千门宛转银屏隔，万户参差金锁开。千门万户连双阙，彩女新装踏明月。……此时天子盛遨游，离宫别馆足风流。才开凤岛张灯架，更起鳌山结彩楼。……万烛翻疑白日光，千烛却乱春星色。……御仗层层锦绣围，广场队队鱼龙戏。

王侯贵族家里，竞奇斗盛，也仅次于宫廷：

金张许史斗骄奢，金灯玉带剪春纱，鸳鸯比翼玫瑰树，翡翠双栖菡萏花。龙膏凤炬列千行，蕙火兰烟白合香。

一切形容都重在描写封建统治者连亲带眷的奢侈豪华无以复加。厌倦了歌舞弹唱，吃的醉醺醺的再去游灯市，但见妖童倡女，到处来去，真是"粉色偏从月下明，衣香故向风前起"，游兴未阑，不觉已经天色大明！

当时最引人兴趣，中上层人家都以得到这么一件认为时髦的，大致还是云南作的料丝灯。杨慎《七修类稿》，曾说及它的出处和作法：

料丝灯出于滇南，以金齿卫者胜也。用玛瑙紫石英诸药捣为屑，煮腐为粉，然必市北方天花菜点之方凝，而后缫之为丝，织如绢状，上绘人物山水，极晶莹可爱，价亦珍贵。盖以煮料成丝，故谓之料丝。李西涯以为"缫丝"书之。

据这个记载，可知明代料丝灯，实是玻璃丝织出绢状，上绘山水人物。杨慎曾斥谪云南多年，说的必比较近实。明代云南出围棋子，全国著名。出雕漆，嘉万时北京剔红制作，一反永乐宣德张德刚包亮旧法，不再采用不露锋棱的圆剔技术，一变而成锋棱毕呈如斧削刀砍技法，且影响到清代近三百年制作，即由于受云南剔红刻法有关。至于云南大理石应用于桌椅床榻，唐代虽已有"文石"记载，也以明代应用较广，若加上料丝灯的出产，已共达四种。当时黑白围棋子，剔红漆器，和大理石床榻桌椅，还可从故宫、历博和国内其他公私收藏中发现，惟料丝灯我个人还无福分开眼。历史博物馆、故宫和颐和园，是目前北京公共机关收藏宫灯种类最多的单位，前后曾看过许多种不同材料不同式样，只有故宫所藏一种直径尺余球形明角料灯，知道可算得是明代的新发明，在玻璃灯未流行以前，曾成为一时髦事物。其余还有几件十二面圆角形四角悬着长长丝穗纱糊挂灯，和宋明灯笼锦式样还相差不多，另外还有些巧作纱灯，和画中巧作灯相近，其余多是清代制作。另外一时又曾在古董铺看到几件和虾须帘相关不多细玻璃柱竖列编成栅的灯屏，有经无纬，虽和杨慎说的料丝灯织成玻璃绢情形不尽相合，大致还是属于料丝灯一类。从灯沿用料和花纹分析，实产生于明清之际。技术进展，或许还是苏浙工人贡献较多。因为琉璃灯的制作，南宋临安和元明苏州，前人笔记即多已道及。如当时杂记记朱家灯就说起过：

陇西卖药朱家灯，号天下第一，以琉璃为诸物之形。

又范至能诗注：

　　吴俗元夕，坊巷以连枝竹缚洞门多处，数十重，每里门作长灯，题好句其上。以生绢糊大方灯，图画史册故事。又小衮灯，时掷空中。又有大衮灯。又鱼灯，琉璃壶瓶贮水养鱼，以灯映之。又万眼灯，以碎罗红白相间砌成，多至万眼。又琉璃球灯，每一隙映成一花。又以绢或琉璃为官府名额灯映之。又船灯，夹道陆行，为竞渡之乐，谓之划草船。又水戏照心灯。又莲花灯，栀子灯，葡萄灯，犬灯，鹿灯，骑灯，月灯，桥灯。

杨仪《垄起杂事》则称：

　　元夕张灯，城中灯球巧丽他处莫及。有玉栅灯，琉璃灯，万眼罗，百花兰，流星红，万点金。

本篇作于1963年。

景泰蓝
—— 中国特种工艺美术品对世界的贡献

中国是世界上著名有丰富文化的国家，许多种科学发明，都影响到世界文化发展十分巨大。艺术的创造，也丰富了世界文化的内容。二千年前的汉代，中国纺织工人织成的绸缎，就经常有千百匹骆驼，越过西北沙漠和国境边沿高山，运到罗马、波斯、印度各国去。一千二百年前的唐代，中国烧瓷工人作成的瓷器又和绸缎漆器一起，从海上运往各国，分布的地区就更广、更远。世界上知道中国有汉有唐，主要就是祖国历史劳动人民创造的物质文化的贡献。

在工艺美术品的项目中，我们还可举出一大系列的名目，例如地毯、丝绒、夏布、刺绣、象牙雕刻、雕玉、花边、竹簟、纸伞、青田石雕、木刻、花炮、花纸，种类实在数不清。世界上各国人民都知道中国工艺品极合实用而又十分美观。这些工艺品并且充满了各个地方的不同风格，为爱好中国工艺品的国际友人熟习。景泰蓝是北京特种工艺品中一种，更加容易显出民族工艺美术的特征。生产只限于北京一个地区，带到世界上任何一处去，人家一见，就知道这是中华人民共和国的首都北京工人制造的。解放以后，景泰蓝出国的原因，经常还代表了中国政府或人民团体，对于那个国家的政府或人民表示一种政治上的深切友谊和敬意，送到那些国家时，也格外得人爱好重视。年来，生产也因此不断的得到提高，越来越加精美多样化。凡是到过故宫和北海团城参观过近三百年及近六年这种工艺品的，都留下极深刻印象。让我们知道这部门生产，在民族工艺美术品中，占有一个特别地位，决不是偶然的。

景泰蓝的历史

景泰蓝工艺品的生产，从一般说，得名于明代景泰年间，是创造于明代晚期一种金铜镶嵌工艺。本名"佛朗嵌"，说明技术有外来影响。到清代，又称"铜胎掐丝珐琅"，是用来和"画珐琅"区别。从本质说，它却是中国古代青铜镶嵌工艺一个分支，一种新的发展。中国青铜镶嵌工艺，原有个极其悠久的优秀传统，在世界上无可比拟。约在三千一百年前，中国工人就能够把金子捶成薄片作装饰品，又能把青铜作成锋利的兵器，用松绿石镶嵌到上面，创造许多非常精美的花纹。约在二千五百年前，技术有了新的进展，除把金片捶成种种花纹，并且起始用金银丝镶嵌铜器，作成更加复杂细致的美术品，并且还发明了镀金的技术（是把金子放在水银中融化，接镀到铜器上加热处理，水银蒸发以后完成工序的，这种进步技术的发明，比欧洲早一千多年）。从这时起，又有了用彩色琉璃料珠镶嵌金银器的习惯，技术和图案花纹，同样达到了空前高度水平。到二千年前的汉代，钿金工艺应用范围越广。由春秋战国到汉代,这四五百年中产品,最有代表性的是故宫博物院陈列的那一部分,和科学院在河南的发掘品。内中包括有各种兵器和用器,如罍、豆、面盆、灯台、镜奁、腰带钩和马车上的各种附件。并且发展了用彩色漆料和半透明料质镶嵌,及在漆器上加金银镶嵌的技术。许多东西从坟里挖出来,保存到现在还完全如新,可以见出工精料美而作得格外扎实,是民族工艺优良的传统。一千八百年前,又流行在铁器上镶嵌金银花纹。至于在金银器物上加涂琉璃的技术,也在一千二百年前的唐代,就已经成熟,使用得相当普遍。还发展了汉代那种铜胎加漆,平嵌银片花鸟的技术,名叫"金银平脱",大如床榻、衣柜、屏风,小如镜子、粉盒,都有制作。至于在绸缎衣服上加金的风气,一千二百多年前唐代已有十四种。一千年前的宋代却有了十八种。织金、绣金、描金等技术,都使用得十分纯熟。到五六百年前的明代,由于社会生产发展,镶嵌工艺更作多方面展开。除金银首饰上的嵌宝穿珠,发蓝点翠,还有在漆器上的螺甸加金银嵌,象牙玉石杂宝嵌,铜器上的金银嵌,铁木器上的金银嵌。五彩琉璃的烧造用到建筑物上,也达到了历史上空前的精美复杂程度。由此让我们明白,景泰蓝工艺出现于明代,不是凭空孤立生长的,更不是如过去人所说,纯粹是外来影响。原来和祖国工艺传统一脉相承,也和同时其他工艺技术发生联系。是祖国优秀工人在本来金铜镶嵌工艺基础上进一步的新创造。制作成品早期只作宫廷中陈设赏玩,器形不是仿照商周铜器,就是取法宋明瓷器。它的花纹图案不是采取古代铜器花纹,就是用同时流行的串枝宝相及龙凤穿花。初期配色比较沉重,到清代初年,才又和铜胎画珐琅瓷(就是现代搪瓷的前身)同时得到新的发展,花纹也由一般串枝衍进而为各种勾勾莲,配色更加显得复杂鲜明。大件器物,如舍利子塔,有高达一丈的,设计打样多出于当时"造办处"如意馆中第一等技师,因此,器物不论大小,都作得十分精美。由康熙、雍正到……

本篇作于1955年。

谈金花笺

一 时代和主要内容

金花笺照北京习惯称呼是"描金花笺",比较旧的称呼应当是"泥金银画绢"或"泥金银粉蜡笺"。原材料包括有绢和纸,一般多原大六尺幅或八尺幅,仿澄心堂的一种则是斗方式,大小在二尺内。制作时代多在十七世纪后期和十八世纪前期。主题图案的表现方法大致可分成两种形式,一是在彩色纸绢上用金银粉加绘各种生色折枝花,一是在彩色纸绢上作各种疏朗串枝花或满地如意云,再适当加上各种龙凤、八吉祥或花鸟蝴蝶图案。反映到这种彩色鲜明的纸绢上的,不论是庄严堂皇的龙凤,还是生动活泼的花鸟蜂蝶,看来却给人一个共同的愉快印象,即画面充满生意活跃的气氛,它具有一种十八世纪文人画家绝办不到,惟有工人艺术家才会有的,豪放中包含有精细、秀美中又十分谨严的装饰艺术风格。特别是整幅纸张的装饰效果,显得极其谨严完整，部分花鸟却又自由活泼，相互调和得恰到好处，它的产生虽在二百年前，到现在仍使人感到十分新鲜。

这些纸绢似创始于唐、宋，盛行于明、清，当时多是特意为官廷殿堂中书写宜春帖子诗词或填补墙壁廊柱空白，也作画幅上额或手卷引首用的，在悬挂时可起屏风画作用，有的位置就等于屏风。宋代以来，人称黄筌父子在屏风上作花鸟画为"铺殿花"，语气中实含有讽刺。其实照目前看来，倒正说明了这类画的长处是笔墨扎实，毫不苟且，因之装饰效果特别强。十七、十八世纪以来，金花笺上的花鸟云龙，长处还是照旧，应属于"铺殿花"一个分支。作者部分是清代官廷中如意馆工师，部分是苏州工匠。在苏州织造上奏文件中，有一份关于同治八年制造五色蜡笺工料价目，十分重要。价目是：

> 计细洁独幅双料两面纯蜡笺，每张工料银五两玖分。
>
> 又洒金蜡笺，每张加真金箔洒金工料一两一钱五分二厘，每张工料银六两二钱四分二厘。
>
> 又五色洒金绢，每张长一丈六尺，宽六尺，每尺用加重细洁纯净骨力绢，需银一两，颜料练染工银三钱，真金箔一钱四分七厘，洒金工银三分一厘，每尺银一两四钱七分八厘，每张银二十三两六钱四分八厘。

文件中说的是比较一般的洒金纸绢，由此可推知，十八世纪以来，加工极多的泥金绘画纸绢，当时价格必然更贵。如把这个价目和绸缎价目相比较，当时特别讲究的石青装花缎子，不过一两七钱银子一尺，最高级的天鹅绒，只三两五钱银子一尺，这种加金纸绢价格之高可见一斑。

画师姓名我们目前知道的虽不多，但艺术风格则可从花笺本身一望而知：早期多接近蒋廷锡父子，较晚又和邹一桂有些相通，山水画笔法则像张宗苍、董诰。这情形十分自然。因为作者既然多是如意馆工师或苏州画工，艺术风格受宫廷画师影响，是不足为奇的，特别是容易受后来作宰相的蒋廷锡画风的影响。但是如从图案布局效果看来，这些画却早已大大超过了他们，每一幅画都注意到整体效果和部分的相互关系，节奏感极强，有很高的艺术成就。

二 泥金银技术在一般工艺上的发展

泥金银技术比较普遍的使用到丝绸衣物、木漆家具和其他各方面，是在唐、宋两代，即公元六七世纪到十二世纪。明杨慎引《唐六典》，称唐人服饰用金计十四种，宋王栐著《燕翼诒谋录》，则说北宋时用金已到十八种，各有名目列列。今本《唐六典》并无用金十四种的名称，其他唐宋以来类书也少称引。从名目分析，杨说恐怕只是据王栐著作附会，不很可信。但唐代泥金、缕金、捻金诸法用于妇女歌衫舞裙之多样化，则从当时诗文中可以说明。时间更早一些，如《南齐书·舆服志》、《东宫旧事》、《邺中记》和曹操《上杂物疏》均提及金银绘画器物，可知至晚在东汉时，泥金银绘画技术，就已应用到工艺各部门，而且还在不断发展中。

但是，最早使用在什么时候，如仅从文献寻觅，是无从得到正确解答的。数年前，长沙战国楚墓出了几个透雕棺板，前年信阳长台关楚墓出了个彩绘漆棺和大型彩绘漆案，上面都发现有泥金银加工、绘饰精美活泼的云龙凤图案，因此才知道早在春秋战国之际，当装饰艺术部门正流行把黄金和新发现的白银应用到镶嵌工艺各方面时，同时也就发明了把金银箔作成极细粉末，用做绘画材料，使用于漆工艺上，增加它的艺术光彩。这是公元前四五世纪的事情。

用金银在各色笺纸上作书画，也由来已久。文献著录则始于汉晋方士用各色绸帛、笺纸书写重要经疏。这个方法一直被沿袭下来，直到十九世纪不废。直接施用于服饰上则晋南北朝是个重要阶段。当时由于宗教迷信，使得许多统治者近于疯狂地把所占有的大量金银去谄媚神佛，装饰庙宇。除佛身装金外，还广泛应用于建筑彩绘、帐帷旗幡各方面。因佛披金襕袈裟传说流行，捻金织、绣、绘、串枝宝相花披肩于是产生，随后且由佛身转用到人身的披肩上。唐代的服饰广泛用金，就是在这个传统基础上的一种发展。绘画中则创造了金碧山水一格，在中国绘画史上占有特别地位。笺纸上加金花，也在许多方面应用。李肇《翰林志》即说过："凡将相告身，用金花五色绫笺。"又《杨妃外传》称李白题牡丹诗即用金花笺。唐人重蜀中薛涛笺，据《牧竖闲谈》记载，则当时除十色笺外，还有"金沙纸、杂色流沙纸、彩霞金粉龙凤纸、绫纹纸"等。这些特种笺纸，显然有好些是加金的。《步非烟传》称："以金凤笺写诗。"明陈眉公《妮古录》则称："宋颜方叔尝创制诸色笺，并砑花竹、鳞羽、山水、人物，精妙如画。亦有金缕五色描成者。"元费著作《蜀笺谱》称："青白笺、学士笺及仿苏笺杂色粉纸，名'假苏笺'，皆印金银花于上。和苏笺不同处，为苏笺多布纹，假苏笺为罗纹。"且说："蜀中也仿澄心堂，中等则名玉水，冷金为最下。"明屠隆《考槃余事》谈宋纸上说及团花笺和金花笺，并说元时绍兴纸加工的有"彩色粉笺、蜡笺、花笺、罗纹笺"。明代则有"细密洒金五色粉笺、五色大帘纸洒金笺、印金五色花笺"。吴中则有"无纹洒金笺"。《成都古今记》亦称除十样彩色蛮笺外，还有金沙、流沙、彩露、金粉、冷金诸种金银加工纸。范成大《吴船录》，曾见白水寺写经，是用银泥在碧唾纸上书写，卷首还用金作图画。大约和近年发现虎丘塔中写经、上海文管会藏开宝时写经同属一式。宋袁褧《枫窗小牍》则说"皇朝玉牒多书于销金花白罗纸上"。《宋史·舆服志》也说宋官诰内部必用泥金银云凤罗绫纸，张数不同。除上面记载，反映宋代纸上加金银花已相当普遍外，即在民间遇有喜庆事，也流行用梅红纸上加销金绘富贵如意、满池娇、宜男百子等当时流行的吉祥图案。男女订婚交换庚帖，一般还必须用泥金银绘龙凤图案。由此得知，宋代虽然禁用金银的法令特别多，却正反映社会上用金实在相当普遍，难于禁止。王栐也以为当时是："上行下效，禁者自禁而用者自用。"又宋代以来日用描金漆器早已成社会习惯，所以《梦粱录》记南宋临安市容时，日用漆器商行，"犀毗"和"金漆"即各不相同，分别营业，可见当时金漆行销之广和产量之多。宋李诫《营造法式》并曾记载有建筑上油漆彩绘用金分量及作法。

契丹、女真、蒙古等族，从九世纪以来，在北方政权前后相接，计五个世纪，使用金银作建筑装饰，虽未必即超过唐宋，惟服饰上用金银风气，则显然是同样在发展中。特别是金、元两代，把使用织金丝绸衣物帷帐作为一种奢侈的享受，且用花朵大小定官品尊卑，服饰用金因之必然进一步扩大。陶宗仪著《辍耕录》还把元时漆器上用金技术过程加以详细叙述。到明代，漆工艺专著《髹饰录》问世时，更发展了漆器上用金的种类名目。举凡明清以来使用在金花纸绢上的各种加工方法，差不多在同时或更早都已使用到描金漆加工艺术上。综合研究必有助于对金花笺纸材料的理解和认识。

三　金花笺在工艺上的特征

金花笺一般性加金技术处理，根据明清材料分析，大致不外三式：一、小片密集纸面如雨雪，通称"销金"、"屑金"或"雨金"，即普通"洒金"。二、大片分布纸面如雪片，则称"大片金"，又通称"片金"，一般也称"洒金"。三、全部用金的，即称"冷金"（在丝绸中则称为"浑金"）。冷金中又分有纹、无纹二种并有布纹、罗纹区别。这部门生产，宋、明以来苏蜀工人都有贡献，贡献特别大的是苏州工人。纸绢生产属于苏州织造管辖范围，这是过去不知道的。

明清花笺制作，按其艺术特征，可分成几个阶段：

一、显然属于明代的，计有朱红、深青及明黄、沉檀四色。材料多不上蜡，属于粉地纸绢类，花多比较草率大派，银已泛黑，折枝和龙形与明代锦缎、瓷器纹样相通。

二、明清之际的，多作各种浅粉色地子薄花绢，用金银粉末特别精神，画笔设计也格外秀雅，和同时描金瓷上花纹近似。

三、乾隆时期的，多五色相配搭，外用黄色粗花绫裹成一轴。纸料比较坚实，花纹却较板滞，但图案组织还是极富巧思。

四、道光、同治以后的，纸张多较薄，色料俱差，金银色均浅淡，画笔也日益简率。

从材料性质说，大致也可以分成三种：一、细绢上加彩粉地加金银绘；二、彩粉地加金银绘；三、彩粉蜡地加金银绘。

如从花纹区别，大体有如下各种：一、各种如意云中加龙凤、狮球或八吉祥折枝花；二、散装生色折枝花；三、各式卷草串枝花加龙凤、狮球、八吉祥、博古图。从花纹上看，云多作骨朵如意云形的，清代虽还沿用，其实是明式，和明云缎花纹相似。至于细如飘带不规则五彩流云，则是清式。云中有蝙蝠，如"洪福齐天"，必是清代。其中又有早晚，从蝙蝠形状可知。龙多竖发猪嘴（所谓猪婆龙），凤作细颈秀目，并有摇曳生姿云样长尾，即非明也是清初仿，和瓷器一样。博古图主题是康熙所特有，道光也有仿效。细金屑薄粉笺多属康熙，有各种浅色的。另外还有一种斗方式金花笺，纸下角加有一个长方条朱红色木戳，作"乾隆年仿澄心堂纸"八字，上用细泥金银绘花鸟、松竹、山水、折枝花，纸分粉笺和蜡笺两种，粉笺较精，多紧厚结实如玉版。又有一种作"仿照体仁殿制"字样，纸式相同。我疑心这类笺纸是明宣德时制作，清代才加上金花的。还有一种斗方式作冰梅花纹的，所见计有二式：一种是在银白薄蜡纸上用金银绘冰梅，加小方戳则称"玉梅花笺"，创始于康熙，乾隆时还在复制。一种是薄棉茧纸，花纹透明，尺码较小，五色俱备，生产时代当在明、清之际，或明代南方工人本于"纸帐梅花"旧说，专为裱糊窗棂用的。

四 一点意见

纸是祖国劳动人民伟大发明之一,它的主要成就,首先是在科学文化传播上所起的巨大作用。其次是由于特种加工,又产生了许多精美特出的纸张,在艺术史的进展上作出了特别的贡献。泥金银花笺则在制作技术上和绘画艺术上,都反映出十八世纪前后制纸工人技术和民间画师艺术的结合,值得予以应有重视,但是在古代艺术研究领域里,这一部分材料却往往被忽略。这牵涉到对绘画艺术的看法问题。照旧的看法,什么文人墨客,随便即兴涂抹几笔,稍有些新意思,一经著录,就引起收藏家的注意关心。至于这种工艺画,不拘当时用过多少心血,有何艺术成就,也被认为是一些工匠作品,不值得注意。照个人理解,从这些工艺画的艺术成就本身,以及从它对今后轻工业生产各部门进行平面装饰设计时的参考价值来看,都应加以认真的整理研究,才对得起这部分优秀遗产。

本篇曾以《金花纸》为题,发表于1959年第2期《文物》杂志。

谈写字（一）

社会组织复杂时，所有事业就得"分工"。任何一种工作，必需要锲而不舍地从事多年，才能够有点成就。当行与玩票，造诣分别显然。兼有几种长处，所谓业余嗜好成就胜过本行专业的，自然有人。但这种人到底是少数。特殊天才虽可以超越那个限度，用极少精力，极少时间，作成发明创造的奇迹。然而这种奇迹期之于一般人，无可希望。一般人对于某种专门事业，无具体了解，难说创造；无较深认识，决不能产生奇迹。不特谨严的科学是这样，便是看来自由方便的艺术，其实也是这样。

多数人若肯承认在艺术上分工的事实，那就好多了。不幸得很，中国多数人大都忽略了这种事实。都以为一事精便百事精。尤其是艺术，社会上许多人到某一时都欢喜附庸风雅，从事艺术。惟其倾心艺术，影响所及恰好作成艺术进步的障碍，这个人若在社会又有地位，有势力，且会招致艺术的堕落。最显著的一例就是写字。

写字算不算得是艺术，本来是一个问题。原因是它在人类少共通性，在时间上又少固定性。但我们不妨从历史来考察一下，看看写字是不是可称为有艺术价值。就现存最古的甲骨文字看来,可知道当时文字制作者,在点线明朗悦目便于记忆外,已经注重到它个别与群体的装饰美或图案美。到铜器文字,这种努力尤其显然(商器文字如画,周器文字上极重组织)。此后大小篆的雄秀,秦权量文字的整肃,汉碑碣的繁复变化,从而节省为章草,整齐成今隶,它那变革原因,虽重在讲求便利,切合实用,然而也就始终有一种造形美的意识存在。因为这种超实用的意识,浸润流注,方促进其发展。我们若有了这点认识,就权且承认写字是一种艺术,似乎算不得如何冒失了。

写字的艺术价值成为问题,倒恰好是文字被人承认为艺术一部门之时。史称熹平时蔡邕写石经成功,立于太学门外,观看的和摹写的车乘日千余辆,填塞街陌。到晋有王羲之作行草书,更奠定了字体在中国的艺术价值,不过同时也就凝固了文字艺术创造的精神。从此写字重摹仿,且渐重作者本人的事功,容易受人为风气所支配,在社会上它的地位与图画、音乐、雕刻比较起来,虽见得更贴近生活,切于应用,令人注意,但与纯艺术也就越远了。

到近来因此有人否认字在艺术上的价值,以为它虽有社会地位,却无艺术价值。郑振铎先生是否认它最力的一个人,与朋友间或作小小的舌战,以为写字不能称为艺术。(郑先生大约只是觉得它与"革命"无关,与"利用学生"无关,所以否认它有艺术价值。至于某种字体笔画分布妥帖所给人的愉快,郑先生还是能够欣赏,所以当影印某种图籍时,却乐于找寻朋友,用极飘逸悦目的字体,写他所作那篇序文。)艺术,是不是还许可它在给人愉快意义上证明它的价值?我们是不是可以为艺术下个简单界说:"艺术,它的作用就是能够给人一种正当无邪的愉快。"艺术的价值自然很多,但据我个人看来,称引一种美丽的字体为艺术,大致是不会十分错误的。

字的艺术价值动摇,浮泛而无固定性,是否艺术成为问题,另外有个原因,不在它的本身,却在大多数人对于字的估价方法先有问题。一部分人把它和图画、音乐、雕刻比较,便见得一切艺术都有所谓创造性,唯独写字拘束性大,无创造性可言。并且单独无道德或情感教化启示力量,故轻视它。这种轻视无补于字的地位,自然也无害于字的艺术真价值。轻视它,不注意它,那就罢了。到记日用账目或给什么密友情人写信时,这轻视它的人总依然不肯十分疏忽它,明白一个文件看来顺眼有助于目的的获得。家中的卧房或客厅里,还是愿意挂一副写得极好的对联,或某种字体美丽的拓片,作为墙头上的装饰。轻视字的艺术价值的人,其实不过是对于字的艺术效果要求太多而已。糟的倒是另外一种过分重视它而又莫明其妙的欣赏者。这种人对于字的本身美恶照例毫无理解(凑巧这种人又特别多),正因其无理解,便把字附上另外人事的媒介,间接给他一种价值。把字当成一种人格的象征,一种权力的符咒;换言之,欣赏它只为的是崇拜它。前年中国运故宫古物往伦敦展览时,英国委员选画的标准是见有乾隆皇帝题字的都一例带走。中国委员当时以为这种"毛子精神"十分可笑。其实中国艺术鉴赏者,何尝不是同样可笑。近年来南北美术展览会里,常常可以发现吴佩孚先生画的竹子,冯玉祥先生写的白话诗,注意的人可真不少。假石涛假八大的字画,定价相当的高,还是容易找到买主。几个比较风雅稍明绘事能涂抹两下的朝野要人,把鬻画作画当成副业,收入居然十分可观。凡此种种,就证明"毛子精神"原来在中国更普遍的存在。几年来"艺术"两个字在社会上走了点运，被人常常提起，便正好仰赖到一群艺术欣赏者的糊涂势利精神，那点对于艺术膈膜，批判不苛刻，对于名公巨卿又特别容易油然发生景仰情绪作成的嗜好。山东督办张宗昌，虽不识字，某艺术杂志上还刊载过他一笔写成的虎字！多数人这么爱好艺术，无形中自然就奖励到庸俗与平凡。标准越低，充行家也越多。书画并列，尤其是写字，仿佛更容易玩票，无怪乎游山玩水时，每到一处名胜地方，当眼处总碰到一些名人题壁刻石。若无世俗对于这些名人的盲目崇拜，这些人一定羞于题壁刻石，把上好的一堵墙壁一块石头脏毁，来虐待游人的眼目了。

所以说，"分工"应当是挽救这种艺术堕落可能办法之一种。本来人人都有对于业余兴趣选择的自由，艺术玩票实在还值得加以提倡。因为与其要做官的兼营公债买卖，教书的玩麻雀牌，办党的唱京戏，倒还是让他们写写字画点画好些。然而必需认识分工的事实，真的专家行家方有抬头机会，这一门艺术也方有进步希望。这点认识不特当前的名人需要，当前几个名画家同样需要。画家欢喜写美术字，这种字给人视觉上的痛苦，是大家都知道的。又譬如林风眠先生，可说是近代中国画家态度诚实用力勤苦的一个模范，他那有创造性的中国画，虽近于一种试验，成就尚有待于他的努力，至少他的试验我们得承认它是一条可能的新路。不幸他还想把那点创造性转用在题画的文字上，因此一来，一幅好画也弄成不三不四了。记得他那绘画展览时，还有个批评家，特别称赞他题在画上的字，以为一部分用水冲淡，能给人一种新的印象。很显然，这种称赞是荒谬可笑的。林先生所写的字，所用的冲淡方法，都因为他对于写字并不当行。林先生若还有一个诤友，就应当劝他把那些美丽画上的文字，尽可能的去掉。

话说回来，在中国，一切专业者似乎都有机会抬头，唯独写字，它的希望真渺茫得很！每个认字的人，照例都被动或自动临过几种字帖，刘石庵、邓石如、九成宫、多宝塔、张黑女、董美人……是一串人熟习的名词。有人欢喜玩它，谁能说这不是你的当行，不必玩？正因为是一种谁也知道一两手的玩意儿，因此在任何艺术展览会里，我们的眼福就只是看俗书劣书，别无希望了。专家何尝不多，但所谓专家，也不过是会写写字，多学几种帖，能摹仿某种名迹的形似那么一种人吧。欣赏者不懂字，专家也不怎么懂字。必明白字的艺术，应有的限度，折衷古人，综合其长处，方能给人一点新的惊讶，新的启示。欲独辟蹊径，必理解它在点线疏密分布间，如何一来方可以得到一种官感上的愉快，一种从视觉上给人雕塑、图画兼音乐的效果。这种专家当然不多。另一种专家，就是有继往开来的野心，却无继往开来的能力，终日胡乱涂抹，自得其乐，批评鉴赏者不外僚属朋辈以及强充风雅的市侩，各以糊涂而兼阿谀口吻行为，赞叹爱好，因此这人便成一家。这种专家在目前情形下，当然越来越多。这种专家一多，结果促成一种风气，便是以庸俗恶劣代替美丽的风气。专家不抬头，倒是"塞翁失马"，消极的不至于使字的艺术十分堕落，专家抬头，也许更要不得了。

我们若在这方面还存下一点希望，似乎还有两种办法可以努力，一是把写字重新加以提倡，使它成为一种特殊的艺术，玩票的无由插手；二是索性把它看成一种卑贱的行业，让各种字体同工匠书记发生密切关系，以至于玩票的不屑于从事此道。如此一来，从装饰言，将来必可以看到许多点线悦目的字；从应用言，也可望多数人都写出一种便利流动的字。这种提倡值得大家关心，因为它若有了点效果，名流的俗字，艺术家的美术字，不至于到处散播，我们的眼目，就不必再忍受这两种虐待了。

本篇为作者以《谈写字》为题所写的第一篇作品。1937年4月4日发表于天津《大公报·文艺》第319期，署名上官碧。

谈写字（二）

一　宋四家

书画到宋代后，有了极大变化，说坏处是去传统标准日远，说特色是敢自我作古。经生体的稳重熟练把握不住，虞欧褚颜的创造天赋也都缺乏。试用代表这个时代的苏黄米蔡作例，就可知道这几个人的成就，若律以晋唐法度规模，便见得结体用笔无不带点权谲霸气，少端丽庄雅，能奔放而不能蕴藉。就中蔡襄楷书虽努力学古，也并不成功。功夫即下得多，作字结体用笔，都呆俗无精神。米芾书称从兰亭出，去兰亭从容和婉可多远！若遇游山玩水，探胜访奇，兴会来时，攘袖挥毫，摩崖题壁，草草数行，自然尚有些动人处。函简往还，叙述家常琐事，跋赞法书名画，间或记点小小掌故，也留下些妙墨佳书，至若一本正经的碑志文字，四家实少合作。苏书《罗池庙碑》，蔡书《荔子谱》、《万安桥记》，都笔不称名。黄书做作，力求奔放潇洒，不脱新安茶客情调。恰如副官与人对杯，终不能令人想象曲水流觞情景也。米书可大可小，最不宜中，一到正正经经来点什么时，即大有不知如何做手脚急窘，此外理学大儒，馆阁词臣，元勋武将，词人骚客，也留下许多作品，如朱熹、王安石、司马光、文彦博、韩绛、吴琚、范成大、陆游，大多数可说是字以人传，无多特别精彩处。倒还是范成大和陆游较好。即以四大家而论，米称俊爽豪放，苏称妩媚温润，黄号秀挺老成，蔡号独得大王草法；其实则多以巧取势，实学不足，去本日远。即以对于艺术兴趣特别浓厚赏鉴力又极高之徽宗皇帝而言，题跋前人名迹时，来三两行瘦金体书，笔墨秀挺中见苍劲，自成一格，还可给人一种洒落印象。写字一到二十行，就不免因结体少变化而见出俗气，呆气，头巾气，难称佳制。《墨庄漫录》称：

> 海岳以书学博士召对，上问本朝以书名数人。海岳各以其人对，曰："蔡京不得笔，蔡卞得笔而少逸韵。蔡襄勒字，沈辽排字，黄庭坚描字，苏轼画字。"上复问："卿书如何？"对曰："臣书刷字。"

倪思评及宋贤书时，也有相似意见。大米虽有痴名，人实不痴，既善作伪，又复好洁成癖，对于自己一笔字，平时倒看得极重。其实论到宋代几个有名书家笔墨长短时，这种应对可谓相当准确，并非完全戏谑。说宋人已不能如虞欧褚颜认真写字，并不为过。

宋人虽不长于认真写字，可是后世人作园林别墅匾对，用宋人字体写来，却还不俗气。这种匾对照例可保留一种潇洒散逸情趣，容易与自然景物相衬。即作商店铺户横竖招牌，有时也比较傻仿颜柳字体少市侩气，呆仿六朝碑少做作气。就中尤以米苏字体，在卷轴上作一寸以内题识时，如吴琚与吴宽，笔墨尽管极力求脱俗，结果或者反而难免八分俗气。成行成篇还看得去，一个一个裁下看，简直不成东西！可是若把字体放大到一尺以后，不多不少来个三五字，又却常常雅韵欲流，面目一新，然放大米书容易，放大苏书似不容易。因此能作大字米黄体的有人，作苏书的世多不见。

二　近代笔墨

康南海先生喜谈书法，谈及近百年笔墨优劣时，有所抑扬，常举例不示例，不足以证是非。至于南海先生个人用笔结体，虽努力在点画间求苍莽雄奇效果，无如笔不从心，手不逮意，终不免给人一芜杂印象。一生到处题名，写字无数，且最欢喜写"开张天岸马奇逸人中龙"一联，却始终不及在云南昆明黑龙潭相传为陈抟那十个字来得秀雅奇逸！一个书家终生努力，还不及他人十个字给人印象之深，似乎也就大可不必写字了。昔人说，鲜于伯机、康里子山笔下有河朔气，评语褒中寓贬。南海先生实代表"广东作风"，启近代"伟人派"一格。反不如梁任公、胡展堂二先生同样是广东人，却能谨守一家法度，不失古人步骤，转而耐看。所以说南海先生代表广东作风，正可与画家中的高奇峰、高剑父、林风眠，同为一条战线上人物。笔下心中都有创造欲，可惜意境不高，成就因之亦有限。政治革命为社会民族作预言，事情不容易而容易；至于文学艺术革命，事情却容易而不容易。为的是这是另外一种战争！

因此让我想起一个附带建议，即盼望现代画家再莫题跋。尤其是几位欢喜题跋的画家，题跋常破坏了画的完美！

其实欲明白清代书法优劣，为南海先生议论取证，不如向故都琉璃厂走走，即可从南纸店和古董铺匾额得到满意答复。因为照习惯，这百十家商店的市招，多近两百年国内名流达宦手笔。虽匾额字数不多，难尽各人所长，然在同一限度中，却多少可见出一点各自不同的风格或性格。北平商店最有名市招，自然应数宣武门外骡马市大街"西鹤年堂"一面金字招牌，传为严分宜手书，还有神武门大街大高殿牌楼几个横额，字体从小欧道因碑出，加峻紧险迫，筋骨开张；二百年来还仿佛可从笔画转折间见出执笔者执拗性情。至于琉璃厂匾额，实美不胜收。二十六年最摩登的应数梅兰芳为"伦池斋"写的三个字。乾嘉时代多宰臣执政名公巨卿手笔，刘墉、翁方纲可作代表。咸同之季多儒将手笔，曾左可作代表。晚清多诗人名士手笔，法式善、宝竹坡可作代表。……入民国以后，情形又随政体而变，总统如黎元洪、袁世凯，军阀如吴佩孚、段祺瑞，此外如水竹村人（徐世昌）的大草书，逊清太傅陈宝琛的欧体书，内阁总理熊希龄的山谷体行书，诗人词客议员记者学者名伶如樊增祥、姚茫父、罗瘿公、罗振玉、沈寐叟、庄蕴宽、林长民、邵飘萍等等各有千秋的笔墨，都各据一家屋檐下，俯视过路人，也仅过路人瞻仰。到民八以后，则新社会露头角的名流，与旧社会身份日高的戏剧演员，及在新旧社会之间两不可少的印人画家，如蔡元培、胡适之、梅兰芳、程砚秋、齐白石、寿鑈诸人写的大小招牌，又各自填补了若干屋檐下空缺。所以从这个地方，我们不仅可以见出近两百年来有象征性的大人物名姓墨迹，还可从执笔者的身分地位见出时代风气的变迁。先是名公宰臣的题署，与宏奖风雅大有关系，极为商人所尊重。其次是官爵与艺术分道扬镳，名士未必即是名臣，商人倒乐意用名士作号召。再其次是遗老与军阀，艺员与画家，在商人心中眼中已给予平等重视，这些人本身也必然亦承认了这个现实平等观。"民主"二字倒真像快要来到了。再其次是玩古董字画卖文房四宝，已得用新的一群作象征，也可知事实上这个新的一群，在时代新陈代谢中，已成为风雅的支持者了。再其次，是琉璃厂古董铺已有悄悄改营金钞生意的，旧书铺或兼卖新体小说或率性改作纸烟杂货店，横匾自然就已到可有可无时代了。

三　市招与社会

若说从故都一条小街上的市招字体，可看出中国近百年书法的变化，和中国历史文化的新陈代谢，及社会风气的转移，那从此外各地都会市招上，也一定可以明白一点东西。凡较热闹的省会，我们一定会感觉到一件事，即新的马路和新的店铺，多用新的市招。虽间或可从药店，和糕饼店、南纸店，发现一二旧式匾额，比较上已不多。可知这三样旧社会的商业，或因牌号旧，或因社会需要，在新的都会中尚勉强能存在。但试想想，旧药店已不能不卖阿司批灵，糕饼店也安上玻璃柜兼售牛奶面包，南纸店更照例得准备洋墨水和练习簿，就可知大都会这些旧牌号，虽存在实勉强存在，过不久恐都得取消了。最后剩下的将是中医与财神庙的匾额，这是中国人五十年内少不了的。虽然新式理发馆或大银行门面，依然常常有个伟人题字点缀，一看也就知道所需要的正如办丧事人家题铭旌，只是题字人的功名，字体好坏实已不再为任何方面注意。武昌黄鹤楼废基上的露天摊子，"小孔明"的招子，已到什么总队的大队长为用美术字招徕主顾了。

不过从执笔方面，也多少可以看出一点代表地方的象征。譬如说，南京有的是官大名分多的革命要人，市招上题名也大多数是这种要人。民十八以后，南京的旅馆、饭馆，以及什么公司，都可发现谭于诸老的墨迹，多少也可象征一个不再重职业阶级的民主国伟人气度。山东究竟是文化礼义之邦，济南市面虽日益变新，旧招牌尚多好好保存。较新的牌号，大多数还是一个胶东状头王垿所包办，《醴泉铭》作底子的馆阁体欧书，虽平板些不失典型。长沙是个也爱名人也重伟人的地方，（未焚烧前）各业匾额便多谭延闿先生《争座位》颜体大字，和书家杨仲子（杨度之弟）六朝体榜书，两人秋色平分。杭州是个也有名流也要书家的地方，所以商店中到处可见周承德先生宽博大方的郑文公碑体写在朱红漆金字大匾上。至若西湖沿湖私人别墅园亭，却多国内近三十年名流达官的题署。上海是个商业都会，并且是个五方杂处英雄豪杰活动地方，所以凡用得着署名市招的，就常有上海闻人虞洽卿、王一亭、杜月笙的题字。近代社会要人与闻人关系既相当密切，因之凡闻人的大小企业，从百货公司到成衣店，却又多党国要人题字。

四　新问题

大凡欢喜写写字，且乐意到一个新地方从当地招牌上认识那地方文化程度或象征人物的，都可能有个相差不多的印象或感想，即招牌字体有越来越不高明的趋势。或者因为新式商店门面宽窄无定，或者因为油漆匠技术与所用材料恶劣，居多招牌字体比例就永远不会与匾额相称，匾额又照例难与门面装饰性相调和。至于请求名人动笔的商人呢，似乎已到不明好坏不问好坏情形，只是执笔的官位越大或为人越富于商标性就越好。至于写字的名人伟人呢，若还想把它当成一件事做，好坏之间还有点荣辱感，肯老老实实找个人代笔，还不失为得计。不幸常常是来者不拒，有求必应。有些人（尤其是我们常见的"文化人"）许多许多竟特别欢喜不择纸笔，当众挥毫，表示伟大洒脱。不是用写径寸字体的结构方法放大成对径二尺三尺的大字，就是用不知什么东西作成的笔，三涂五抹而成，真应了千年前米正后人米颠说的，不是"勒"字就是"排"字，不是"描"字就是"刷"字，可是论成就，却与古人成就相去多远！虽说这种连扫带刷的字体，有时倒也和照相馆西药房这些商号本身性质相称，可是这一来，在街上散步时，我们从市招上享受字体愉快的权利，可完全被剥夺了。（但知识青年的纪念册，却正是这种伟人字的战场，恰恰如许多名胜地方墙壁上，是副官军需题诗的战场一样；论恶劣，真不容易公平批判！）

权利去掉后自然多了一种义务,那就是在任何地方都可碰头的伟人字和美术字。这两者合流,正象征一种新的形成,原来是奠基于"莫名其妙"和"七拼八凑"。从写字看文化,使我们感觉到像上月朱自清先生,对于政府十年前迫学生用毛笔的复古担忧,为不必要。也为梁思成先生主持北平文整会的修理工作的意见,同意以外觉得茫然。因为党国要人中虽还有个吴稚老,欢喜写写篆字,至于另外一位富有民主风度的于胡了,写的字就已经像是有意现代化,用大型特制原子笔作成莼菜条笔锋。北平琉璃厂的戴月轩李福寿,好笔作价已到三千万,政府那还有兴趣能够强迫人用毛笔写好字!至于费三十五十亿来收拾的故都,也真只是将将就就来收拾一下罢了。因为国内最有历史价值的建筑雕刻,当数山西河洛,许多地方都是梁先生伉俪在二十三到二十六年亲身调查过的。八年沦陷,云冈和天龙山已面目全非,五台赵城的土木建筑,毁去的更无可补救。和平胜利后,随之而来是一个更猛烈残酷的内战,炮火焚灼所及,这些东东西西留下的废墟,也会因种种情形而完全毁去本来样子,作成个踪迹不存。十年前保存在中国营造学社,人间仅有的一些建筑照片,听说一部分即已在八年前寄存于天津一银行库中时为水毁去。能爱惜、研究、保存的专家,全中国只那么一二人,个人即雄心依旧,必和国内其他工矿专家一样,也快老了,体力精神消耗得都差不多了,即有机会再来工作,也恐怕来不及了。全个国家却正在具体和抽象的两种大火中无限制的焚烧。读读《大公报》上连载的梁先生那篇文章,让我们看到一个对历史和文化有责任有良心的专家,活在二十世纪上半期的中国,灵魂上的灾难实如何深刻。梁先生也许会和我有同感,即一个故宫博物院最大的用处，如只是五月二十这一天，把宫灯挂出来点缀纪念，不能作更有意义的改革，并供给多数人研究学习的便利，这个博物院的存在与否，实在都无意义可言！且不妨比朱佩弦先生主张听它毁坍还激烈，进而主张一把火烧去。但目前更重要的，或者还是凡力之所及能保存的，即毁去也无助于社会革命发展的，读书人的急进诅咒，莫一例来煽火扬焰。社会分解加剧，"文化保卫"四个字若还有点意义，有许多事就值得分开来说来看，而这个分别的责任，即落在对国家民族对世界文化有认识有良心的读书人肩上。这时节作豪言壮语易，说这种良心话却难。我们实在还需要更多像梁思成先生的意见，提出给全国各方面参考。因为任何一个新的社会来临，就还需要工业和其他！

　　从写字也可让我们明白，社会在变，字体在变，可是字的存在为人民继续当作一种传达意见情感的工具来运用，至少在中国够总还有个百十年寿命可言。字本来是让人认识的，如像北伐以后，近二十年来政工人员写的美术字标语，实在不容易认识，也并不怎么美，使我觉得即此一事，提出向"传统学习"的口号，也就还有其必要！但是向一个现代从事政工人员说"标语字要明白简单醒目而有效果，宜于从传统学习"，当然像是完全胡说！因为凡是这一行工作，都正在打倒"传统"，而学的却是有现代性的"美术字"。辩论结果，只会相互头痛。

本篇为作者以《谈写字》为题所写的第二篇作品。1948年7月7日发表于《论语》半月刊第156期，署名上官碧。

编后记

《沈从文作品精选集》的书名及目录、图片均由沈龙珠先生审定。

图书在选编过程中,参考了《沈从文全集》等图书。编辑过程中,力求保持沈从文作品的原貌,只要不是明显的错漏,一律不作改动,特此说明。

感谢沈龙珠先生对本套图书的授权与支持。

编　者